大城北崛起

杭州市拱墅区大城北规划建设纪实

孙 侃 / 著

浙江人民出版社

2018年1月，拱墅区城市开发建设三年行动计划动员大会现场

2017年3月21日，上塘街道召开征迁工作誓师大会

2017年5月，城中村改造前的上塘街道皋亭社区

2017年6月，上塘街道半道红社区"双签"现场，年轻的征迁工作人员成为主力

2017年5月19日，康桥街道西杨社区完成整村签约清零（钟黎明摄）

2017 年 3 月，离开旧居前来一张全家福

回迁安置房金昌苑

瓜山未来社区

阮家桥港河新颜

安置房小区内的游乐场

2017年4月,康盛苑安置小区的文娱活动

2017年3月,善贤人家小区开心农场

中粮大悦城

远洋乐堤港

大运河（钟黎明摄）

蝶变中的运河湾——运河文化公园与丽水路隧道(余好建摄)

运河水路交通集散服务中心

上塘高架桥边加紧建设的新楼宇

序　言

　　2018年6月,杭州市启动了建城以来规模最大的一次城市更新工程,这便是在2020年底前,在大城北地区实施以空间优化、交通畅达、市政共享、生态文化彰显、幸福保障、产业腾飞为内容的规划建设六大行动,努力将大城北地区打造为东连"城东智造大走廊",西接"城西科创大走廊",具有高生态价值、高生活品质、高经济活力的"运河文化＋"大走廊,形成和谐宜居、富有活力、特色鲜明的生态文化高地。在总面积约为135.5平方千米的大城北地区,拱墅区不仅地处核心地带,且所涉面积达67.149平方千米,为大城北5个行政区中所涉区域面积最大,几乎相当于另外4个行政区所涉区域面积的总和。拱墅区迎来了千载难逢的城市发展机遇。

　　值得欣慰和自豪的是,在大城北地区规划建设工程全面展开之前,拱墅区抢抓机遇,主动谋划,已在辖区内进行了多轮城中村改造,尤其是按照杭州市委、市政府2016年6月发布的《关于开展杭州市主城区城中村改造五年攻坚行动(2016—2020年)的实施意见》,从2016年底启动的大规模城中村改造,不仅在拱墅北部4个街道30个村得以全面实施,成为全市首个全域农户征迁清零的城区,部分居民和企业征迁工作也已随之完成,这为全局谋划、全面实施大城北规划建设打下了扎实基础;而在2018年起部署启动的新一轮城市开发建设三年行动中,拱墅区又通过实施重点区块开发、基础设施建设、公共配套建设、保障性住房等"十大工程"715个项目,全面拉开大城北核心区开发建设框架,使得拱墅成为杭州市实施大城北开发战略的先行区和标杆区。

"莺初解语,最是一年春好处。微雨如酥,草色遥看近却无。"([宋]苏轼)在城市的更新热潮中,在杭州市委、市政府的精心部署下,拱墅区委、区政府发动广大干部群众,怀揣饱满的热情,发扬奋勇争先的精神投身其中。拥有重塑河山勇气和伟力的建设者,用破竹之势消除发展阻碍,用通畅路网拉开城市框架,用崭新建筑刻画城市风貌,用现代产业构建城市筋骨,用厚重文化诠释城市内涵,动人事迹数不胜数;怀着对美好新生活期待的征迁居民,顾全大局,积极配合,不惜牺牲个人利益,腾出一片又一片发展空间,感人事例层出不穷;不少相关单位则伸出援手,鼎力支持,互相协调,不断化解诸多棘手问题,种种事例不一而足。的确,正是有了坚忍不拔的决心,有了知难而进的信心,有了不畏艰苦的毅力,有了开拓创新的精神,拱墅区才能在一年时间内完成三年征迁任务,才能成为大城北规划建设的先行区和示范区,才能在杭州市这一轮城市更新中始终走在前列。

"古来青史谁不见,今见功名胜古人。"([唐]岑参)如今,拱墅区的城市面貌正在发生着日新月异的变化,大城北地区规划建设正在有序推进,杭州"打造国际一流的全域花园式城市"取得了辉煌成果,在这样的时候,我们有必要详细地记录这个城市发展的当代传奇,反映城市嬗变历程中广大干部群众胸怀梦想、日夜奋战、矢志不渝、甘于奉献的作风和干劲,留驻历史印痕,期待美好未来。从2017年5月起,我们就着手组织采写这部长篇报告文学作品,以艺术的笔法真实、生动、具象地记载拱墅这片土地上这一划时代的景象。我们特意邀请了家住拱墅、擅长报告文学创作的作家孙侃先生,跟踪式地采访、记录这轮城市更新过程中的桩桩件件,分析、探讨拱墅区在大城北地区规划建设过程中的先行意义和示范作用,并以20余万字的篇幅加以叙述。几经修改完善,今呈现在广大读者面前,将作为珍贵史料,长期留存。

习近平总书记强调:"人民对美好生活的向往,就是我们的奋斗目标。人世间的一切幸福都需要靠辛勤的劳动来创造。"城市更新正是回应人民群众期待,让每个人过上更好日子的实际行动,是实现初心的具体表现。今后,拱墅区将继续发挥优势,积极作为,在努力成为新时代全面展示中国特色社会主义制度优越性的重要窗口的进程中,始终站在时代前列,打造更加璀璨的景致,拥有更加美好的未来。

本书编辑委员会

2021 年 1 月

目　录 / CONTENTS

第一章 运河南端 世纪蝶变

历史与现实交汇、自然与人文交融、产业与城市共兴。

——杭州市大城北地区规划建设功能定位

拱墅是大城北的核心区，必须扛起责任担当，引领大城北崛起。

——中共杭州市拱墅区委书记 朱建明

未来是光明而美丽的，爱它吧，向它突进，为它工作，迎接它，尽可能使它成为现实吧。

——［俄］车尔尼雪夫斯基

身处伟大时代,必须敢于以"破"的勇气和毅力,夯实基础,谋得契机,挖掘潜能,更必须勇于以"立"的智慧和能力,争得美丽的容颜,收获完美的结果,迎接再一次蝶变。高品质推进大城北规划建设是杭州实现老工业区块产业振兴的必由之路,是杭州做好大运河文化保护传承利用的关键举措,是提高城北地区人民幸福感的实际行动。率先高标准建设大城北核心区,即把拱墅区北部的建设列为重中之重,是科学安排规划建设时序的必然选择。

大城北崛起，一则关于城市的传奇

只争朝夕，不负韶华。在大城北地区规划建设行动中，作为主要"施工地"的拱墅区，全区上下都已把全面推动大城北加速腾飞、高质量发展作为中心工作。新时代的序章缓缓展开，奋斗之年的冲锋号已然吹响，拱墅区将以排头兵的姿态开启大城北崛起新征程。

在杭州市拱墅区，京杭大运河南端，杭州大城北地区的核心区域，城市更新的强劲脚步正不断向前迈进，一幅崭新的现代城市画卷徐徐展开：

数十条城市主次干道和百余条支小路已经建成，城市框架进一步

位于杭城北部的拱墅区，经济发达，社会和谐

拉开、城市路网进一步畅通。这其中,香积寺路西延(莫干山路—上塘路)工程从香积寺路向西延伸,与余杭塘路相接,成为主城区东西向跨越京杭运河的主要通道之一;浙江省内首个双层隧道项目——丽水路(石祥路—金昌路)道路工程开工,城北交通路网将进一步得以完善,运河湾区块内的交通环境大大改善;已开通的地铁5号线横贯拱墅,轨道交通建设仍昼夜不息。

至2019年底,拱墅全区在建建筑工地达到171个,在建商务商业用房面积近400万平方米,实现了260万平方米面积安置房的全面开工和建设;推出"蓝领公寓"近2000套,完成瓜山、拱宸、吴家墩等保留农居点的整治任务;扎实推进老旧小区环境提升工程,做好街巷文化角打造、夜景亮化提升、美丽围墙和社区文化家园建设;大件垃圾处置、既有住宅加装电梯、"厕所革命"等"关键小事"均被打造成精品。

成功引进中科院计算所杭州分所、中国铁建华东总部、蓝疆创新、中德生物经济产业园等一批重要项目;汽车互联网小镇通过省级产业创新服务综合体创建复审;运河工业设计小镇一期开园,二期正在建设;泰普森国家级工业设计中心落地;杭州国际人才创业创新园(拱墅园区)开园,成功引进德中卫生组织华东区总部、中德生物基新材料研究院、南非院士(浙江)创新中心等国际人才项目。

智慧网谷小镇入围省级特色小镇第四批创建名单,一群数字经济"金凤凰"飞进拱墅,新浪、360、联想、华为、58同城、招商蛇口、顺丰等落户小镇,打响了杭州版"中关村"名号。"天圆地方"的小镇客厅位于智慧网谷小镇最南部,是一个集科技体验中心、产业展示中心、产品展览中心、招商服务中心四大功能于一体的大城北高端科技体验馆,其内部展示了拱墅产业发展的脉络,记录了拱墅从一个工业重镇逐步蝶变为新兴产业集聚地的轨迹。

"一址两街两园三馆两中心"十大文化项目陆续"破土而出";大运河亚运公园、大运河剧院、显宁寺修缮工程、拱墅区文化规划馆、大运河文化艺术中心、大运河文化时尚发布中心等或已投用,或正在如火如荼地建设中。其中,大运河时尚发布中心作为全区唯一一个在历史建筑上新建的大跨度钢结构建筑项目,主体总面积达5666平方米,可容纳1000人,建成后可举办大型活动、产品发布会及时尚秀等。由原杭州热电厂大烟囱打造的"时光塔"主题灯光秀,每晚定时亮灯,已成为大城北闪耀的新地标。

华师大附属杭州学校、育才登云小学等10所学校投入使用;打造"健康中国示范区",开工建设邵逸夫医院大运河分院;深化"看中医,到拱墅"品牌,实现社区中医诊疗全覆盖;完善居家养老服务体系,"阳光老人家"居家养老品牌不断打响,智慧养老服务水平稳步提升;小区旁的综合体、农贸市场、邻里中心等全面布局;"微治理"平台实现全区全覆盖,群众的获得感、幸福感、安全感不断提升。

半山电厂去工业化改造项目全面开工,巨大的冷却塔将不复存在;"大城北中央景观大道"加快建设;"零直排巩固"和"美丽河道"创建稳步推进,沿河生态廊道不断延伸,全省"污水零直排区"样板区建设加速实施,大城北地区整体环境大大改善……

21世纪第二个十年中期以来,拱墅区抢抓历史机遇,充分发挥在长三角一体化、大运河文化带、大城北地区规划建设战略中的区位、空间和文化优势,在大平台开发上取得新拓展,全域提升美丽拱墅的"颜值",打造国内一流的营商环境,完善普惠均衡、共建共享的社会治理结构,让人民能有更多的获得感、幸福感、安全感,这已成为拱墅区由"破"转"立",迈向高质量发展的任务和目标。

只争朝夕,不负韶华。在大城北地区规划建设行动中,作为主要"施工地"的拱墅区,全区上下都已把全面推动大城北加速腾飞、高质量发展作为中心工作。"拱墅是大城北的核心区,必须扛起责任担当,引领大城北崛起。"区委书记朱建明如是表明决心。新时代的序章缓缓展开,奋斗之年的冲锋号已然吹响,拱墅区将以排头兵的姿态开启大城北崛起新征程。

"出生在一座著名的城市里，这是一个人幸福的首要条件。"古希腊悲剧大师欧里庇得斯说。事实上，他这句话的真正含义是，一个人若要享有幸福生活，就必须生活在一座理想的城市里。这样的城市能为人们提供获得幸福所必需的物质和精神条件，因而它是完美的，也必然是享有盛名的。倘若真有这样的理想之城，将能庇护万众在幸福和谐的环境中度过快乐的人生。

城市，是人类走向成熟和文明的标志。城市产生和发展的基本动力，是社会生产力的发展，而社会生产力的发展，又将促使城市的发展进步。中国古代哲人就认为城市是城与市的结合，"内为之城，外为之廓"，意即"城"是一个用城墙围起来，足以抵御来犯者的人口聚集地，而"市"则是聚居在一起的人进行物品交易的场所。所谓"日中为市，致天下之民，聚天下之货，交易而退，各得其所"，就是说只有在城里才有这样的交易可能。可以说，自古至今，尽管有很多人留恋和赞美田园牧歌般的景色，尽管乡村生活确实也有诸多优点长处，然而，人类的群居方式，或曰人类的日常生活形态，愈发趋于现代化、城市化。这也符合自然法则，符合人类文明进步之必然。

正因为城市是人类成熟和文明的产物，是社会生产力发展的必然结果，城市本身的发展与更新便显得无法避免且十分必要。千百年来，人类赖以栖居的城市其实已经经历了一轮又一轮的更新换代，如今的城市在规模、功能等方面已异于昔日，居住环境、产业、商贸、教育、卫生、交通、城市景观等各个方面都有了本质性改观，人口呈加速度向城市聚集。一句话，人类要走向更深远的文明，城市要发展，城市更新是不二之选。

蝶变，指的是昆虫在茧中由蛹羽化成蝶的过程，是指通过蛰伏和变形成为更好、更完美的经历。成功的蝶变使昆虫进入了一个全新的高级形态，但所有蝶变都得经过一番痛苦，付出几多代价。美丽与痛苦的蜕变，两者不可分割。

破旧立新，是当前中国城市转型发展的时代主题。破，即舍弃、消除、改变,打破原有格局,祛除痼疾;立,即建设、稳固、树立,培养良好态势,开辟新的路径,建立完善机构,建设一座现代新城。必须敢于以"破"的勇气和毅力,夯实基础,谋得契机,挖掘潜能,更必须勇于以"立"的智慧和能力,争得美丽的容颜,收获完美的结果,迎接再一次蝶变。一座城市的更新,自然要比昆虫的蝶变复杂得多、痛苦得多了,但城市永恒的魅力也正在这一轮又一轮的更新嬗变之中升华。

以加快基础设施建设为抓手,加强城市功能规划和完善,推动产城融合;积极建设运河文化带,打造运河文化品牌,大力繁荣文体事业,推动文产融合;围绕"智慧城市"建设,加快工业化和信息化深度融合,推动"两化融合";增强科技创新能力,全力营造良好的创业创新环境,构建人才创业平台,培育发展创新型企业,推动"双创"融合。这几年来,在全面实施大城北规划建设的整体框架下,拱墅区全面推出"六大专项行动",有力推动创新发展,有效谋求全域城市化协调发展,促进绿色发展,提升城市国际化功能和区域经济外向度,增强群众的获得感,实现发展成果共享。

"江南好,风景旧曾谙。日出江花红胜火,春来江水绿如蓝。能不忆江南? 江南忆,最忆是杭州。山寺月中寻桂子,郡亭枕上看潮头。何日更重游? 江南忆,其次忆吴宫。吴酒一杯春竹叶,吴娃双舞醉芙蓉。早晚复相逢?"([唐]白居易《忆江南》)大河何壮哉,訇然天际来;山高愈前行,梦好起宏图。身处这个伟大的时代,依傍这方美丽的土地,我们奋斗,我们前行。我们已经插上了梦想腾飞的翅膀,我们正在书写一篇雄阔壮美的时代传奇。

都市里的村庄,极不和谐的存在

> 经历了一轮又一轮城市嬗变的拱墅,整体面貌有了极大改善,然而,倘若任凭数量巨大的城中村长期存在,其人口活力、创新能力、文化和商贸交融能力等优势将逐渐转为劣势,最终成为城市的痼瘤。

杭州市城北地区的大规模规划建设,是从城中村农居房改造开始的。

2017年12月19日晚9点,随着总管堂社区最后一个农户在征迁协议上签字,拱墅区在全市率先实现全域农居房征迁清零,从此全面告别城中村。至此,拱墅区30个城中村6372户农户全部完成签约。

在全力推进城中村农居房改造的过程中,拱墅区又加速进行了回迁安置工作,仅在2017年,就完成了集中供养老人上千人,安置回迁征迁户近2000户的任务,一年的征迁任务量超过了过去五年的总和。与此同时,文、教、卫等各类公共配套服务也实现了无缝衔接、统筹推进。

在完成30个城中村农居房征迁的任务之后,从2018年5月起,拱墅区提出了"奋战一百天、实现全清零"企业征迁百日集中攻坚行动,继续举全区之力,推进1363家企业征迁和城市部分征迁户签约清零工作。至当年6月28日,随着上塘街道11个项目实现征迁清零,百日集中攻坚任务已提前完成。与城中村农居房征迁改造一样,在众多企业征迁后,新一轮城市更新的规划建设工作已同时启动。

这是一个个令人振奋的数字,一桩桩了不起的工作业绩!每一个数字背后，每一项成果之中，有着无数令人感动、难以忘怀的故事，凝聚着全体征迁工作人员无数的心血和汗水。

南部深耕细作，北部决战决胜。破之速度，立之高度。在本轮城中村改造，尤其是2017年的农居房征迁工作中，拱墅区四套班子领导齐上阵，包干助推重点改造项目；相关部门、街道、社区（经合社）工作人员以"白＋黑""5＋2"的忘我精神，千方百计、争分夺秒推动各项改造工作；广大党员群众纷纷响应，理解、支持、配合城中村改造加速推进。没有这样的激情、毅力、智慧和奉献精神，要在一年内实现全域城中村清零，达到"一个不留、一户不剩"的目标，是绝对不可能的。感人至深的场景，攻坚破难的故事，气势恢宏的城市变奏曲，理应载入历史，成为永恒记忆。

何谓城中村？顾名思义，就是夹杂在城市里的村庄。乡村是人类聚居最古老、最普遍的形态，城市是人类文明发展到一定阶段后演变而成的现代聚居形态，两者各有千秋，你不可轻易否认乡村的优势，也不能因为崇尚城市而取消乡村的存在。事实证明，人类社会发展至

三宝村旧貌

今,城市和乡村可以并行不悖地存在,各取所长,相互融合,为人类提供最合理的栖居方式。然而,这里所说的乡村绝非原始的、落后的、混乱的,甚至违逆人类生活必备条件的,它必须与人类需求相适应,与文明进步规律相适应,与时代发展相适应。从这个角度上说,进入21世纪之后,当我们的城市愈显繁华靓丽之时,具有鲜明中国特色的一个个城中村,确实越来越成为不和谐的存在。

即便只是走过路过城中村的人们,都不可避免地对它留下极其深刻、难以磨灭的印象。拐入某条漂亮大街的背后,循入某个街区的纵深处,或者来到城郊接合部的某个地段,一个与现代化城市完全不搭的景象陡然出现:密匝排列的农居小楼,狭窄逼仄的楼房间距,乱搭乱建的违章建筑,蛛网密布的电线,污水横流的路面,四处乱丢的垃圾……

有人说,城中村是城市难以示人的背面,因为它的落后无序实在让人无法容忍;有人将城中村形容为"城市的肿瘤",因为它不可避免地藏污纳垢。是的,虽然城中村在容纳初进城市的人群、提供粗糙简朴的生活条件、推动城市原始扩张等方面能发挥作用,但它绝非城市发展壮大过程中的必备产物和必需环节。说它是中国城市发展的一大短板,亦不为过。

"城中村拥有城乡混合型社会结构,是一种既有别于城镇又不同于乡村的过渡性社会生活共同体,具有内涵独特的'中国式边缘化'社会样态。"杭州师范大学公共管理学院社会建设和社会治理研究中心教授、博士生导师卢福营,对于当今中国的城中村有着细致的观察和精辟的分析。从城中村现象的发生来分析,他认为:"历史地看,城中村并非从来就有,也不是自然成长的,而是中国过去几十年城镇化政策的特殊产物,也是城郊村落城镇化一定阶段的特殊表现形态。在经济增长型发展主义取向下,大量生产要素受利益驱动急剧地向城镇集聚,有力地促进了城镇经济的迅速发展,同时又造成了城镇空间的严重不足。于是,城镇犹如'摊大饼'般地向郊区扩张,将一个个城郊村落纳入城镇范围,最终形成了这种'似村非村''似城非城'的城中村。"

从城中村的特征,以及它在城镇化过程中的发展动态来分析,卢福营认为,由于交界性、边缘性、不稳定性的社会特征,致使城镇化中的城中村呈现两种情况:一是在城乡对立的二元社会背景下,处于城乡两种体制、两种文化的冲突之中,有可能成为社会矛盾的焦点;二是处于城乡两种体系交界处和边缘区,容易生成独特的"边缘效应"。这一边缘效应将使城中村介于城乡两种社会系统的边缘,多种城乡社会因子在此汇聚、渗透,发生交互作用,而城中村也由此拥有更大的包容性和创新发展条件。无疑,由政府主导、汇聚多方力量实施的城中村改造,助推了这一过程,充分发挥其包容性和创新力,并使其尽快融入现代都市。

"城中村是急剧城市化过程中原农村居住区域(包括土地、房屋等要素)、人员和社会关系等就地保留下来,没有有机参与新的城市经济分工和产业布局,仍然以土地及土地附着物为主要生活来源,以初级关系(地缘关系和血缘关系)而不是以次级关系(业缘关系和契约关系)为基础形成的社区。城中村改造是农村城市化,特别是城中村城市化的必经之路,事关城市品位、经济实力的全面提升,是共建共享生活品质之城、构建和谐社会的必然选择,是大势所趋、势在必行。"这段话,来自一份有关拱墅区城中村现状的调查报告,在准确而简洁地阐明城中村演变轨迹的同时,也道出了城中村改造的重要性和迫切性。

众所周知,城中村只能是一个阶段的存在,它的所有优势唯有在推进城市化的进程中方能体现,倘若任其长期存在,其人口活力、创新能力、文化和商贸交融能力等优势将逐渐转为劣势,最终成为城市的痼瘤。

经历了一轮又一轮城市嬗变的拱墅,整体面貌已经有了极大的改善,然而,因为各种历史和现实的原因,至21世纪第二个十年中期,城中村仍在拱墅量大面广地存在着。这一状况值得探究。

在杭州市下辖的十个城区中,拱墅区现有城市面貌颇为特别。从建成区布局来看,整体上依一山一河(皋亭山和大运河)延伸铺展,南部的米市巷、湖墅、小河等街道早已是十分成熟的城市核心区,但北部的拱宸桥、大关、和睦、上塘、祥符、半山、康桥等街道,既有商贸区、居民区,又夹杂着工业区和农村村落,属典型的城乡接合部,其中又以上塘、祥符、半山、康桥这四个街道为最。这四个街道与城市核心区相距并不太远,比如从康桥街道驱车入城,若道路交通顺畅,十来分钟足矣。比如上塘街道辖区内已建有大片美观、舒适、现代的居民小区,还有多所高等学府,但这些街道的区域范围里,夹杂着一个又一个自然村落、农户集中居住点、工矿企业、农田、池塘乃至荒废的土地。"一半是城、一半是乡镇;一半是小区、一半是工厂",便是对城中村改造之前拱墅区北部地带景况的生动描述。

追寻造成城中村无序分布局面的原因,一是因为历史上杭州城市核心区原本不大,改革开放之后,尤其是进入21世纪以来,杭州城市建设日新月异,以原城市核心区为原点,建成区向四面八方呈辐射状扩大,以往的农村渐变为城市的一部分,拱墅北部就属于这样的区域。二是如前文所述,近代民族工业基地就在拱墅北部,新中国成立后,杭州曾大力发展一二产业,一批新建工业企业陆续落户于拱墅北部。改革开放后,从城市核心区搬迁出来的部分企业也在这里扎根,使得这一区域成为杭州的工业聚集区,而随着经济结构不断调整,一部分企业由盛转衰,还有一部分企业面临再次搬迁,土地等资源亟待重新配置。三是原有的城市规划一直未把拱墅尤其是拱墅北部定位为城市中心区,也未充分挖掘和展示拱墅北部的历史文化资源,这显然囿于彼时的城市和社会发展实情。由于规划滞后以及其他原因,拱墅北部不少区域的土地利用不尽如人意。四是城市化过程中原先的各个村落和众多农民,没有因为被城市包裹而自动与城市融合,而是保留了原先的土地、房屋、工作及日常生活原貌,直至成为嵌入城市的异物。

"拱墅城中村的诸多特点是与拱墅的人文和地理因素、城市发展历程和基础等直接相关,对此应该有个客观认识和合理对待。"拱墅区城中村指挥部副总指挥陈旭伟说。长期从事城中村改造工作的他,对拱墅区城中村的实情了解颇深。他认为,对于一个个面临改造的城中村,历史的、现实的、固有的、变化的,政策的、自然形成的……各种起因、过程和现状都值得梳理。

杭州绝大多数城区城中村的症结具有较多共性,但拱墅还有其自身特点。用地功能混杂、违建乱搭等情况较多,使城中村在空间形态和内部功能等方面,与城市环境形成强烈反差,杭州大城北改造也因此面临诸多新课题。

城市更新,一个世界性的难题

因涉及多方利益,城市更新建设困难重重。说包括城中村改造在内的城市更新是世界性难题,亦毫不夸张。在这寸土寸金的现代都市中,意想不到的难题亦不时冒出。

2019年2月21日下午,大城北规划建设实质性推进的第一年,"杭州市大城北地区规划建设工作推进大会"在拱墅区召开。浙江省委常委、杭州市委书记周江勇在会上强调,要深入学习贯彻习近平总书记关于新型城镇化和大运河文化保护的重要指示精神,以一流施工队的标准,高品质推进大城北规划建设,努力建成老工业区块转型升级示范区、绿色生态宜居地、社会数字治理系统解决方案先行地、大运河文化带建设全国样本,打造展示我国城市有机更新成果的重要窗口。

作为大城北规划建设的核心区,自此项建设工程实施以来,拱墅区全面扛起大城北崛起大旗,全力打造大城北标杆区,尤其是在大运河新城核心区及"三纵两横"河网水系城市设计规划、大城北地区大项目实施、以创新型用地打造智慧网谷数字经济小镇、探索"城市眼云共治"平台等项目上，取得了重大突破，发挥了示范带动作用。

高品质推进大城北规划建设是杭州实现老工业区块产业振兴的必由之路，是杭州做好大运河文化保护传承利用的关键举措，是提高城北地区人民幸福感的实际行动。进一步明确高品质推进大城北规划建设的总体方向，按照"历史与现实交汇、自然与人文交融、产业与城市共兴"的功能定位，努力把大城北打造成为产业振兴腾飞、经济高质量发展，城市功能完善、居民高品质生活，居民和睦相处、城市高水平治理，文脉薪火相传、文化高水准阐释的城市副中心，已成为大城北规划建设的主要任务。

按照大城北规划建设的总体步骤，率先高标准建设大城北核心区，即把拱墅区北部的建设列为重中之重，是科学安排规划建设时序的必然选择。以规划引领，优化区域空间布局，率先高标准建设大城北核心区，这是第一步；近期重点建设大城北引领区，远期逐步推进至大城北拓展区，这是稳扎稳打、循序渐进的战略之举；坚持项目带动，提升区域品质形象，实施一批产业、交通、市政、生态、文化项目，做强发展支撑、打通发展经络、夯实发展基础、重塑发展本底、延续发展根脉，这是高品质建设不可或缺的任务；坚持数字赋能，发挥"建"的优势，做深"用"的文章，推进社会治理现代化，这是未来进一步建设发展的前提。

围绕运河沿岸名区建设，开展全域城中村改造，深入谋划征迁后土地开发建设工作，全面启动新一轮城市开发建设行动，消除城乡差别，加快城市化步伐，在拱墅，这正是大城北规划建设的重要内容。"只有在完成城中村改造、获得城市发展新空间的前提下，才能提升城市品位，才能做到城市更新。努力实现'一年一个样、三年大变样'，加快产业平台建设、重点区块开发、基础设施建设、安置房建设、留用地建设、民生工程建设、城市有机更新、土地储备出让、人才公寓建设、运河文化建设等，是城市更新的主要内容。只有这样，拱墅作为中心城区在杭州建设世界名城的进程中才能拥有应有地位。"拱墅区委书记朱建明指出。

大好形势，表明这是一个千载难逢的发展好时机；透辟的道理，让肩负的新任务更明确。

党的十八大以来，以习近平同志为核心的中央领导集体把实现复兴大业定为施政方向，把成就中国梦想当作未来愿景。党的十九大吹响了进入新时代、夺取新胜利、决胜"两个一百年"的冲锋号。"中国梦归根到底是人民的梦，必须紧紧依靠人民来实现，必须不断为人民造福。"习近平同志在党的十九大报告中激励我们每个人都应不忘初心，锐意进取，撸起袖子加油干。"今天，我们比历史上任何时期都更接近、更有信心和能力实现中华民族伟大复兴的目标。"黄钟大吕，振聋发聩。唯有坚持改革不停顿，把新时代改革开放的旗帜举得更高更稳，才能谋得社会经济的跨越式发展。

坚持破立结合，一年破、四年立，拱墅区将在完成全域城中村农户征迁清零的基础上，全面启动新一轮城市开发建设三年行动计划，为大城北规划建设打下坚实基础。按照拱墅区"深耕南部、开发北部"的总体部署，从2016年起，拱墅区在以下重点工作中成果迭出：

一是实施重点区块开发专项行动，完成全区40个城中村农居房征迁，做到一个不留、一户不剩，加大重点区块开发力度，全面拉开城市开发框架，尽快改变城郊接合区形象；

二是实施重大产业平台建设专项行动，加快建设十大产业平台，真正使产业成为拱墅未来发展的筋骨和支撑；

三是实施重大项目和保障安居工程建设专项行动，排出一批重大功能性和基础性项目，按照项目化要求逐项抓好落实，通过努力使征迁居民尽早回迁，给老百姓一个温馨的家；

四是实施城市管理全域提升专项行动，提升精细化管理程度，让拱墅这方土地更加宜居宜业，真正成为"一河穿城过，碧水青山满眼绿"的现代化中心城区；

　　五是实施基层治理能力提升专项行动，狠抓"基层基础七方面意见"的落实，深入推进"三方协同治理"等创新试点，不做锦上添花、花上垒花的亮点，而是真正探索破解基层各类难题的有效路径，把经济社会发展的各项基层基础工作进一步夯实；

　　六是实施发展楼宇经济和招才引智专项行动，使拱墅转型升级持续推进，使区域经济增长建立在可持续的基础之上。

　　事实上，城市更新的命题并非中国独有，这其实是一道世界性的城市发展难题。细察世界各国，尤其是发展中国家的一些著名城市，如巴西圣保罗、印度孟买、孟加拉国达卡等，不难看见一边是楼厦华屋，一边是杂乱无章的棚户区、贫民窟的现象，而这些棚户区、贫民窟往往是由城中村演变而来。由于政府治理机制和社会历史现实等因素，对于这些棚户区、贫民窟的改造举步维艰，不少城市因此陷入欲改造而不得，甚至社会矛盾激化的泥淖。有的城市则畏葸于征迁之难，索性采取消极回避的鸵鸟策略，干脆放任其存在。

　　当今中国城市发展有着自己的特点、规律和需求，也有着破解"短板"难题的独有方法。面对繁重复杂的城市更新改造任务，众多城市管理者不断地探索、尝试着各种方法。新的任务次第来临，新的难点相继出现，而新的合理方法、科学手段和有效措施，就在这情势和任务的倒逼中不断获得并完善。

　　城市更新的概念，最早起源于19世纪随着工业和科技革命快速完成城镇化的欧洲，时至今日，这一概念已经有了新的内涵。不同于以往的城镇化建设，城市更新是一个将城市空间与人口格局重新定位和优化的过程，通过优化城市空间以适应现代化社会生活需求，提高城市的承载力，优化城市功能，提升居民生活质量，进一步提高经济和社会效益。从长远历史角度来看，城市更新理念下的大都市，将是拥有与未来社会、科技、环境发展变化相适应的、可动态调节的多维度有机生态。

　　现有城市更新主要有三种模式，即拆除重建、综合整治与拆整结合。拆除重建是按照城市总体规划要求对城中村实施整村改造,并通过调产或货币方式对征收被补偿人进行安置;综合整治是指对农民建造时间较短,基础配套相对完善,村容村貌较整齐的城中村实施改造,包括拆除违法建筑、完善配套设施、整治房屋立面、提升环境品质、体现村城特色等;拆整结合是指对城中村部分区域实施拆除重建、部分区域实施综合整治。显然,大城北规划建设的绝大部分属于第一种模式。

专家有言,城市更新作为一个系统工程,在项目的各阶段都有着更高的要求。尤其是前期策划定位阶段,不仅需要对规划政策有前瞻性和明确的解读,还要对所处市场和所需业态的分析更加透彻和对融资资金的使用与匹配更加高效。更重要的是,需改变以往旧城改造的粗暴方法,不能再是简单粗暴的拆迁与新造,而是在新旧之间找到平衡。平衡性营造不仅能让城市居民在心理上更容易接受城市更新的概念,更能在此过程中解决与修正城市在过去发展中产生的问题,使城市在新的发展中更好地满足居民各方面需求,并与新产业在城市中长期和谐共存。

事实上,大城北规划建设在不少区块实施的虽是拆除重建模式,但同时结合了拆整结合模式,选择的是平衡性营造之法,即以提高居民生活品质为前提,尽可能减少不必要的社会扰动。然而,不少问题因牵涉各方,在看待和处理建设与平衡这对矛盾时,往往不得不打破和改变若干原有格局,对征迁居民的原有生活造成一定的困扰。因此,包括城中村改造在内的城市更新,最为重要的工作是研究和实施如何及时、平稳、高质量地完成征迁与安置。

蹀躞于拱墅各个城中村,采访各个相关单位和部门,在落笔写作此书之前,笔者试图把这项特殊工程的来龙去脉、前因后果、规则流程、优点难点、事例人物弄得个清清楚楚,尤其想弄明白城中村改造推进过程中的动因和阻碍、经验和教训,以便全面、系统而客观地梳理和描绘出这场城市发展攻坚战的真实面貌。随波溯流,探微烛隐。当我们对城中村改造每一环节、每一细部予以寻访和考察，首先感受到的，便是一个又一个极为棘手，甚至一时无解的大小难题。

难题的存在，就是用来破解的。这是一句幽默话语。当活生生的矛盾、纠葛、冲突摆在你面前，火急火燎地等你处理、逼你解决，一旦处置不当，还将酿成新的更大的难题时，任何一句幽默、一丝耽搁，都将是一种奢侈、一次错失。

在拱墅的城中村改造进程中，已经遭遇或者即将遭遇的主要难题有：

首先，如何解决政策矛盾，真正实现"同城同待遇"？从1998年启动第一批撤村建居至今，为应形势之变，省市有关部门出台或修改了多个与撤村建居、城中村改造相关的政策。多年以来，由于征迁是分期分批的，同街道、同村的农户，适用不同的征迁和安置政策，从前只有实物安置政策，后来享有货币补偿或实物加货币补偿的政策，数额相差有时还比较大。总不能再拿出钱来补偿早已征迁了的，更不能不管时下形势，过于压低即将征迁安置的农户。还有，杭州全市范围都在进行城中村改造，因市里未曾出台统一的、极其细致的征迁补偿和安置标准，各个区、各个街道、各个行政村（社区），甚至同一个村，不同的农居房的征迁补偿也有差异。那么，"同城同待遇"的政策该如何落实？

其次，如何平衡改造资金，确保城中村改造健康运行？按城中村改造的常规做法，其资金平衡主要通过土地整理，即将城中村改造平衡用地通过必要的规则和流程予以出让，将土地出让金用来补偿弥补安置房和三公配套建设资金缺口。然而，这一"如意算盘"有时打得并非那么顺畅。拱墅因地处城北老工业区，国有工业企业众多，集体土地少且零散，未改造的农居房密集，改造成本巨大。由于区位因素所限，拱墅城中村改造缺少大项目带动，多年来主要依靠区里自行征迁，这与兄弟市辖区的情况相差较大。

需要补充的是，在推进城中村改造过程中，国有企业的开发时序和配套设施的同步建设问题,也令人头疼。区块内的大量国有企业,除了省属、市属的之外,还有央企及央企的附属企业,"背景不小",性质复杂。个别企业不愿搬离原有地块,面对征迁动员一再拖延,而其土地性质的转换也涉及多方,程序较为复杂,使改造周期大大延长。"但这些企业必须征迁,不少企业是各类环境污染的源头,工业企业与城市居住小区和商贸区也无法相融,硬着头皮也得把这些硬骨头啃下来。"陈旭伟介绍,按照相关部署,征迁工作主要分两步走,农居房征迁工作告一段落后,各类企业的征迁随之成为城中村改造的重中之重。

再次,如何平衡与保障各方利益,也是城中村改造面临的一大难题。所谓农居房居民,即原先的村民,其拥有的农居房,是按照相关政策依法依规获得宅基地后建造起来的。除了用于自住,城中村农居房还可以向普通租客和商户出租,租金收入也成为村民的主要经济来源之一。城中村改造后,可供出租的房屋面积相对减少,租金收入也将相应减少,村民也会有意见,那该怎样设法弥补?除了居住环境的提升,社保、医疗设施等的完善,还有什么方法解决他们的后顾之忧?

发展村级集体经济是保障征迁户利益的可行的方式之一。在拱墅,不少村的集体经济是比较发达的。城中村改造后,由于涉及企业征迁,也因整村征迁、居民四散安置,不少村级集体企业将不复存在。倘若村级集体经济要延续发展,就需通过统一规划,确定村级10%留用地指标和集体企业拆复建用地指标,通过政府留给村里的10%留用地和拆复建用地来发展三产经济,让农民在撤村建居和城中村改造过程中享受到改造带来的实惠。而要做到这一步,势必要维持政府及相关部门、村(社区)集体经济组织(经合社)、经合社股民等多方之间的利益平衡,同时也得与土地资源、规划建设、城市管理等多方保持协调,掌握尺度。可想而知,其间必然会遇到诸多政策性、操作性、技术性难题。

还有,安置小区建成了,征迁户回迁入住了,物业管理如何跟上?邻里关系如何调适?社区文化如何兴盛?在前几轮的城中村改造中,安置小区里曾出现违章搭建车位、破坏绿化、野蛮装修、物管费收缴难、邻里矛盾显现、户口违法迁入等种种问题,物业管理公司无法解决,社区管理一时无法跟上。对此类事件态度不一的征迁户,考虑到自身利益,会有不同的反应,乃至产生纠葛。这似乎关涉城中村改造完成之后的社区管理,其实也反映出征迁户城市化意识的淡薄,缺乏城市文化理念。必须从正确认识城郊历史文化积淀出发,立足其特殊性、复杂性,利用多种形式和载体,适时引导征迁户思想意识、生活方式和文化理念的转换和适应。当然,如何让征迁户真正融入城市,让城中村真正消弭于现代城市,将是一个漫长的过程。

从某种意义上说,进入21世纪的中国城市更新,绝对不是简单的拆房建房,而应当是一项系统的社会改造工程,有着其新的途径、新的内涵、新的前景。所谓获得感,不仅是指获取某种物质利益之后产生的满足感,还应该包括精神层面和社会层面的满足感,有尊严、有幸福、有梦想、有追求,才是真正的、全面的获得。这也是一个亟须正视、必须破解的难题。

"未来是光明而美丽的,爱它吧,向它突进,为它工作,迎接它,尽可能使它成为现实吧。"([俄]车尔尼雪夫斯基)破解难题的过程,不正是朝着美好未来行进的过程么?

熟谙实情,方能有的放矢、百战不殆

> 历史的积淀,使拱墅城中村有了自己鲜明的个性。要彻底改变城中村现状,所有症结、阻力、难点都必须花大力气化解。

让我们再深入细致地了解一下在大城北规划建设的进程中,拱墅区的城中村改造曾经遭遇过怎样的一些具体难题。

　　征迁范围广、征迁户数多、征迁质量要求高、时间紧、人手少……的确,拱墅的城中村改造在有着以上诸多共性的同时,还有着鲜明的个性。这些颇具地域色彩的难题,在实际改造时往往表现为一个个具体的症结、现实的阻点、具象的壕沟。

　　任何纸面上的论证、学术性的探讨和沙盘推演式的分析,都不如真实情况来得具体生动、紧迫严峻。正确认识和把握拱墅城中村的特色难点,方能从实际出发,有的放矢,百战不殆。

　　本轮纳入拱墅区城中村改造范围的4个街道40个村,从最南端的杭州市中心城区,至最北端的与余杭区接壤处,从与西湖区毗邻的最西端,至与下城区一路之隔的最东隅,散落在近60平方千米的城北地带,规模不同,户数不等,区位有别,风貌有异,城市化程度不一,各有其特点难点。

　　城中村原有规划跟不上,整体环境面貌落后,即为拱墅城中村的特点之一。拱墅北部的上塘、祥符、半山、康桥这4个街道,城市化进程一向较慢,不少农民向来满足于"狗吠深巷中,鸡鸣桑树颠"的田园生活,对相对素朴、落后、原始的乡村环境面貌不以为意,缺乏城市生活习惯的培育和养成;城市基础设施滞后,缺乏包括广场、公园绿地在内的公共活动空间;居住环境较差,局部区域内垃圾渣土乱堆乱倒,污水横溢、空气污染、违章搭建等现象较为严重;建筑高度密集,间距过小,采光、通风条件不理想,建筑质量不高,存在居住用地和商业用地划分不明等情况。

　　路网梗阻不畅,也是拱墅城中村的一个老大难问题。过去,在上塘、康桥、半山等街道的多个城中村,村内多"断头路"、多"脖子路"(指前后两段相对宽阔,中间一段特别狭窄的路)、多弄堂小巷。不少村道走着走着,就突然被一条小河、一幢房屋,甚至一堵高墙拦住去路,车辆连倒车返回都极困难。有的村内道路不仅拥挤狭窄,且光线昏暗,无路灯照明,令夜间行路的居民心生畏惧。这些现象的出现,显然是城市化步伐滞缓,各种基础设施跟不上造成的,也与不少农民只关心自家建房，不关心屋外道路，甚至有意侵占公共道路及其他设施的陋习有关。当然，工业厂区与村落交杂，厂房和围墙任意切割道路，也是导致这一现象的原因之一。如某油库在搬迁之前，因紧贴运河，非但使得河边绿道在此中断，更使得街区道路被围墙横腰拦断。

外来人员聚居，也是拱墅城中村的一大特点。多年来，与其他城区一样，已有大量外来人员拥入各个城中村。拱墅由于紧贴市区，不少城中村直接插入市中心城区，拥有大量外来人员的不少工业园区还与城中村相伴相生，从而引来了越来越多的外来人员。加上各城中村与市区交通便捷，农居房数量巨大，租金相对低廉，很多外来人员租住在拱墅。在拱墅的很多城中村中，外来人员的居住人数曾数倍于本地人口。

夹在工业园区中间的祥符街道新文社区旧貌

　　祥符街道孔家埭社区即为一例。该社区位于运河支流宦塘河与莫干山路的西北侧，总面积仅0.8平方千米，常住人口也仅2000来人，似是一个普通的小村落，然而在杭州的名气却不小。"因为我们社区距市中心不远，距南边不足两公里就是汽车北站，又处在通往湖州、南京的交通要道上，周围又有好几个科技园、经济开发区，所以很快成了各类租客青睐的地方。据我们统计，外来租客最多的时候，超过了1.5万人，这还不包括临时居住的、没来得及登记的。"孔家埭社区治保主任陈宏斌告诉笔者。房屋租金收入是当地众多居民的主要经济来源，不少居民还因此致富。

　　整个行政村里都是密密匝匝的房子，沿路的房子基本上开设了各式店铺。到了晚上，孔家埭社区的各条街巷里，活动的大多为外来打

半山街道石塘社区旧貌

工者，其中以年轻人居多。他们吃饭、购物、娱乐、会友，最热闹的时候，比如晚饭后，这些街巷会被挤得水泄不通。"走在街巷里，耳边听到的全是各种各样的外地口音。偶尔听到一声本地口音，反倒会转过头去看。"孔家埭社区党支部委员孔冉介绍，由于租客甚众，这里早已形成了一个相对独立完整的城郊社区，孔家埭的商业越发繁华，前来开店的也都是外地人，很多还是同乡唤同乡过来的。同一个行业的店铺由来自同一个地方的人来开设，外地特产、各地风味在这里比比皆是。

事实上，倒退十数年，地处城乡接合部的孔家埭并没有这般热闹。依着那条自莫干山路通往西湖区三墩镇的三墩路，居于路北的孔家埭还是一座典型的城郊型村庄。村庄不大，景貌与城市迥异，三墩路边的几家店铺是村里最繁华的所在，居民大多以务农、在附近企业上班为主。是经济迅速发展的杭州改变了这一切，大批的租客就是近些年迅速增多的。"那些出租的农居房，除了这几年新造的，好多已经有些年头了。谁都没想到租房市场会这么火，很多人家就以出租房为生，别的行当都不做了，只忙于搓麻将、打老K。"家族世居孔家埭的孔胜祥老人，对孔家埭与祥符桥的历史了如指掌，见证了近几十年来村庄的变化。老人说起城中村改造之前的孔家埭,颇多感慨。

不难想象,要管理外来人员拥杂的城中村,其难度该有多大! 管理压力增大,各类社会矛盾极易滋生,安全隐患处处存在,这便是拱墅区城中村又一大特点。"几乎每天都处在担忧之中。"这是一位社区干部针对城中村外来人口管理难的感叹。

由于城中村本身的建设和扩张长期处于自发状态,缺乏规划控制,建筑挤占道路和公共空间,根本没有消防救援通道,防灾救护能力极度脆弱。房屋建设也根本没有科学的设计,没有考虑地质条件、防震抗震要求。拱墅区城中村的民房建筑几乎都没有做过工程地质勘察工作,整体抗震性能较差。另外,部分村民受经济利益驱使,还加层翻建房屋,有的甚至还多次加层,以增加出租房数量,这也使得地基因承载负荷过大,变得不牢固,直接威胁到居住者及相邻群众的生命安全。

违章建筑是城中村的一大弊病。为了扩大房屋出租面积,只要有一点点空地,都会被房东拿来造房。建筑材料五花八门,款式样式随心所欲,只要能保证面积就行。由于建筑材料十分廉价,搭建成本很低,每次违章建筑整治都奈何不得,反正拆了又可以马上搭。由于低价求租的租客甚众,这些违章建筑不愁没人租。"被叫作辅房的附属建筑,大多是违章建造的。这几年,社区在拆除违建、整治环境等方面做了很多工作,也投入了不少,居住环境大大改善,但与城市社区相比,还是有距离的。违章建筑可以说是城中村的老大难问题,造成了很多安全隐患。"陈宏斌说。由行政村改建而成的社区,在管理上存在特殊性,违章建筑的治理难度很大。

消防等安全隐患也让人揪心。孔家埭社区曾投入了大量资金,用来加大对房东房客的消防安全知识宣传,强化了一系列安全措施,尽最大努力消除出租房的火灾隐患。但对于一座人口近两万的大村子,你投入再多人力物力、再反复巡查,仍不可能彻底消除隐患。私拉电线的、乱用瓶装煤气的、在楼道里给电动车充电的……稍不留神,有人就悄悄地这样干了，让人防不胜防。

"我们给每间出租房配备一个灭火器，而且是几件套，费用由社区补贴。这一措施，在全杭州各个城中村中也是走在前列的。我们还派人移除消防通道里乱停的自行车、电动车。为了取消不安全的电动车挂线充电，我们向出租房推行安装充电桩，每个充电桩能同时给10辆电动车充电，后来90%的出租房都安装了这个充电桩，既安全又便捷。社区还在出租房沿线安装了公用的充电站，整改了使用不合格热水器的出租房。"时任孔家埭社区党总支书记、经合社董事长梁锡根坦言，这几年社区之所以能确保租客的人身安全，与花大力气不断加强整治分不开，但社区干部和居民骨干真可谓是疲于奔命。

孔家埭社区的出租房之困，也是拱墅各城中村的普遍现象。通过实地走访可知，拱墅地形紧靠城市核心区，区内大型企事业单位众多，出租户和承租户数量巨大。很多居民以房屋出租收入作为重要的生活来源，但他们同时也被各种难题所纠缠。诈骗、入室盗窃、偷电动车及偷电瓶、聚众赌博等案件屡禁不绝，一直困扰着城中村居民。

巨量而无序的房屋出租行为，还给治安管理带来了诸多难题。尽管全面推行社会治安综合治理，公安部门强化了人防、物防和技防"三防"手段，社区治保工作也在不断加强，社会治安形势总体较为平稳，

工业企业厂房也是城市更新的目标之一

但城中村毕竟是个人员聚居地,社会治安仍存在若干盲点,如黄赌毒现象未彻底绝迹,流窜作案者在此窝藏等亦非罕有。拱墅城中村地处城郊紧密接合之地,这一问题自然不可忽视。

祥符桥、蔡马、七古登、沈塘湾、计家、瓜山、吴家墩……笔者在采写本书时,曾专门来到祥符、康桥、上塘等多个外来人员居住较为集中的区域走访,听取社区干部、居民、租客的介绍,获知的诸多素材无一不证实上述城中村的症结。

"拱墅城中村的问题,自然还不止这些。尽管大多数征迁居民是全力配合的,但因拱墅的区域特点,城中村征迁改造开始较早,已进行了好几轮,积累了不少经验,也有一些历史遗留问题,这也使得部分征迁居民怀揣诉求,少数还抱有观望,甚至抵触情绪,需要加以沟通和引导。"时任拱墅区委常委王牮(现任富阳区委副书记、区长)认为,如何对广大征迁居民晓之以理、动之以情,成为这一轮城中村改造工作的一大重点。

经过多年多轮的城中村改造,被列入本轮征迁改造范围的40个村的部分农居房已被征迁,部分土地已被征用,留下来的未征迁部分,往往有着这样那样的历史原因,属于改造难度大的硬骨头。有的村、有的农居房之所以保留到现在,就是因为情况复杂,阻力较大,需要付出更大的代价。

不把难题留给未来。要彻底改变城中村现状,所有症结、阻力、难点都必须花大力气化解。

"善战者,因其势而利导之。"([西汉]司马迁《史记》)正是因为有深入了解和全面把握城中村及其改造的要略,牢牢抓住特点、扣准难点、强攻重点,方才出奇制胜、求得大功。

第二章

似锦蓝图　慰满民望

力争到2020年基本完成现有城镇棚户区、城中村和危房改造。

——2015年12月中央城市工作会议总体部署之一

实施四大战略、推进五区建设,建成运河沿岸名区。

——拱墅区2016—2020年发展总体部署

慰满民望,契合天心。

——[南宋]叶　适

古运河畔、皋亭山下，一场史无前例的城市更新之战已经打响。以实施大运河文化带国家战略和城市国际化战略为引领，通过实施空间优化、交通畅达、市政共享、生态文化彰显、幸福保障、产业腾飞六大行动，将大城北地区打造成为具有高生态价值、高生活品质、高经济活力的"运河文化十"大走廊，形成和谐宜居、富有活力、特色鲜明的生态文化高地。这注定是一阕足以载入杭州城市发展史册的宏伟篇章，将同样镌刻在每个规划建设者的人生历程之中。

以终为始,蓝图已经徐徐展开

> 进一步拓展杭州大城北地区战略发展空间,推动大城北地区高水平高质量发展。到2020年,大城北地区基础设施明显提升,生态环境持续改善,运河文化不断彰显,人居环境日益提高,区域竞争力和辐射力得到有效增强,为大城北地区战略转型发展打下坚实基础。

杭州市"大城北区域"是一个什么样的概念,大城区规划建设的主要任务和目标是什么?

按照杭州市人民政府办公厅2018年6月11日发布的《杭州市大城北地区规划建设三年行动计划(2018—2020年)》,大城北区域的规划范围为:东至沪杭高速铁路,南至德胜路,西至西湖区行政边界,北至绕城高速公路北线,总面积约135.5平方千米。涉及上城区(约0.62平方千米)、下城区(约16平方千米)、江干区(约19.5平方千米)、拱墅区(约67.15平方千米)、余杭区(约32.23平方千米)5个行政区。可见,在大城北区域中,拱墅区所涉区域面积最大,几乎等于另外4个行政区所涉区域面积的总和。

而在上述《计划》中明确的六项重点任务,即六大专项行动中,许多任务将在拱墅区实施,或由拱墅区负责实施。若对这些重点任务予以概括、归纳,在拱墅区范围内实施的大城北规划建设主要项目有:

加强区域性规划研究、编制及城市设计,优化大城北地区空间布局,强化规划管理和协调。

加快完善大城北地区范围内主次干道路网体系,拱墅区内被列入重点道路建设的有金昌路、崇康路、康园路、沈半路等联网道路和沟通道路。

重点推进包括地铁 5 号线、10 号线等在内的轨道交通项目建设，优化城北片区轨道交通线网，形成网格结构，显著提升大城北地区与主城区轨道交通联系的紧密度；同步开展运河东岸沿拱康路增加南北向轨道交通线路及地铁 6 号线北延至半山的路网研究工作。

围绕轨道交通枢纽站点，完善公交场站建设，消除大城北地区公交"断点""盲点"，提升公共交通服务能力，促进居民出行方式的多样化，重点推进湖州街中心站、沈半路中心站等公交场站项目建设。

加快公共停车场库规划选址落地，推进公共停车场库建设；结合城中村改造、轨道交通建设，加快地下空间的建设进度。

完成城北污水处理厂规划选址论证并开工建设，同时结合主次干道建设，推进新改建污水管网及丽水路、3-2 污水泵站等项目建设，建成污水管 13.64 千米；加快推进杭州市第二水源输水通道工程北线管道项目，提升供水保证率，加快推进拱康路供水连通干管项目，结合轨道交通、主次干道建设进度，同步实施新改建供水管及泵站等建设

2017 年 3 月 5 日，祥符街道召开"六社联动"征迁工作誓师大会

任务。

开展供电管网路径规划及电力"上改下"工作研究,重点实施220kV半山变、桃源变和110kV北秀变、康贤变等电力项目建设。同步开展永华变、瓜山变、通益变、金昌变等电力项目技术前期工作。结合大城北发展及路网建设,在主次干道建设时同步建设电力通道。

深入推进运河综保工作向北延伸,构筑运河滨水发展轴带。打造工业遗存与城市商业等高度融合的城市环境,带动大城北地区的发展。持续开展大运河(杭州段)游步道修缮工程,通过修复运河两岸破损游步道、修复绿化、修缮"城市家具"等形式,不断优化运河两岸生态环境,提升景观质量,保障旅游安全。启动运河遗产保护标准化试点工作,助推运河遗产保护管理规范化。加快推进运河景观带等项目建设,完成运河综保工程6千米。同步开展炼油厂工业遗存保护利用、运河生态岛等项目研究。

以有效改善河道水质、提升城市防洪排涝能力为目标,重点推进长浜河、李佛桥河等河道的治理,完成河道综保工程,改善大城北地区河道水环境。

保护弘扬大城北地区传统历史文化,延续城市历史文脉,加快推进桥西历史街区提升、富义仓区块文化提升、大兜路历史街区提升等改造工程。

加快推进运河中央公园等项目建设。加快京杭运河连丁山湖湿地绿道、西塘河—运河—杭钢河—半山公园—上塘河绿道等项目研究工作;推进城北文化中心、运河文化发布中心等项目建设。

结合城中村改造,重点推进学校、医院、养老设施等项目建设,发挥杭州城市国际化与城乡一体化互动融合优势,重点补齐大城北地区公共服务短板(大城北地区范围内共新建109处学校、4处医院、10处养老设施、4处邻里中心、8处农贸市场等项目,其中一部分位于拱墅区北部4个街道)。

全面系统推进大城北地区城中村改造,重点推进皋亭、康桥村等

朱建明书记、章燕区长在城中村改造第一线调研

城中村改造。同步完善城北地区多层次、成系统的保障性住房体系，加快蔡马、皋亭、石塘等区域的安置房建设任务。

实施关停搬迁等措施，加快大城北地区产业结构调整，重点推进64家企业搬迁（其中一部分位于拱墅区北部），同步推进杭钢地块土壤修复治理、康桥油库及炼油厂地块土壤修复治理等工作。

践行"腾笼换鸟"理念，鼓励引导科技服务业等配套产业协调发展，提升和完善大城北地区产业体系；结合城中村改造，加快辖区内智慧网谷小镇等特色小镇建设；加快推进康桥健康产业园等10个园区建设任务。

……

仅从上述拱墅区域内规划建设的主要项目来看，说它为"大城北规划建设的核心区"，显然名副其实。对此，杭州市上下，包括涉及大城北范围的各个行政区，也有一致的看法。2018年6月29日上午，杭州市大城北地区规划建设新闻发布会在拱墅区召开，首次详细披露了大城北地区规划建设三年行动重点内容和重点区域建设情况。在这次发布会上,拱墅区成为大城北地区规划建设的重中之重。

事实上,对于拱墅区来说,不仅是区域位置处于大城北规划建设的核心区,近年来,拱墅区抢抓机遇,主动谋划,已在北部4个街道实施了大规模的城中村改造,成为杭州市首个全域农户征迁清零的城区,部分居民和企业征迁工作也已完成,这为拉开北部区域开发建设框架,全局谋划、全面实施大城北规划建设打下了扎实基础。从2018年起,拱墅区部署启动的新一轮城市开发建设三年行动计划,通过实施重点区块开发、基础设施建设、公共配套建设、保障性住房建设等"十大工程"715个项目,全面拉开北部区域开发建设框架,这又使得拱墅有望成为杭州市实施大城北开发战略的先行区和标杆区。

诚然,拱墅区成为大城北规划建设的先行区、核心区和标杆区,并不仅因为它位于杭州城北的核心区域,也不仅因为这几年城北区域的建设和开发成果,当我们展开建设蓝图,细细考察拱墅的诸多实情,即可知悉拱墅区北部所具备的规划建设综合优势,以及各个项目的巨大潜能。

2019年11月,《大城北示范区策划及规划方案》出炉,明确了拱墅区将在原有规划建设基础之上,进一步以项目来推动大城北之变的具体内容和步骤。大城北究竟怎么变,一幅蓝图已跃然纸上。

大城北示范区的面积约为3.5平方千米,包括京杭运河沿岸和杭钢基地两大区块。示范区将成为大城北有机更新的窗口和标杆,即大运河新城。示范区中的核心区首期将推出"十大标杆项目",即京杭大运河博物院、炼油厂文化地标、平炼路历史年轮带、杭钢遗址公园、山水景观环链、水上产业拓展—杭钢站、拱康路站地铁综合体、运河湾国际旅游休闲综合体、大运河生态艺术岛、小河公园。这其中,最具代表性的三个项目是核心区南面的运河湾国际旅游休闲综合体、北面的炼油厂文化地标、东面的杭钢遗址公园。这三个项目由"一竖"(运河)、"一横"(平炼路)这两条轴线串联,成为核心区各项目的主干。与此同时,南北走向的运河和东西走向平行的电厂河、杭钢河也会全部打通。若用河流的轴线来看，整个区域呈F形。

运河湾国际旅游休闲综合体东至上塘路，西至巨州路、通益路，北至上塘高架延伸，南至石祥路，总用地面积约113万平方米。这是一个以文化艺术商业中心、国际游艇中心、水上旅游集散中心为特色的国际旅游休闲综合体。2019年9月9日，运河湾（一期）项目已正式开工建设。运河湾（一期）项目包括运河文化公园、大运河博物院等，均属今后杭州城北重要的文化旅游项目。

运河文化公园位于运河湾的南部核心区，以"文化交流、音乐体验"为主题，主要通过观演展示体验区、铺装、主题雕塑等来展现景观。在整体空间布局上，南面为绿化公园，北边布置游憩服务建筑，集音乐、艺术展演为一体，具有艺术展演、文化交流、聚会展览等多种功能。

值得一提的是，运河文化公园的建筑以运河漕运船为灵感，充分考虑原有造船厂等工业元素，并利用台阶、屋顶与场地互动，融为一体，为观赏运河沿岸景色提供绝佳平台。公园中心结合地下室布置文化体验区，四周借助地形的抬升形成环形看台，散布活动小广场，通过打开滨河景观视线及营造观演场地等形式丰富交流空间。

京杭大运河博物院方案设计启动较早，该院位于大城北核心示范区中部，东至丽水路，南至金昌路，西邻运河，北靠杭钢河，占地面积5.71公顷。该项目采取"一院多馆"的形式，包括大运河博物馆、大运河国际交流中心，涵盖博物馆、酒店、会展中心等多种功能。值得一提的是，2019年初，杭州面向全球启动京杭大运河博物院建筑概念性设计方案征集活动，有三家世界顶级设计事务所的方案入选。这三家设计事务所分别是瑞士的赫尔佐格和德梅隆国际设计公司、英国的扎哈·哈迪德建筑事务所和戴维·奇普菲尔德建筑事务所。2019年12月，赫尔佐格和德梅隆的"悬停笔触"方案最终入选。

"悬停笔触"设计方案把博物馆置于三面环水的环境中，带有一定弯曲弧度的立面面向河流打开。这一方案的一大亮点是将整个建筑抬高了 12 米,让建筑尽量少触及地面,效果不无奇幻。建筑师在地块东面设计的山形会议中心和酒店集合体,完美地利用了中国传统思想里的山水世界观,使城市与其所处的自然环境间建立直接的空间联系。建筑师在水立面的设计上选用了大型的凹面玻璃,旨在呼应并反射一旁波光粼粼的大运河美景。

大城北示范区建设的要义之一,是让文化成为灵魂,这里的"文化"当然是从宽泛意义上来说的。以千年运河文化和百年工业文化作为核心,保留工业遗存,将商业让位于绿地、文化设施和公共开放空间,让这里成为文化公园,这便是核心区规划建设的主要定位。"在对整个示范区进行规划时,曾经也请国内外项目团队提供规划方案,向来比较看重文化又颇具创新力的国际顶级设计团队荷兰 MVRDV 建筑规划事务所,通过三个月的考察和设计,提出的设计理念是保留现有工业遗存,将其转化为文化艺术空间,凸显自然、艺术和城市空间的三个要素。这一规划设计理念随后被肯定。"杭州市运河综合保护开发建设集团党委书记、董事长陆晓亮介绍说。

炼油厂文化地标项目,其建设改造范围北至朱家坝路,西邻运河,南至杭钢河,东至丽水路,主要建设内容包括炼油厂艺术公园、未来艺术中心、水上交通集散中心,以及炼油厂工业遗存保护利用、绿化景观、艺术和文化设施用房等。这一项目定位为城市级别工业遗存保护改造开发的文化商业综合体,可布置策划各类大型节庆活动的艺术文化空间,分为商业办公、广场公园、文化艺术地标三部分。

杭钢遗址公园项目位于半山西麓,东至规划崇超路、320 国道,南至炼铁路,西至康园路,北至独城路,总用地面积约 55 万平方米,原址为浙江省内历史最悠久的钢铁联合企业。该项目内的工业遗存特别宝贵,尤其是三座高炉、特色办公楼以及传送带等将被保护和利用。项目的改造建设目标,是延续旧工业建筑的空间尺度和景观特征,打造集艺文运动、创意展示、游乐体验、公共体育于一体的未来社区型文化遗址标志性公园,塑造成为工业文化展示利用的文化地标。

事实上，2018年全面实施的"一址两街两园三馆两中心"十大项目同样遵循了上述规划和设计理念，即充分利用世界文化遗产和工业遗存的"双遗"优势，围绕运河南端做文章，努力把文化遗产的作用发挥到极致。

"一址两街两园三馆两中心"的具体建设内容有着鲜明的拱墅元素，它指的是："一址"即半山历史文化遗址（含二十四节气主题公园、显宁寺、战国墓、水田畈）；"两街"即新建祥符桥、运河湾两大历史文化街区；"两园"即运河亚运公园、运河中央公园（运河大剧院）；"三馆"即民俗博物馆（乡愁纪念馆）、文化规划馆、匠人馆；"两中心"即运河时尚发布中心、运河文化艺术中心。

运河亚运公园位于拱墅区申花单元城市繁华区域，在规划建设时虽然承担了乒乓球馆和曲棍球场的建设任务，但整个公园的绿化率仍达到70%以上，并充分利用北庄河、永兴河等过境水系，提升公园生态效应和景观价值。这里的水系属西溪湿地北缘的一部分，由余杭塘河等河流与京杭运河相通，土地湿润、港汊密集，适合成为"城市绿肺"。这座公园的名称缀之以"运河"两字，应是贴切的，公园内建造的用于2022年第19届亚运会乒乓球、曲棍球比赛的体育场馆和配套设施，又在功能和外观设计等方面凸显亚运特色，兼顾大众体育功能。公园内体育场馆建设还突出了智能、绿色、节约等理念，十分时尚，建成后将满足附近居民的健身需求，成为市民休闲放松的好去处。

热电厂综合体的烟囱广场，原先是杭州热电厂所在地。热电厂区内那座曾经日日夜夜喷吐白烟的大烟囱，先前是莫干山路北大桥地区的地标性建筑。老远看到这大烟囱，就知道这里有一座为杭州诸多企业集中供热的热电厂，再往北便是郊外了。如今的这里虽还属城郊接合部，但已较为繁华。热电厂停产后，这里成了拱墅区众多工业遗址中的一个。大城北地区改造过程中，以大烟囱为中心，这里被打造成颇具文艺范儿的烟囱广场。烟囱广场由烟囱地块、江南设计院地块和运河文化艺术中心三个项目组成。毫无疑问，热电厂综合体的成功改造,走出了一条工业遗产改造利用的新路,那就是保留原有的地标性建筑,并以该地标性建筑为中心,连片打造文创项目集群。

笔者从杭州市规划和自然资源局拱墅分局了解到,从2018年起,拱墅区就已着手在城北区域实施文化项目建设,打造文化品牌。在"十大工程"715个项目中,文化建设项目占到108个,这些项目将争取在2021年底前建设完毕。把拱墅区建设成为中国大运河文化带发展的先行示范区,已指日可待。

打开一幅足以傲人的历史画卷

千古流淌的京杭大运河、巍然屹立的皋亭山、古老的拱宸桥、繁盛的湖墅路,始终拥于拱墅怀中,从未改变。

"背郭清流即泛洋,暖风吹送往来航。渐开图画村村景,云水空濛第一乡。"这是清朝诗人邱峻在《北郭春泛》一诗中对杭州城北,即今拱墅一带迷人景致的纵情描绘。是的,他十分精到地呈现了这片土地的人文地理特色和风情风光,勾画其魅力,点出其神韵,轻吟此诗,即已把这至美之地不由自主地爱上。

作为江南名城杭州市的中心城区之一,1949年5月正式定名为拱墅区的这片土地,即便在近几十年间行政区划多有调整,但千古流淌的京杭大运河南端、巍然屹立的皋亭山、古老的拱宸桥、繁盛的湖墅路,以及城郭以北大片肥沃土地始终拥于拱墅怀中,从未改变。

拱墅这一颇显奇特的地名,由"拱宸桥"和古老商业街区"湖墅"两个地名中各取一字组成,醇厚古风扑面而来,让你知悉这个地方极有来历。的确,你想,2014年京杭大运河开展"申遗"工作时,整个浙江共有11处申遗点,拱墅区就占据了3处,无可置疑地成为省内占有申遗点最多的城区,且是运河古迹保存最完整、文化底蕴最深厚、旅游资源最丰富的一段。例如拱宸桥,此桥建于明末,"拱宸"两字有四方归向之意,又有拱手相迎、表达敬意的含义。此桥在具通航、津渡、锁镇等作用的同时,乃官民迎接帝王的地方,为大运河最南端的象征。目前,此桥依然矗立于运河南端,风采未减。

紧依运河,以珠儿潭、卖鱼桥、信义坊、仁和仓、草营巷等街区组成的湖墅地区,自古为拱墅街市之典范。它地处湖墅路之中段,被誉为"十里银湖墅",千百年来一直是杭城最繁华的街区之一。因此地商贸活跃,宋时冠名"湖州市",明时被讹化为"湖墅",一直沿用至今。不过,说起湖墅,早于"西湖十景"、明朝末年即已扬名的"湖墅八景"不可遗漏。只要看一看"夹城月夜""陡门春涨""半道春红""西山晚翠""花圃啼莺""皋亭积雪""江桥暮雨""白荡烟村"这些景名,即可知它们都是一些绰约可人的景色。

除去拱宸桥和湖墅,有关拱墅源远流长的社会发展和人文历史遗

拱墅区"四大专项行动"集中汇报会

存,值得一提的自然还有很多:距今四五千年历史的半山水田畈遗址、半山石塘战国墓遗址、富义仓遗址、香积寺及香积寺石塔、桥西和小河直街历史文化街区、祥符桥、洋关、高家花园……每一处都颇有来历,都在细述这片土地的来龙去脉、前世今生。

一切都是因水而名,因山而兴。古时如此,今朝自然同样依凭这条千古河流,这脉美丽丘陵。如今,若你从武林门码头上船,顺运河北行,或乘一艘飞艇,一直飞越皋亭,你看到的是底蕴深厚、密匝分布的人文景点,是楼宇林立、街衢齐整的新型城区,是人才集聚、方兴未艾的创意产业,此番兴旺、那般气势、这份美丽,足以让人泛涌爱恋、顿生钦服、鼓涨豪情。

拱墅的自然之美无须多言,人文历史底蕴之丰厚令人艳羡。当然,更令今人钦服的,是这方土地在经济发展、社会进步方面所发生的巨大变化。

在不少杭州人乃至浙江人眼里,拱墅一地在经济建设方面,曾属城乡接合部的工业和加工业发达区域。的确,京杭大运河得运输之便,千百年来,位处运河南端的拱墅航运、港埠业向来发达,漕运即为其一。说杭州是一座被运河"喂大的城市",即指航运业对城市发展所起到的巨大作用。而说到运河航运业,揽运河于怀中的拱墅自然首当其冲。

自19世纪末年开始,伴随着清末洋务运动和民族资本主义的兴起,倚靠运河的拱宸桥周边出现了现代工业企业的身影,通益公纱厂为当年中国自办的规模最大的纱厂,也是浙江省内最早的民族工业。华丰造纸厂诞生于1922年,为全省首家机制纸生产企业。江墅铁路的开通使得艮山门外至拱宸桥一线,成为现代交通运输和工业发展的热土。殖民主义势力在掠夺财富的同时,也带来了古老运河边的现代工商业的畸形发展。可以说,在浙江或曰中国沿海城市,杭州的现代工业发展位居前列,其中最具典范意义的区域,当属拱墅无疑。

民国时期的拱墅一带,工业企业缓慢发展,而当新中国成立之后,尤其是在1958年全国范围内掀起"大跃进"运动、实施工业大发展之后,杭州市的一大批现代工业企业在今拱墅区范围内兴建:红雷丝织厂、杭州印染厂、浙江麻纺织厂、杭州热水瓶厂、杭州丝绸印染联合厂、杭州大河造船厂,以及半山地区的杭州钢铁厂、杭州玻璃厂等。后及至改革开放时期,杭州的化工基地设在北大桥,半山电厂、煤制气厂、炼油厂等能源工业基地位于康桥,制药企业又在祥符桥、余杭塘上一带落户……可以说,在杭州,除了今拱墅一带,已经不可能找出另一处各类工业企业如此集中、如此齐全、如此繁盛的地方了。

岁月流变,随着产业结构调整、现代城市的发展和生态文明的进步,城市肌理发生了一系列必要的改变,昔日城郊型工业基地的形态渐渐隐退,"退二进三"战略的实施,进一步明晰了城市中心区的功能。没错,昔日城郊接合部烟囱林立、机器轰鸣、工业污水横流的景象无法再延续,只能成为历史。

正因如此,改革开放以来,拱墅区的重点工作之一,就是加大城市建设、产业发展、环境整治等方面的力度,城乡面貌出现了根本性的变化。这一变化延续至今,其巨大成果众所周知。

在城市基础设施建设方面,可以说,改革开放初期,拱墅区范围内甚至没有一条像样的城市道路,今莫干山路仅是过境国道线,长长的湖墅路是一条拥挤混乱的窄街,而东西向的城市道路几近于无,但经过40年的建设,不仅各条城市主干道都得以拓宽改造,大关路、文晖路、德胜路、上塘路、石祥路等相继建成,一座座高架桥、立交桥更是打通了不时拥堵的交通瓶颈。数据表明,2016年以来,拱墅区就完成了13条主次干道提升改造和50条支小路建设,使出入杭州的车辆不至于在拱墅"望路兴叹"。多条地铁的加快建设,还使杭州北部的城市交通更趋现代化。与此同时,拱墅区还想方设法积极推进停车场建设,一批新颖独特、与现代城市风貌相和谐的停车场(库)相继落成。"阳光物业"管理制度和管理方法,也在全区范围内实现了全覆盖。

一座座大型商场、高档写字楼、城市综合体的拔地而起,彻底提升了拱墅的现代商贸档次,也使市民生活品位迅速提高。近年来,为加快形成新的经济发展方式,构建现代产业发展新体系,加快发展生态经济和文化创意产业,楼宇经济在拱墅呈加速度发展。以大关路为轴心的大运河中央商务区内,远洋商务区、杭州万通中心、绿地中央广场等楼厦的落成,具有国际领先标准的现代化都市综合体集群均已出现,成为拱墅未来发展的核心承载区。杭州银泰城、万达广场、乐堤港、大悦城、申花商贸商务区、运河上街、蓝祥购物中心、丰元大厦等陆续建成,使莫干山路商业金融发展带、石祥路商贸物流发展带、湖州街文化教育产业发展带和北部软件园、拱康路商务集聚区、拱宸桥、米市巷等现代城市区块初显雏形。2016年,运河财富小镇、上塘电商小镇入选省级、市级特色小镇,北部软件园还成功创建国家电子商务示范基地。以往那个"过了环城北路就没高楼"的老说法已然消遁。

正是因为前一阶段的运河综保工程和"秀美拱墅"建设,拱墅区的环境已经取得了翻天覆地的变化,尤其是按景区的标准打造建设拱墅,其整体生态环境、居住环境、人文环境得到了全面提升。拱墅区壮士断腕,实行"退二进三""腾笼换鸟"战略,实施"秀美拱墅"和运河综合保护、半山地区环境综合整治等工程。十年间,累计搬走516家工业企业,杭钢集团半山生产基地和半山电厂燃煤机组两个用煤大户的关停,大大减少了拱墅区的大气污染。至2015年底,全区已率先实现生活污水和工业污水直排"归零"、工业燃煤基本"归零"。河道治理亦朝生态河、人文河、景观河的方向打造,实现"河道景观化,全域景区化",全面消除黑臭河,夺得浙江治水的"大禹鼎"奖杯。在迎接G20杭州峰会的过程中,拱墅区按照打造全市领先的"现代活力产业带、开放休闲景观带、工业遗存文化带"和"城北新大厅"的标准,完成了莫干山路及半山入城口综合整治、运河亮灯等重要项目,积极向世界展示拱墅的独特韵味。

璀璨辉煌的人文历史,已有的改革开放成就,日新月异的城市建设成果,一切都令人欣慰、足以傲人。是的,这些成果,无疑是加快发展的先决条件,是新时代进一步腾飞的基础。

史无前例的攻坚行动,目标绝不含糊

> 假如再不实施城中村改造,实现城市有机更新、转变城市发展方式、提高城市治理能力、实现城乡统筹和区域统筹发展,均无从谈起;保障改善民生、提高城市居民生活品质、满足百姓需求等,也将只是纸上谈兵。

已经无须多说,城中村改造对于杭州城市发展,对于大城北规划建设,有着何等重要的意义。

作为世界著名的风景旅游城市,改革开放以来,尤其是党的十八大以来,杭州社会经济呈加速度发展的趋势,向着国际化大都市迈进的目标更加明确。在杭州城市建设的速度和质量不断提高、目标和任务更加高远的形势下,因各种原因长期存在的城中村,这一城市更新的短板,显然已越来越不适应城市的发展。假如再不实施城中村改造,实现城市有机更新、转变城市发展方式、提高城市治理能力、实现城乡统筹和区域统筹发展,均无从谈起;保障改善民生、提高城市居民生活品质、满足百姓需求等,也将只是纸上谈兵。

2016年9月,G20峰会在杭州召开,而在此前的2015年9月,杭州又获得了2022年第19届亚运会的举办权,杭州城市进入了快速发展、全面更新的时期。随着"十三五"规划的稳步实施、高水平建成小康社会的步伐加快,杭州城市呈加速度姿态向前发展……更重要的是,面对国际国内社会和经济发展形势,遵循党的十八届五中全会提出的创新、协调、绿色、开放、共享的五大发展理念,杭州市城市建设进入了明确发展目标、破解发展难题、厚植发展优势的关键时期。提升城市品质、寻找发展空间、推进协调发展,已是当务之急。

城中村改造是改善人居环境、提升城市品位、推进城市化进程的必由之路,是建设文明、生态、和谐、宜居、美丽城市的重要保障,是以人为本、科学发展、构建和谐社会的强力举措,是民心工程、德政工程、千秋工程。城中村改造的必要性、重要性、迫切性在当今尤为凸显。

2015年,国务院出台《国务院关于进一步做好城镇棚户区和城乡危房改造及配套基础设施建设有关工作的意见》等重要文件;同年12月,中央城市工作会议提出"力争到2020年基本完成现有城镇棚户区、城中村和危房改造"总体部署;为全面贯彻中央和浙江省决策部署,2015年12月召开的杭州市委十一届十次全体扩大会议明确了全市"主城区五年基本完成城中村改造"目标。杭州进入大规模城中村改造的脚步越来越近。

2016年6月,杭州市委、市政府发布《关于开展杭州市主城区城中村改造五年攻坚行动(2016—2020年)的实施意见》,此为近年杭州城中村改造的纲领性文件。

按照这份《实施意见》的总要求和行动部署,从2016年起至"十三五"末,杭州市需将主城区城中村打造成"配套完善、生活便利、环境优美、管理有序"的新型城市社区,城中村居民"获得感"明显提升。具体量化目标为,对杭州主城区(上城区、下城区、江干区、拱墅区、西湖区[含杭州之江度假区]、杭州高新开发区[滨江]、杭州经济开发区和杭州西湖风景名胜区)现有的246个城中村完成征迁改造178个村(拆除重建139个、综合整治21个、拆整结合18个),并对1998年至2015年间已经完成改造的68个村进行"回头看"(未达到标准的村,需在2017年底前完成改造),使所有城中村华丽转身为"都市新区"。

2017年,杭州主城区城中村改造攻坚行动又被列入了《杭州市城市建设"十三五"规划》。作为全面实施"十三五"规划和市区城中村改造的攻坚之年,2017年将是杭州历年来拆迁量最大的一年。

半山印染厂地块厂房拆除

那对于拱墅区来说,城中村改造的任务究竟有哪些?

元旦刚过,拱墅区2017全年城中村改造的各个村的时间安排计划已经确定:必须完成对上塘、祥符、半山、康桥4个街道28个村的农居房的征迁清零;必须完成对瓜山、拱宸、吴家墩等村部分农居点的整治提升;必须开工一批回迁安置房,并完成2000户征迁户的实物安置;必须完成所有城中村地块的建设规划制订以及部分区块的用地性质变更、做地和招商……

到了2017年的年中,又有祥符街道的总管堂村加入城中村改造整村拆迁行列,530多幢农居房的征迁任务再被添入,征迁户达到6372户。到了这一年年终,辖区内部分企业厂房征迁这一场新的硬仗随之打响。参战人员发扬连续作战的精神,气都没来得及喘上一口,人又站在了征迁第一线。

一句话,待这一轮城中村改造完成,拱墅全区范围内再也没有原本意义上的城中村了,所有城中村都将经历一场前所未有的涅槃,脱胎换骨,融入现代城市。城中村这一存在已久的名词,将归入历史。

"一年时间,短短的365天,30个村,6372户农居房,这意味着什么? 意味着这是一项艰巨繁难的任务。从量上来说,2017年一年的征迁量,相当于拱墅全区前五年的近一倍,在全杭州2017年共2.1万余户征迁户的城中村改造总量中,拱墅区的任务数占据了相当比例,其繁重自不待言。而当城中村改造工程拉开帷幕之后,拱墅区范围内诸多第二产业企业的搬迁改造,包括杭钢集团半山基地的原厂区地块等,又逐步列入征迁改造重点,这些难啃的骨头,无疑又增添了我们的工作量。我们说2017年是拱墅区城中村改造的关键性年份,首先便是从它的工作量来判定的。"拱墅区京杭运河综合整治与保护指挥部总指挥钱新根(曾任区城中村改造办公室副主任),扳着手指,对笔者细致分析道。

"城市发展进入了一个新阶段,城市的功能,尤其是拱墅区这样的城市核心区的定位,已经非常明确,这就需要我们对它的每寸土地,都给予一个科学合理的安排。"拱墅区委书记朱建明指出,杭州市全面推进城中村改造步伐,提出的五年攻坚行动任务,与拱墅区的发展实际和战略任务十分契合。可以说,实现城中村的完美蝶变,是拱墅区谋求新一轮加快发展的前提和目标。

在拱墅区第七次党代会上,已确定了"实施四大战略、推进五区建设,建成运河沿岸名区"的今后五年(2016—2020年)发展总体部署,这是拱墅区深入贯彻新发展理念,持续深化"八八战略"在拱墅实践的具体举措,而全面实施"深耕南部、决战北部、文化引领、产业立区"四大战略,则是努力建成运河沿岸名区的重中之重。这其中,"决战北部",就是在杭州市城市整体发展的框架下,把拱墅北部的4个街道作为未来五年(2016—2020年)城中村改造和城市开发建设的主战场。其重点工作可概括为:全面提升拱墅北部城市功能和面貌,大力推进一批重大产业平台建设,加强运河文化保护和开发,建成一批政府公共服务设施,提高公共服务供给水平。

在四大战略中,"深耕南部、决战北部",这两项重大任务被列为首要位置，就是基于拱墅现有城市面貌和格局确立的。"深耕南部"，就是要坚持拉高标杆、精耕细作，把拱墅南部的6个街道（米市巷、湖墅、小河、拱宸桥、大关、和睦）做精、做细、做美，完善其设施，提升其品位；决战北部，就是把拱墅北部4个街道（祥符、上塘、半山、康桥）作为未来五年城中村改造和城市开发建设的主战场，予以全面、深入、彻底的整治改造，使之出现改天换地式的改变。而四大战略中"文化引领、产业立区"这后两项重大任务，也与拱墅区深厚的文化底蕴、原有的工业基础以及新兴产业发展方向密切相关。说穿了，四大战略是个有机整体，原有的城市面貌和格局正是其不可忽略的决定因素。

"慰满民望，契合天心。"（［南宋］叶适）的确，这一诱人的战略和任务，与急遽拉开帷幕的杭州市城中村改造这一重大民心工程之间，存在着高度的契合，完美的相融。

因了这番机遇，凭着浩荡之势，在城中村改造工作进程中，拱墅区还有更为大胆的打算、更为务实的计划，即在坚持"不破不立，先破后立，破立结合"的原则下，积极做到"一年破、四年立"。在确保2017年底完成全域城中村农户征迁清零，达到"一个不留、一户不剩"的目标后，自2017年底起，全面启动新一轮城市开发建设三年行动计划（2018—2020年），开展重点区块开发专项行动、重大产业平台建设专项行动、美丽拱墅专项行动、大运河文化带建设专项行动等，把拱墅全域在五年内真正打造成样板式的现代化都市新区。

正是有了这样的勇气和信心，原定的城中村全域改造五年期限，被一次又一次缩短。2017年3月，拱墅区自增压力，又在全市首先提出了"一年完成全域城中村改造清零"的新目标。这个新目标，任务清晰，提法明确，口号响亮，虽然实现绝非易事，不无挑战，但一切困难都不可能成为束缚其快步前行的缰索。"顺风而呼者易为气，因时而行者易为力。"（［汉］桓宽）符合人民群众利益，符合事物发展方向，焉能不赢？

蓄势待发，已有的成果皆为强劲之动力

> 一张张已有的漂亮成绩单，一份份振奋人心的胜利捷报。多年来积累的辉煌成果、扎实基础和宝贵经验，使这一轮城中村改造工作始终掌握主动权。

回溯以往，拱墅区城中村改造工程已经走过了近20年的历程。毋庸赘述，在当今中国，对亟待发展的城市而言，城中村改造本身即是一场艰巨而繁复、渐进而持久的战役。

让我们翻开这部沉甸甸的城中村改造史册，并在不无炫目的亮点处稍作停留。

1997年，与京杭运河南端环境整治同步，杭州市最大的旧城改造工程——拱宸桥地区旧城改造启动，此为拱墅区旧城改造之始。从此，包括城中村改造在内的城市建设有机更新的速度不断加快。

1998年，杭州市委、市政府下发《关于在市区开展撤村建居改革试点工作的意见》，杭州市第一批撤村建居试点工作从此启动。撤村建居既意味着行政管理模式的改变，也意味着包括居住方式在内的生活方式的变革。撤村建居之时，即为城郊农民宅基地确认和审批调整的时间节点——这一时间节点极为重要，农居房征迁时，确认补偿以此为时间依据。

2002年，拱墅区成立农转居多层公寓建设管理中心，启动了拱墅区首批撤村建居试点工作；次年，杭州市政府批转《关于开展城中村改造试点工作的实施意见》，杭州市第一批城中村改造试点工作正式启动；也就在这一年，拱墅区成立城中村改造工程指挥部，启动了拱墅区首批城中村改造试点工作。

拱墅区的城中村改造试点，首场战役是从城北的祥符打响的。"这是由祥符片区独特的地理位置决定的，因为它既紧挨中心城区，又临近莫干山路西侧的化学工业区。在这轮城中村改造中，陆家圩彻底完成改造任务，吉如、庆隆、阮家桥3个村基本完成改造任务，吴家墩村得以整治完善。也就是说，从城中村改造起步之时，整村征迁和对农居布点规划较为合理的村进行综合治理予以保留，这两种方法就已经用上了。"钱新根回忆道。

数据表明，截至2008年底，首轮城中村改造工程累计投入资金50亿元，开工建设农转居公寓140余万平方米，竣工55万平方米，一批组团式小区如拱苑小区、庆隆苑小区、渡驾新村、吉如家园等陆续形成，沁园路、隐秀路、益乐路、杭印路、塘中路等农转居公寓大市政配套道路相继建成，多所配套学校得以新建。1500多户农户得到重新安置。与此同时，花园岗、祥符桥、皋亭、瓜山等村也启动改造，部分农居房着手征迁。

值得肯定的是，这一轮的改造不但使一些城中村提升了居住环境，改变了原先脏乱差的境况，还推动了热电厂综合体、蓝孔雀综合体等城市大型综合体的建设，带动了房地产业、娱乐业、商业、旅游业等一系列产业的发展，为着力打造"实力拱墅"奠定基础。

2007年，拱墅区相继成立城中村改造上塘分指挥部、康桥分指挥部、半山分指挥部和区运河综合整治与保护开发指挥部，城中村改造工作由祥符片延伸到上塘、康桥、半山和北部软件园等5大片区，撤村建居和城中村改造工作由"单点式"向"连片式"推进。至2013年，在全区范围内先后完成两轮城市建设三年行动计划，城中村改造始终为城市建设的重点工作，其主要工作成果指标均在杭州市各区中名列前茅。

2013年，拱墅区委、区政府在全区范围内开展"四大年"主题实践活动，其中"城中村改造提速年"活动对城中村改造和征迁安置工作提出了更高要求。2014年,拱墅区还将"拆迁安置房建设和回迁安置工作"列入政府当年度"十大实事工程之首",重视程度空前。

在长达六年的两轮城市建设三年行动计划中,拱墅各片区的城中村改造成果不俗:

在上塘片区,2008年6月,皋亭杭汽发地块和瓜山地块征迁改造启动。一年后,因沈半路沿线环境整治和开发需要,善贤村启动整村征迁,成为上塘片区首个通过城中村改造完成整村征迁的试点村,先行一步的做法为今后的改造工作提供了样板。同年,皋亭和瓜山两个地块安置房开工建设。2010年5月,拱宸舟山东路以北、七古登文教东路以西和蔡马一期地块征迁启动。同年11月,长乐1号地块征迁启动,涉及大关和八丈井两个村的征迁改造。2013年后,瓜山、蔡马、皋亭、善贤等单元地块安置房项目陆续竣工交付,上千户征迁户得以回迁安置。

在康桥片区,2007年12月,杭州市拱墅区京杭运河综合整治与保护开发指挥部(简称"区运河指挥部")成立,主要负责运河新城(康桥片区拱康路以西区块)征迁改造,石祥路以北段运河综合整治与保护开发工程进入实质性开发建设阶段。2008年12月,运河新城首个安置房项目西杨安置地块一期工程开工。2010年12月,城中村改造指挥部康桥分指挥部完成康桥单元、铁路北站单元等地块的规划调整和报批工作。2010年4月,"杭州炼油厂(康桥厂区)及周边地块城市设计"通过市政府批准。同年12月,平安桥村康桥单元农转居公寓一期开工。2011年12月,西杨A区块的安置房开工。2014年10月,谢村安置房地块28万平方米开工建设,这标志着当年康桥片区运河新城所有安置房项目全面开工。

在半山片区,2007年9月,主要负责半山桃源新区改造的桃源新区开发建设指挥部成立(桃源新区以外的半山片区城中村改造项目仍由城中村改造指挥部半山分指挥部负责)。2008年5月,半山村农转居公寓一期开工建设。2009年,桃源新区首个安置房项目开工。2011

年6月,桃源新区金星村的回迁安置房全部实现开工。2013年12月,桃源金星村以"现房＋期房"的安置模式完成整村安置。2014年6月,半山村农居公寓完成了首批征迁农户的回迁安置。

在北部软件园片区,2007年扩园2.11平方千米,新增998亩住宅、商业用地,并适当保留部分工业、科研用地。2010年3月,星桥村农转居公寓一期开工。2014年,星桥整村农转居公寓二期拆迁启动。

2016年的城中村改造成果尤其值得一书。这一年,以产城融合、协调发展为抓手,以拆迁清零、"百日攻坚"为载体,为服务保障G20杭州峰会,拱墅区城中村改造工程精准发力、大胆实践,积极破解拆迁、做地、建设、融资等难题,有效保障重点项目实施,形成了集中成片改造优良态势。

这一年的成绩单非常漂亮,城中村重点改造区域捷报频传:30天时间完成打铁弄24户农户拆迁清零,50天完成沈塘湾80户农户拆迁清零,80天完成八丈井103户农户拆迁清零,历时五年之久的育英路拆迁实现清零,历时十年的桃源新区拆迁实现清零,为服务保障峰会交出了一份漂亮的答卷。全区全年累计完成拆迁农户1377户,完成率172%,拆迁企业104家,完成率400%;安置农户2044户,完成率199%;完成清零项目74个,保障了一大批基础设施和产业、民生项目的落地。2016年城中村改造的不俗战绩,不仅为五年攻坚行动开好局,这一良好态势还与2017年的城中村改造工作相衔接、相延续,有力推动了2017年这杭州市有史以来最大规模的城中村改造工作。

"2017年前的城中村改造成果十分可喜,宝贵经验也非常值得总结。"时任拱墅区委常委王华把已有的成果和经验主要概括为:一是较好地完成了一批行政村的征迁,加速了拱墅北部的城市化进程。全区原有40个行政村,至2016年底,在近20年的城中村改造工作中,已使10个村完成了征迁或提升改造,至少有5000户农居房居民得以安置(含历年征迁户)。比照全市各区,此征迁量和征迁速度均名列前茅。2017年拱墅城中村改造范围最后确定为30个行政村,由此可见,其范围比以前已有缩小。二是极大提升了拱墅的生态环境、居住环境、交通环境、投资环境、学习和就业环境,初步建构起"创新、绿色、包容"的城中村改造和发展格局。三是有效拓展了拱墅的发展空间,在一定程度上改变了原先拱墅建设用地分散、零碎、狭小的状况,对拱墅发展新兴产业、招商引资的作用不小。四是逐步推进了拱墅的和谐社会建设,以城中村改造的方式加强和改善社会管理,确保社会平安,作用不小。五是加快转变了城市发展生态理念,按照景区的要求来打造生态宜居花园城区,已成为拱墅城中村改造和城市建设的共识。

"当然还有特别重要的一条,那就是通过近20年的探索和实践,我们积累了极其丰富且宝贵的城中村改造工作经验,包括形成了一套较为完善的规章制度和工作机制,形成了行之有效、富有拱墅特色的工作方法,还造就了一支时刻以人民利益为中心,熟悉城中村改造工作业务、擅长和谐征迁的一线工作人员队伍。这重要的经验,在2017年及以后的城中村改造工作中被极大地发挥出来。"结合正热火朝天进行的城中村改造工作,王华由衷地肯定道。

"不积跬步,无以至千里;不积小流,无以成江海。骐骥一跃,不能十步;驽马十驾,功在不舍。"的确,正是有了以上这些多年来积累的成果和基础,有了这些千金难买的宝贵经验,方使拱墅在这一轮的城中村改造工作中始终掌握主动权。

第三章

击鼓其镗　号角声声

全区上下一盘棋,四大班子齐上阵,职能部门协力干,保障部门全力干,全区人人都参与。

——拱墅区城中村改造工作格局

历史给我们的最好的东西,就是它所激起的热情。

——[德]歌德

三十六峰长剑在,星斗气,郁峥嵘。

——[金]元好问《岐阳》

思想作为引领,情理拨开迷雾,前景赋予动力。城市更新既然是顺应人民群众对美好生活向往的一项民心工程,那就应该让每个人真切感受到政府部门的本质意图,感受到城市更新的根本目的。拱墅区城中村改造之所以能步步推进,直至取得成功,顺应民意、以人为本,了若指掌、因势利导,运筹帷幄、步步推进,这一做法和经验无疑是可取的。

步调一致,形成合力,体现全区一盘棋

> 思想统一、宣传有力、计划制订、机构建立、分工明确、规划细致、保障跟进、人员到位……城中村改造攻坚行动全面推开后,工作环节更加紧密,工作节奏更为紧凑,连人们的步速、语速都快了许多。

在拱墅,从2017年起,人们说的"一号工程",指的就是城中村改造工程。

"一号工程"不是一个虚名,而是一场"村去城来"的城市蝶变,这一蝶变是靠唯有成功、绝无懈怠的决战实现的。为此,在拱墅区城中村改造攻坚行动推进大会举行之后,目标任务一经明确,一支强有力的征迁大军即已组成,一整套规范有序的运作、保障和督查等机制很快形成,一系列行之有效的方案措施随之出台。

领导带头冲在前面,是在这一过程中体现得最为鲜明的一点。

区委书记朱建明带领有关部门负责人,赴城中村改造一线督查指导,既讲大背景,也讲小道理;既鼓起众人干劲,又解决具体问题。他掰着手指头分析,从全区正在开展的城中村改造、产业平台建设、项目建设、消除劣 V 类水这"四大专项行动"中,站在实施"四大战略"和"五区建设"这一系列重大战略高度来看,城中村改造的重要性、必要性、迫切性就已不言而喻。不抓住这一加快拱墅转型发展的"牛鼻子",不攻克这一重点难点,城市空间无法拓展,城市面貌和品质不能提升,拱墅经济社会又好又快发展从何谈起?

"每位参战人员,首先要深悟'激情、用心、实干、担当'这八个字的深刻含义,统一思想,明确导向,自我锤炼,打造一支具有铁的作风的干部队伍,以此作为大力攻坚破难的保证。"朱建明认为,在实战中锻炼意志、强化队伍,并做到步调一致,这很有必要。为此,区委突出抓好"赛场赛马"机制,在全区不同层面干部中部署开展"互看互学亮点项目大比武""创建最满意工作""比学赶超、争当标兵"三大活动,坚持以实干论英雄,真正让干部凭实绩说话,全面调动各级党员干部在城中村改造之役中的战斗热情。

区委副书记、区长章燕在赴一线调研时则强调,要加快征迁进度,坚持能早则早,能快则快,咬定目标,奋力攻坚,力争在2017年3月全面启动所有城中村的征迁工作。她特别指出,要优化区块规划,坚持规划引领,强化整体意识、超前意识,进一步优化区块规划,科学规划功能布局,系统布置公共设施。要提高建设品质。要按照运河沿岸名区建设的要求,注重安置房与周边环境的协调统一,提高安置房建设品位,把安置房小区建设成为与城市环境高度融合的新型城市社区。要保持平稳有序。要妥善处理好拆迁过程中老年人过渡、配套设施拆迁过渡等问题,尽量减少拆迁对居民生活的影响,确保拆迁有序推进,

杭州市城中村改造"大比武"在祥符街道星桥社区征迁现场举行

社会平稳和谐。

思想统一、宣传有力、计划制订、机构建立、分工明确、规划细致、保障跟进、人员到位……城中村改造攻坚行动全面推开后，工作环节更加紧密，工作节奏更为紧凑，连人们的步速、语速都快了许多。不要以为一年时间很漫长，白驹过隙般倏忽而已；必须抓紧宝贵的每一天，先紧后松才能把时间抢回。不，这一年已不可能先紧后松，如山般繁重的任务摆在面前，先紧后紧已是必然。

何况，当本轮城中村改造刚刚拉开帷幕，拱墅区又主动拉高标杆、自加压力，在全市率先提出"一年完成全域城中村改造清零"的目标。要知道省、市城中村改造的计划表是五年啊，五年的活儿一年做完，每个人肩上的担子霎时又重了好几倍，还能有丝缕时间用来懈怠吗？

做到全区上下思想高度统一，步调绝对一致，这是确保打个漂亮仗的首要条件，也是大战打响之后必须首先占领的精气神制高点。

"击鼓其镗，踊跃用兵。"（《诗经》）"三十六峰长剑在，星斗气，郁峥嵘。"（〔金〕元好问《江城子·醉来长袖舞鸡鸣》）沙场点兵，征战在即，古人尚且还有如此豪迈勇气和必胜信心，出手垒筑民心工程，今人的决心、毅力和智慧，岂能输于前人？

"一号工程"的落实是全方位的，这一条对区领导来说，尤其是个"硬杠子"，每个人都在不折不扣地去做。区四套班子齐心协力、整体联动，体现全区"一盘棋"格局。所有区委、区政府的领导都投身于"一号工程"，其中党政领导分头包干联系各个正待改造的城中村，有的区领导同时得包干联系两三个村。当然，光有名义上的联系还不够，还得亲力亲为，其具体要求是，区主要领导每周花至少半天时间实地督查，分管领导全面负责，第一时间协调有关问题；区党政领导每周听取城中村改造工作进展情况汇报，了解目前做了哪些工作，进展情况如何，面临哪些困难。遇到什么困难，直接在汇报会上讨论，当场解决问题。

区委还定期召开常委专题扩大会，四套班子成员都得参加，会议内容只有一个，即汇报并互相督查区党政领导包干联系各村的工作进展，副区长以上的领导都得亲自详细汇报。你做了什么，做得怎么样，到了会上都要说得一清二楚，谁都不敢有丝毫怠慢马虎。

这一常委专题扩大会什么时候开？根据城中村改造工作的推进需要，随时都有可能开，频率还不会太低，你必须实打实地争取工作成效，并随时做好汇报准备。

更要紧的是，在这一常委专题扩大会上，除了汇报和督查，还得针对具体问题，研究讨论下一步做法，没有一定的体会和思考，没有完善可行的建议对策，那就没法在这个会上过关。

区人大、政协领导们同样不可能闲着。他们切实履行监督职能，认真组织视察调研，积极开展建言献策。区人大、政协每位领导都对应着党政领导，组团助推领导，分头助推联系一个村。尽管人大、政协的领导只是"助推"而非"包干"，但他们同样有具体任务，同样富有高涨的工作热情。就这样，每一位区领导都有了具体任务，实现了"全覆盖"，每个村都有了两名以上的区领导协调、推动、督促，同样实现了"全覆盖"。

"把城中村改造这项重大任务，作为'两学一做'学习教育的实践载体，深入开展'大比武、大督查、大考核'活动，动员全区上下坚持实干至上、行动至上，马上就办、办就办好，确保善始善终、善作善成。这也是本轮城中村改造工作的题中应有之义。"时任区委常委、组织部部长虞文娟介绍，围绕城中村改造各个环节，区委将有重点地搭建几个舞台，让各级干部比一比、赛一赛，以实干论英雄、凭实绩用干部，把城中村改造作为考察、锤炼干部的大平台，作为全方位检验党员干部境界、格局、能力和作风的试金石、大考场。

在城中村改造一线考验人、培养人、造就人，正是拱墅区城中村改造工作的一大特色，且颇有成果。

正如朱建明书记所言，每一位投身于城中村改造的参战人员，都必须"展现拱墅铁军的精气神，交出一份经得起历史和人民检验的答

2017年3月14日，半山街道召开"三社联动"征迁工作誓师大会

卷"。怎样来检验？唯有决心，唯有行动，唯有硬的业绩，且一切还得由历史和人民予以认可和肯定。为此，区委和区委组织部设置了多种活动载体和形式，目的就是在火线上锻造一支勇立潮头、再立新功的拱墅铁军。

一是在开展城中村改造、产业平台建设、项目建设、消除劣Ⅴ类水质"四大专项行动"过程中，区委常委会每季度召开一次集中点评会。不消说，城中村改造工作的点评是重头戏。

二是在全区各级各部门中开展重大专项拉练行动，在各个街道实施"互看互学亮点项目大比武"活动，在区管干部中推行填报年度最满意工作档案制度，在处级以下干部、经合社、社区干部中评选标兵，通过正向激励，调动每个干部的工作热情。

三是建立健全奖优罚劣机制，推动干部能上能下，大力选拔勇于冲锋、能打硬仗、敢于担当的狮子型干部，坚决整治庸懒散拖、"为官不为"等现象。

四是强化督查严考核。围绕城中村改造五年总目标和年度目标任务,全过程督查跟踪项目拆迁建设推进情况,及时发现问题、指出问题,限时解决问题,对进度滞后的,及时督查、抄告、通报。与此同时,还推行了两项工作倒逼机制,一是督查,二是曝光,一旦发现存在工作拖拉现象、区域脏乱差情况等,一律通过相关媒体,毫不留情地公之于众。

与此同时,区纪委、区监察委紧盯干部作风,落实"六个严禁"(中纪委为贯彻落实中央"八项规定",要求各地各部门和领导干部严格遵守"六个严禁":严禁用公款搞相互走访、送礼、宴请等拜年活动,严禁向上级部门赠送土特产,严禁违反规定收送礼品、礼金、有价证券、支付凭证和商业预付卡,严禁滥发钱物、讲排场、比阔气、搞铺张浪费,严禁超标准接待,严禁组织和参与赌博活动)、强化城中村改造监督检查和执纪问责,建立容错免责机制,并召开作风建设大会,为全面打赢城中村改造攻坚战提供坚强的纪律保障。

的确,在实施丈量、评估、核实、"双签"、腾房、拆房及综合整治等城中村改造的过程中,出于维护和争取个人利益之目的,部分征迁农居房居民免不了向征迁工作人员提出这样那样的诉求。"合理的诉求自然需要重视并加以妥善解决,但不能排除部分征迁农居房居民,借机提出违逆常情、超乎规定的要求,这就要考验征迁工作人员明辨是非、正确引导、及时化解的能力了。在明确拒绝的同时又得做好说服劝解工作。任何网开一面、厚此薄彼、营私舞弊的做法,都是绝不被允许的违章违纪行为。"时任区委常委、纪委书记王伟平说。

"从严格意义上说,连征迁户送上来的矿泉水都不能随便喝,更不要说抽他们的烟,喝他们的酒了。俗话说,拿人家的手短,吃人家的嘴软,你要随时做到公平公正公开,首先就要让自己清清白白。这样,群众才信任你、支持你。"宋来富是时任上塘街道蔡马经合社的党总支书记、董事长,向来重视制度建设和规章制度的执行。他认为,正是全面落实了包括"六个严禁"在内的一系列廉政规定,反而去除了征迁工作人员的心头包袱。对每户征迁户一视同仁,一碗水始终端平,效能反而更高。

"有道之君,行治修制,先民服也。"（[春秋]管仲）

在城中村改造全过程中,机构统筹和规章制度建设这一块绝对不能弱。城中村改造作为系统性工程,涉及方方面面,必须进一步理顺体制机制和完善规章制度。为此,区委常委会专题研究通过了《关于进一步完善全区城中村改造工作机制的实施意见》,召开全区城中村改造工作体制调整专题会议,调整并明确各自职责,真正做到全区"一盘棋"。

"建立城改办后,我们认真按照相关会议和文件要求,调整分工,强化职责,体现合力,做到统筹机构实体化运作'三完善',这为城中村改造快速推进提供强有力的体制机制保证。"王华介绍说:"全区做地主体即城建单位已由8家整合为5家,职责分工方面十分完善,即由属地街道承担城中村改造征地拆迁、回迁安置、社会维稳的责任;城建单位负责资金筹措、前期办理、项目建设和协同回迁工作。将拆迁安置与融资建设分开来,既符合职能,又有利于效能;合力攻坚更完善,主要是充分调动全区优质资源,成立项目攻坚小组,坚持领导承包制、目标责任制;城建单位与属地街道协同推进、优势互补;相关职能部门各尽其职、积极配合,切实形成条块协同、齐抓共管的强大合力。"

在城中村改造之役全面打响之时,区城改办制定并发布《拱墅区国有土地上房屋征收与补偿政务公开规范（试行）》,结合杭州市委、市政府发布的《关于开展杭州市主城区城中村改造五年攻坚行动（2016—2020年）的实施意见》,明确量化指标,细化操作规范,在具体征收和补偿方面做到有章可循、有据可查。

而在城中村改造基本完成攻坚任务,由"拆"渐转为"建"之际,为全面贯彻落实中央和省区市决策部署,抓住和用好重大战略机遇,扬优势补短板,以一流状态建设一流城区,加快建设运河沿岸名区,区委、区政府又发布了《拱墅区城市开发建设三年行动计划（2018—2020年）实施方案》,使城市开发建设有了明确的方向和任务。

在土地征收、拆迁安置等直接与老百姓利益相关的政策制定过程中,拱墅区城改办在充分征询各区、市级做地主体和相关部门意见的基础上,制定出台了《进一步规范拱墅区拆迁安置房建设和长效管理的指导性意见》,对提升全区安置房品质,规范安置小区物业管理提供了法定依据,要求建设不低于中等商品房品质的安置房。在高水平全面建成小康社会的道路上,让人民群众过上更美好的生活,绝非虚妄之言。

高要求、高标准、高质量、高速度……所有的工作部署、措施、方法、规划、步骤,都有着一个共同的指向。全力以赴打赢城中村改造攻坚战,加快建成运河沿岸名区,把拱墅现代化建设全面推向新阶段,这早已不是一句抽象的口号,而是高度的共识,是瞄准了的目标,是动力之源,更是实实在在的行动。

抽调精兵强将,组成一支能征善战的铁军

> 抽调精兵强将,一支蔚为壮观、彰显拱墅"铁军精神"的征迁人员队伍迅速组成,活跃在城中村改造一线,殚精竭虑,披肝沥胆,夙兴夜寐,废寝忘食,生动体现"铁军精神"。

号令一响,全区几乎所有党员干部都被动员和组织起来,尤其是实行"四街联动"的北部4个街道以及相关部门和单位。抽调精兵强将,一支彰显拱墅"铁军精神"的一线人员队伍迅速组成,出现在各个征迁现场,出现在各个与城中村改造密切相关的岗位上,孜孜无怠、夜以继日。"全区上下一盘棋,四大班子齐上阵,职能部门协力干,保障部门全力干,全区人人都参与"的格局很快形成。

在征迁人员队伍组成、力量配备和职责分工方面,拱墅区自有其做法和特色。

区委、区政府领导包干到村,区人大、政协领导组团助推,分片包联,士气鼓舞到位,压力传导到位。

区委组织部精挑细选48名想干事、能干事、有潜力的干部,赴城建一线挂职,直接参与城中村改造。在锻炼年轻干部的同时,助力城中村改造工作。

区规划、资源、财政、工商、税务、信访、消防、市场监管等相关职能部门积极作为、全力配合,简化手续和程序,提供优惠政策和优质服务,推进城中村改造各项工作落到实处。

区委政法委、公安分局、法检两院、区城管执法局为城中村改造提供坚强有力的司法保障、和谐稳定的社会环境。其中还专门成立了城中村改造执法保障应急指挥部,及时破解城中村改造推进过程中的拆违、商户清退、企业征迁等各类难题,为"双签"工作启动奠定了良好的基础。

区委宣传部通过媒体宣传等各种途径,以政策宣传、事例分析、跟

干部带头签约腾房

踪报道等形式,全力做好思想发动、舆情引导、出谋划策等工作,推动社会各界广泛参与,形成理解城改、支持城改、配合城改的良好氛围。

全体党员干部积极主动深入征迁一线,开展政策宣讲,化解矛盾纠纷,传递社会正能量。有相当一部分党员干部既是征迁工作人员,又是被征迁农居房的居民,他们更是带头签约,率先腾房,用实际行动支持城中村改造,并以此影响和动员广大群众。

当然,作为城中村改造重要工作环节的主力,各街道、城建单位、社区的工作人员可谓是宵衣旰食、孜孜不息。他们自觉发挥"5＋2""白＋黑"的奋斗精神,坚守在征迁一线。从征迁动员开始,直至落实人员安置,始终在奉献着。每次农居房的征迁签约,每个棘手矛盾的成功化解,对于他们都是莫大奖励。

而当城中村改造进入签约清零攻坚阶段,需要增加工作主力时,每个街道便又组织起谈判攻坚小组分散到各个村、各个区块。不少组员还是深谙农村情况、擅长群众工作,在各街道工作过、与居民拥有深厚感情基础的老同志,比如街道的老干部,人大、政协的老领导,等等。由此,各个村、各个区块的组织、协调和督查,又多了一群特殊的攻坚队员。

为了进一步强化力量保障,在整合区征收办和区安置办现有力量的基础上,拱墅区在区级层面成立了区城中村改造办公室(简称"区城改办"),对全区城中村改造进行实体化运作,以加强对全区城中村改造面上工作的沟通协调、统筹指导,全力破解困扰城中村改造的征地拆迁、回迁安置、资金筹措、项目建设等难题。区委、区政府分管领导兼任区城改办主任,下设专职副主任3名,并专门抽调国土、规划、指挥部、街道以及全区年轻挂职干部等骨干,建立由20余人组成、实体化办公的区城改办,内设4个科室(综合管理科、项目推进科、安置建设科、信息督查科)。区城改办的成立和顺畅运作,使城中村改造工作机构统筹更加完善。

什么叫举全区之力?光从这支征迁人员队伍的组成、机构设置等安排上，即可感知这一回的"力"究竟有多大。

有了队伍，有了机构，实体化运作就有了可能，有了方向，也有了目标和要求。

"如何确保城中村改造工作按着既定计划顺利推进？如何动员广大征迁农居房居民积极配合支持？如何顾及群众的个性化诉求？这些是我们城改办反复思考、不断探索、具体落实的最大课题。"其时，钱新根、陈旭伟向笔者细细介绍城改办在统筹协调过程中"四个保障"的作用：一是摸清实情，制定个性化方案，加强沟通交流，进行耐心细致的政策解读，晓之以理，动之以情，并适时帮助群众解决实际困难，推动在丈量、评估、核实、"双签"、腾房、拆房及综合整治等所有环节上自觉配合，以避免出现滞留户，影响大局。动用力量宣讲、解释、劝说，这政策宣讲组便是第一个保障。二是专门成立了拆违保障组，主要任务是把农居房的违章建筑部分（或称辅房）先行拆除，加快征迁工作速度，从而保证合法征迁部分的补偿。三是组建了执法保障组（或称综合执法组），即集中公安、城管、消防、市场监管等部门，对已完成"双签"的农居房中的旅馆、网吧等承租经营户进行梳理，非法的、无证的、不合规的经营户依法依规清退，合法的则在尽可能解决其实际困难的同时，体现人性化，帮助征迁户一起请其撤走。四是重点设立纪律保障组。纪律保障组的一大任务，就是向征迁工作人员时刻敲响反腐倡廉的警钟，告诫他们"四风"之类的"高压线"是绝对不能碰的，以确保每位征迁工作人员坚守清白。不难理解，在征迁过程中，由于利益驱使，个别征迁居民总想着从征迁工作人员身上"下点功夫""做点交易"，但对征迁工作人员来说，这一条可是真正的"红线"，绝对不可逾越，必须牢牢守住，无论怎样的好处都不会收，原则和底线决不后撤。让众多征迁居民赞许的是，在本轮城中村改造过程中，拱墅全区所有征迁工作人员，在工作中无重大违纪违规问题发生，经受住了考验。

当然，由于征迁工作的不少环节、做法还处在尝试、探索阶段，且工作量巨大、任务复杂，出现一些差错是难免的。从爱护干部的目的出发，这一回特意设置了容错机制，即在工作方法上若出现一些非主观错误，可予以减责或免责，尤其是工作机制或集体原因造成的失误和损失，不再追究个人责任。

"如拆除违章建筑时，不小心造成了合法建筑的损伤，通过法律途径处理时，官司也输了，可这一切不是你故意造成的，就不能只让个人担责。朱建明书记说得好，个人清白是底线，但也强调干部要有担当精神，你已经尽力了，虽未能把工作做得最完美，留下遗憾，出现差错，仍不能以此向个人追责。有很多时候，我们应该允许探索，容忍错误。"钱新根说，容错机制的设立，使广大征迁工作人员放下了不必要的包袱，工作更认真了。

"工欲善其事，必先利其器。居是邦也，事其大夫之贤者，友其士之仁者。"孔子的这段箴言，说的是办好大事与品德修养、筹划安排、追求完善的密切关系，它对城中村改造工作的任务和意义、方法和步骤，尤其是在获得广大征迁户的全力支持等方面，能启发我们多多。

"城中村改造是一场'大考'、一个大舞台，考验各级干部大局意识有没有、担当作为敢不敢、能力水平高不高，是考察、识别、淬炼干部的重要载体。各级干部要保持严实的作风、坦荡的胸怀、高昂的斗志，珍惜干事创业的舞台，义无反顾、甩开膀子干，展现'拱墅铁军'的精气神，交出一份经得起历史和人民检验的答卷。"

在城中村改造第一阶段工作取得较好成果，全区上下人心齐、干劲足、氛围浓、配合好，形成了势如破竹的良好局面后，2017年4月18日下午，区城中村改造攻坚行动领导小组会议召开，朱建明书记特意为已取得的工作成效点赞，特意为奋战在第一线的征迁工作人员点赞。"各级干部要牢固树立大局意识，坚决消除各种杂音，以'走自己的路，让别人说去吧'的胸怀和'为拱墅面貌早日改善倾尽全力'的情怀，抓紧抓实抓好各项工作。要做到密切配合、大气大度。"这些很接地气、很暖人心的话语，很能排解犹豫、顾虑和委屈，很能激励全体参战人员的工作热情。

何谓"拱墅铁军"精神？在困难和挑战面前从不退缩，舍小家顾大家，干部率先垂范，党员积极响应，体现"拱墅＋"效率；争先进位，立说立行，马上就办，办就办好，呈现"速度与激情"；顺应民意，改善民生，以满腔的热情和最优质的服务，体现以人为本、以民为先的工作宗旨……在所有工作要素中，人总是第一位的。拱墅城中村改造之所以能在和谐稳定中快速推进，动力和原因不言自明。

古运河畔、皋亭山下，一场史无前例的城市改造发展之战已经打响。没有敌方，没有硝烟，没有牺牲，却会面临种种意想不到的困难挫折，需要你拥有百倍的毅力和勇气，需要你付出无穷的智慧和汗水，需要你在获利与奉献之间一次次选择。这注定是一阕足以载入杭州城市发展史册的宏伟篇章，将同样镌刻在每个征迁参战人员人生历程之上。

城市记住了你们，历史记住了你们，人民记住了你们。一幕幕感人至深的场景，一个个攻坚破难的故事，将这首气势恢宏的城市变奏曲不断推向高潮。

宣传发动工作的最大效能，就是鼓起激情

如何使宣传发动不流于形式，始终接地气？从身边已经发生的变化、从自身的生活品质追求入手，这道理就能讲得更加贴骨贴肺、入脑入心。

时任上塘街道蔡马社区党支部书记朱仪胜，对2017年3月中旬至5月上旬这段时间的每一个日子记得特别牢，因为这是蔡马社区从宣传发动到完成"双签"的全部时间，向来忙碌的他，这段时间每天都处于亢奋状态，好好喘一口气的工夫都没有。"宣传发动那段时间，我和

我的同事们好像更亢奋,更疲劳。我们的嘴皮都快磨破,鞋底都快磨平了。"他对本轮需征迁160户农居房居民,从做通思想至完成"双签"再到腾房,每户人家是怎样完成"双签"和腾房的,这全过程包括细节都记得清清楚楚。

"3月15日召开了社区城中村改造动员大会,那也是上塘街道城中村改造'十社联动、比学赶超'动员大会,这一轮的城中村改造由此启动。接下来,社区又于3月28日和4月9日,在蔡马新村和九十六亩头两个自然村,分区块召开了动员会,每户的户主都来了。按照区里和街道的统一部署,我们社区宣传动员的力度很大。从动员会那天开始,所有力量都投下去了,挨家挨户地做工作,每天都忙到晚上10点钟。"朱仪胜介绍,在宣传发动这一环节中,除了发布征迁改造公告、发放宣传手册、悬挂宣传横幅,营造征迁氛围,宣讲征迁相关政策、解释具体征迁和补偿办法,入户告知征迁和补偿相关流程等之外,重点之一,是给每户征迁居民阐明这轮征迁较为优厚的保障措施,给大家吃"定心丸",同时倾听征迁户的呼声,解决实际问题。

经过前几年的几轮征迁,整个蔡马社区两个区块加起来,只剩下160户居民,征迁规模不算太大。但是,由于处于城乡接合极为紧密的区域,蔡马新村区块紧贴浙江树人大学、浙江大学城市学院,九十六亩头则位于城北餐饮商贸一条街舟山东路的核心地段,繁华得被人称为"小香港",开设饭店、旅馆、小超市等各类经营实体的街面房承租户有500余家,在农居房租房的外来人口达3000余名,征迁难度可谓不小。

"这个难度,一方面是因为农居房出租收入实在可观,居民肯定舍不得放弃。你想,农居房一年的租金收入有三四十万元,甚至有80万元的,谁会舍得?另一方面是承租户们不愿轻易放弃这里的生意,不肯退租搬迁,这也是人之常情。"高建法是指导并参与蔡马社区征迁工作的上塘街道动迁一部部长,他告诉笔者,正因如此,宣传发动这一工作环节中,绝对不能漏了承租户这一群体。

形势分析、政策宣讲、前景描述,这些大道理少不了,更有效的引导劝说，是给征迁居民算一笔实实在在的小账。"在这方面，我们蔡马经合社的宋来富董事长为社区居民做思想工作做得非常到位，他为大家算的这笔账，让人心服口服。比如你没了祖祖辈辈一路传下来的农居房，但你即将拿到的安置房，将是舒适美观的优等安置房，绝对亏不了；你说你没了租金收入，好像生蛋母鸡被杀掉了，这没错，可经合社还存在，村级留用地扩大了，这一块的经济收入少不了你；你说蔡马社区安置房建设要四年半时间，生活受到了影响，这损失有点儿大，但你要想，从此你就享有了真正的城市生活，究竟是亏还是赢？宋来富董事长的账算到了征迁户的心头上，很多征迁户的顾虑渐渐打消，态度变得积极。"朱仪胜说，对于征迁户来说，这笔家庭小账就是大账了，不算个清楚怎么能让他们安心。

在城中村改造中，与每位居民（按经合社的称呼，那都是股民了）联系较为密切的经合社，同样承担着与居民直接面谈的任务。宋来富是土生土长的蔡马人，与居民们结有深厚的乡情，居民们也很信任他，知道他办事唯有热忱，未有偏袒。很多难事若由老宋出面，往往就能迎刃而解。

这一回，在征迁政策宣讲阶段和面谈阶段，老宋与居民们说得最

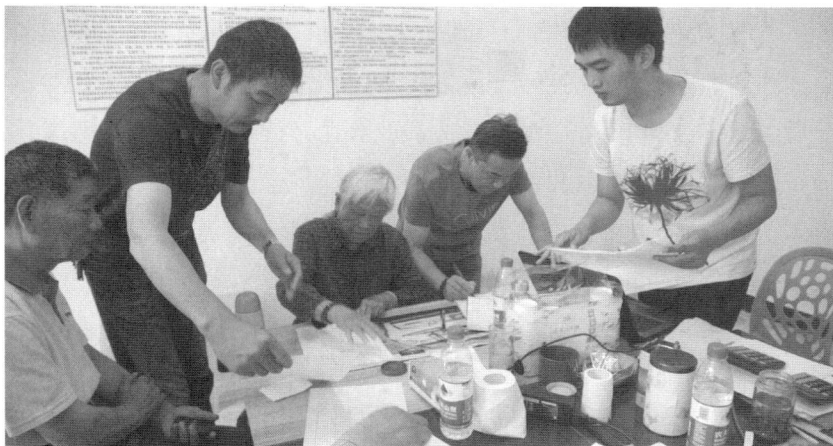

祥符街道李家桥即将完成"双签"清零

多的，是城中村改造的好处、征迁政策的优惠，让居民们充分感受政府施惠于民的工作宗旨，从而排除不必要的疑虑和家庭纠葛，尽快完成"双签"。

"首先讲明必须尽快抓住城中村改造的最佳时机，机不可失，时不再来，因为家庭矛盾而导致签约延误，最后受损失的都是自己。征迁工作一开始，凡是发生家庭矛盾、思想波动的，我们都要逐一上门走访，帮他们分析利弊得失，提醒他们要算大账，不要纠缠于小账。"宋来富认为，绝对不可忽视征迁户遇到的任何难题，对于城中村改造来说，一户人家的利益纠葛或许是小事，对他们来说却是大事。而你的忽略、淡漠会让他们因小事拖延不决，最终坏了大事。唯一的办法就是及时上门，嘘寒问暖，打开心结，出手相帮，从维护征迁户利益的角度出发，尽可能让他们的利益最大化。"我们的征迁团队政策熟悉、工作细致、关心群众、责任心强，我为我们的团队点赞！"

丈量、初评、核对、确权、面洽、签约、腾房……成功的宣传发动、完善的保障，加上实施了"房东促腾退，经合社保稳定，街道做后盾"的三方协同模式，快速推进工作，一共用了三天时间，完成了全部160户"双签"清零。原本以为蔡马社区是一块很硬的硬骨头，征迁速度却创下了奇迹。

"要让大家充分认识到，拆迁是为谁而拆，最大的受益者到底是谁这些道理，用数据、用事实告诉大家，城市化需要快速推进，人民生活品质需要不断提升，那么城中村改造就势在必行。"如何使宣传发动不流于形式，始终接地气？祥符街道李家桥经济合作社董事长潘水清深有体会，他认为从身边已经发生的变化、从自身的生活品质追求入手，这道理就能讲得更加贴骨贴肺、入脑入心。

通过多年的城市发展，李家桥周边已是城市建成区，楼厦密匝，道路宽敞，配套设施也较齐全，乡邻村、北赵伍村这两个自然村夹在其中，成了典型的城中村，村里外来人口集聚，垃圾发臭、污水肆意流，消防安全、食品安全更像两把悬在头顶的利剑，随时都会掉下伤人。这样的生活环境,哪怕你有再多的钱,生活品质仍然难以提高。"我们耐心地告诉大家,只有住进公建配套设施完善、自然环境优越的房子里,才能真正提升生活品质。而从发展集体经济的角度上讲,告别了小而散的集体经济模式,更符合现代经济的发展模式。我们经合社新增的留用地,就落地在原区域,这也是让众多征迁户积极响应的有利因素。"潘水清说,不能责怪有些征迁户总在犹豫,或提出这样那样的要求,充分考虑他们的实际问题,真心诚意解决具体难题,这宣传发动才算做到点子上。

对于康桥村社区来说,宣传发动的方法之一,是激励众多征迁居民破除死守故土不肯动、住着老屋不肯变的因循守旧思想。"我们对大家说,你畏缩不前,永远吃老本,就会坐失良机,整个区域'南强''北活'也就无从谈起。只有破釜沉舟,才能稳步涉险滩,才能过上更好的日子。"康桥街道康桥村经济合作社党委书记、董事长沈天伟说,宣传发动、释读政策,动之以情、晓之以理的目的,就是更新观念、焕发热情,这才能为接下来的签约、腾房等环节打下思想基础。

目标一致,方法有异,各显神通,殊途同归。在宣传发动阶段,按照部署,各街道、各单位、各社区采取各种有效方法,凝心聚力,力破众多征迁户"心门"。

宣传动员"三到位",即为具体之措施。"三到位",一是指前期筹备到位。各区块成立入户谈判组、拆违推进组、人口清查组、矛盾调解组等工作小组,细化拆迁方案,每周召开项目分析例会,梳理农户诉求,解决重点困难,把握项目动员、丈量、确权、"双签"每一环节。二是政策宣传到位。召开股民大会、组长会,对征迁政策、区块规划等进行广泛宣传,取得广大征迁户的理解和支持,提高支持配合度。三是入户走访到位。各街道主要领导亲自挂帅,分管领导具体负责,带队入户走访,主动适应征迁户作息时间,确保征迁工作小组与每户充分交流,无缝对接,向每一户农户讲清征迁政策,确保走访到位。

宣传发动阶段,其实也是摸清实情阶段。这方面,最有效的做法,就是建立"一户一档",在弄清每户征迁户实情后,高效厘清诉求。"各个征迁小组在入户走访过程中,就已着手建立'一户一档',详细记录每户征迁户有关安置方式、学区划分、特殊人群补贴等诉求,同时重点掌握离异家庭等特殊情况,就房产分割、父母与子女并户等可能影响征迁进度的问题启动调解准备。"钱新根介绍,这一实情排摸工作细致到了极点,甚至可以用"抽丝剥茧"这4个字来形容。

针对各城中村内农居房出租户较多的情况,由各街道联合公安部门,做好暂住证注销及入户清查工作,以推进租户的清退工作。在尔后的"双签"和补偿过程中,对按期签约搬迁的征迁户进行奖励,对家庭困难、有重大疾病的征迁居民或者残疾人等,给予相应补贴,调产安置户回迁时,还按封门单号先后选房一套,这一贴心之举受到普遍赞许,大大提高了腾房速度。

值得一提的是,对少数征迁户因家庭矛盾、邻里矛盾、承租矛盾等原因,出现拖时签约、拒绝征迁的情况,各街道通过抽调司法所、经合社班子成员组成矛盾调解组,零距离提供法律服务,化解矛盾。这其中,经合社班子成员利用本地乡邻身份,与这些征迁户促膝谈心、拉家常,共同

笔者采访上塘街道沈塘湾社区党总支书记、经合社董事长许荣根

商讨破解办法,帮助他们卸下心理负担,进行普法宣传,依法办事。

这是一次史无前例的城中村嬗变,更是一轮思想观念大转变。

"可以说,在这次城中村改造过程中,整个社区的征迁居民都很积极主动地配合,没有遇到明显的阻力和难题。在我的印象中,这样的顺利从来没有过。"对此,上塘街道沈塘湾社区党总支书记、经合社董事长许荣根不无感慨地说:"这得益于我们前期的宣传发动、观念引导工作做得比较扎实。我们的主要做法:一是全面体现政策公正,坚持一把尺子量到底,争得群众的信心;二是充分保障拆迁利益,优化一套补偿方案,争得群众的诚心;三是强化以民为本理念,想尽一切办法解民忧,争得群众的热心支持。"坚持将各项有力措施落实到位,才能真正赢得广大征迁居民的民心,使之积极理解、支持和配合工作。

历史给我们的最好的东西,就是它所激起的热情。思想作为引领,情理拨开迷雾,前景赋予动力。没错,当我们校准目标,快步前行之时,回首以往、静察轨迹,感叹自己也曾走过一番特有的心路历程。是的,它让我们更加明晓自己的任务,愈加深悟即将隆重开启的,将是怎样的一场具有划时代意义的发展巨幕。

目标合乎期待,愿望化为行动

　　心锁被巧妙地打开,顾虑渐渐消除,加之各种以人为本的补偿安置措施不断跟上,利益调整过程中容易出现的负面效应被有效遏制,愈加积极的响应渐渐成了一股正面的推动力。

凤凰涅槃,浴火方得重生。

城中村改造是对征迁户生产和生活方式的革命,是体制、房子、股份、保障、机制等涉及百姓切身利益的"五位一体"系统工程,是一次重大的利益调整。在这一调整过程中,付出代价乃至忍受痛苦往往是难免的,如很多征迁户不得不面对住房面积缩小、在外租房借住、生活环境改变、家人短暂分居、租金等个人经济收入减少等问题。尽管一切都是暂时的,尽管城中村改造长远的、巨大的优点,已由政府及相关部门通过多种途径,尤其是一线征迁工作人员进行了细致耐心的阐明,然而企望征迁户一夜之间悉数接受,没有一点点顾虑和情绪,这是不现实的。

哪一个群体能在利益急遽调整之时如泰山般纹丝不动?祖祖辈辈世代生活的土地要征收了,好不容易建起的房子要推倒,对于每位征迁户来说,这个利益调整可谓大矣,对个别征迁户来说,房屋几乎是一家的全部,怎么能没一丝留恋不舍?怎么能没一点顾虑担忧?在实施城中村改造的各个地区,因城中村改造调整利益引发争议乃至冲突的并不罕见,矛盾的梳理、纠葛的纾解、财物的调适、格局的重整,免不了要耗去大量财力心力,有时还会拖延整个工程的进度,造成巨大损失。

只有当城中村改造的真金白银一一呈现,利大于弊的结局活生生地摆在面前,一些人的担忧、顾虑、不满才会彻底消除,否则,深重的怀疑和顾虑,还会让个别人员"寸土不让"。

事实上,任何一项重大的民生工程,在实施过程中,都会遭遇类似的不解、误会乃至些许抵触,这不足为怪。重要的是,必须竭尽全力晓之以理、动之以情,把这项工程的重要性、必要性,尤其是利国利民的这笔账给大家算清楚,引导每位征迁居民放远眼光、积极配合。城中村改造的工作原则之一,是政府主导,这个"主导"无疑还包含"引导"之意,即把每位城中村改造利益相关者的思想和行动,引导到正确的轨道上来,点燃众人共同投身于这项浩大工程的热情。

这同样是一项艰巨的任务,其意义和作用远超于签下了几份征迁协议,多拆了几幢农居房。思想宣传工作的力量是非凡的、深远的。

只有把征迁户们充分发动起来,合成一股巨大的正能量,才能顺畅地推进工程、提高改造质量,推进过程中可能出现的各类矛盾也才能得到有效化解。

如何驱解征迁户的心头疑云? 浙江省农村发展研究中心曾针对杭州等城市城中村改造问题进行过专项调研,调研内容之一便是政府及相关部门该怎样引导征迁户接受利益调整,包括促其转变观念、统一思想,赋予征迁户以更多的知情权、话语权、参与权和决定权,给予科学合理的补偿等。专家们认为,城中村改造既然是顺应人民群众对美好生活向往的一项"民心工程",那就首先应该让每位征迁户真切地感受到政府部门的本质意图,感受到城中村改造的根本目的。

"舆论和思想引导自然十分重要。个别征迁居民认定政府是城中村改造的最大得益者,所以政府才这么起劲。其实,哪怕一时纠正不了这样的误解,也要让他感知,政府只是一个为人民服务的机构,政府的行为说到底只是为大家,政府得益就是群众得益。"时任康桥街道党工委书记徐红岗认为,只有引导群众视自己与政府和政府工作人员为利益共同体,为着同一个目标在努力,他们的思想才会更统一,配合支持也会更自觉主动。康桥街道在城中村改造过程中,由于所处区块的特点、历年征迁的遗留问题、征迁补偿标准略显偏低等因素,部分征迁户难免有表达诉求,思想上也出现过若干不统一。通过引导大家从大局着眼,从政府根本意图去理解,纵向横向分析比较,瞻前望后细细思悟,不少征迁户的心锁渐渐打开。

要有效驱解征迁户的心头疑云,在其融入城镇化的最后一程,坚持以人为本、让利于民,切实保护征迁户利益,无疑是重要一招。根据不同情况,分别采用拆除重建、综合整治、拆整结合等多个改造类型,就是以人为本的典型做法。加强民意调查,体现和尊重土地使用权人意愿,赋予村集体经济组织更大的主动权,激发村集体经济组织推进城中村改造的积极性和主动性,真正做到让利于民、让权于民,才会让广大征迁户有更明显的获得感。

有关怎样真正让群众受益、让群众满意的方法措施和生动实例，容后详述。

"共产党是为民族、为人民谋利益的政党，它本身决无私利可图。"这是毛泽东同志早在延安时期说的名言。同样，人民的政府也无图自身私利之说，这是由党和政府的性质决定的。城中村改造何尝不是一个阐明政府工作终极任务的好机会？

心锁被巧妙地打开，顾虑渐渐消除，加上各种以人为本的补偿安置措施不断跟上，在利益调整过程中容易出现的负面效应被有效遏制，愈加积极的响应渐渐成了一股正面的推动力，这既体现政策宣传已入脑入心，更表明广大征迁户明晓事理，自觉服从、主动配合的热情已被唤起。

明晓事理，这是广大征迁居民良好素质的一种生动体现，这是他们全力配合支持的一大基础。与现代化城市格格不入的城中村是否应该任其长期存在？它的弊端是否大大多于益处？这些问题的答案，通过广泛深入的宣传解释，早已在绝大多数征迁居民心中。

个人的利益再大，也大不过整个村庄、整个街道的利益，因为我们都是它的一分子。这样朴素的道理，被众人细细领会后，已成了共识。

利益调整免不了有得有失，每个人的实情和期待各不相同，不存在一项包治百病、利益均等、纤毫不差的政策措施。要想让十只手指都长得一样长，这非但不可能，也是绝对不能的。在征迁的过程中，绝大多数征迁户认可了政策措施的现实性，能在理解的基础上平静接受，毫无怨言地去承受损失，这非常了不起。

"你要问我每年的租金有多少？那真的是一个蛮大的数字。只要守着我的那幢房子，吃穿什么的真的不用愁了，但哪怕是这样，我仍然觉得，这城中村还是非拆不可，而且拆肯定要比不拆好。你想，人口管理、治安、交通、教育、环境卫生……这些问题在城中村都没法很好地解决，怎么可能是长久之计？只需仔细算清这笔账，就知道对像我们这些做房东的居民，城中村改造究竟是利还是弊。"李小毛是上塘街道蔡马社区七十六亩头自然村的居民,在寸土寸金的舟山东路上,拥有一幢面积颇大的五层农居房,一楼就有10间店面,可知他家每年的房屋租金收入是多么丰厚,但他依然认定城中村改造是一件大好事,非但主动及时地在征迁协议上签约,并用实际行动促使他家的租户商家搬迁。

尽管未改造前的城中村能为当地居民带来一定的房屋租金收入,能给外来人员提供居住之便,也能在一定程度上促进某个区域的三产发展,然因城中村固有的、无法彻底祛除的弊端,它带来的负面效应是谁都能感受到的,包括拥有农居房的居民、租用农居房的商户和普通租客。在这一点上,不要以为农居房居民都会死抱住租金不放,为了一点租金不惜与政府部门抬杠。事实上,这几年随着城中村改造的深入,大部分农居房居民的观念已经发生嬗变,"大势所趋"的理念被普遍接受,很多人已学会理性地看待租金收入,过于倚重租金收入的想法已经出现动摇。

祥符街道孔家埭征迁居民孔胜祥老人认为,尽管农村集体土地征用、农居房改造对于孔家埭并非新鲜事,前几年就在陆陆续续进行了,自2016年起孔家埭就已启动第一批城中村改造项目。如此大规模的城中村改造是亘古未有的事,触动一些人的利益在所难免,不过,靠出租房屋赚钱,其弊端确实不少,需要调整完善。从长远来看,城中村改造绝对利大于弊。

在杭州加快城市现代化节奏的如今,逐渐被城市包围的城中村,其基础建设和城市管理等各方面都跟不上,连很多当地居民都急了。说到底,自家有房屋出租收入毕竟是个小账,融入城市、提高生活品质、谋求个人新的发展机会,才是大账。时任半山街道石塘社区党委书记、石塘经合社董事长胡楚良说,很多居民,尤其是年轻人听到这回的城中村改造、石塘社区将整村拆迁,都十分拥护。"这是因为只有全面彻底的城中村改造,才能真正换来清新美丽的生活环境,才能完全摆脱存在于城中村的种种弊病。城中村改造是站在维护人民群众根本利益这一基础之上的,这一点,随着城中村改造工程的不断深入,越来越被大家所接受。"胡楚良说,正是因为思想上的统一和认识上的提高,才使得征迁安置工作愈显顺利。

是的,当不少地区正在为如何化解来自征迁户、承租户等方面的种种不满和阻力之时,在拱墅,面对如此巨量的征迁改造任务、如此快捷的推进速度,征迁户前所未有的配合、顾全大局的支持、热情有力的协助,乃至无怨无悔地牺牲个人利益,成了拱墅区本轮城中村改造的一大特点,也是一大成果。这绝非夸饰之辞,所以更值得欣喜和骄傲。

第四章

汀洲云树　天成地平

要让城市融入大自然，不要花大气力去劈山填海，很多山城、水城很有特色，完全可以依托现有山水脉络等独特风光，让居民望得见山、看得见水、记得住乡愁。

——习近平总书记2013年12月在中央城镇化工作会议上的讲话

意莫高于爱民，行莫厚于乐民。

——[春秋]晏子

故人具鸡黍，邀我至田家。绿树村边合，青山郭外斜。开轩面场圃，把酒话桑麻。待到重阳日，还来就菊花。

——[唐]孟浩然《过故人庄》

当城市更新由"拆"转"建"之时,坚持以人民为中心的发展理念十分重要。把保障改善民生作为区域发展的出发点和落脚点,进一步完善大城北地区城中村改造安置房、保障房、学校、医院等民生设施建设,有效推进区域内民生环境的整体改善,便是这一理念的生动体现。城市更新是契合事物发展规律的合理成长,是由农村到城市的华丽转变,更是重建人与自然、社会的和谐关系。

高水平的规划方案，得来非易

> 规划先行，谋定而后动。在通盘设计未来的大城北时，既强调前瞻性，更强调可行性，自始至终做到实事求是，以人为本，这些原则在"一区一规划""一村一方案"编制过程中体现得十分突出。

大城北地区实施规划建设三年行动计划的基本原则有"五个优先"，都非常具有针对性，契合大城北地区发展实际需求：坚持生态保护优先，坚持文化传承优先，坚持民生改善优先，坚持基础设施建设优先，坚持产业转型优先。在这份行动计划中，这"五个优先"并不只是概念，还有具体的内容指向，比如坚持文化传承优先这一条，就强调要以打造大运河文化带国家战略为引领，加快落实大城北地区的历史文化遗产保护传承与利用，彰显地域文化特征，体现江南水乡文化内涵。通过进一步挖掘传承各类历史文化脉络，研究保护工业文化遗存，串联大城北地区的人文、历史文化资源，打造具有全国乃至全球影响力的运河文化品牌。

据此，如何紧扣这"五个优先"，在具体的规划设计中体现这些原则，赋予规划设计以科学性、合理性、可行性，体现文化内涵和人文关怀，亦成为大城北规划设计的必备前提。

"要继续坚持以科学规划为引领，进一步做精做深分区规划，系统摸清土地空间、设施配套、资源环境等家底，保护历史文脉，做优城市设计，为城中村拆后土地开发利用提供科学依据，进一步提高土地利用效益，让规划出生产力，为城中村改造打好基础。"这是区委书记朱建明在城中村改造攻坚行动推进会上提出的明确要求，也是大城北地区拱墅分区规划编制的基本思路。

拱墅分区规划是杭州市城市总体规划的细化和延伸，全区共分15个规划管理单元。拱墅区是杭州第一个编制分区规划的区，在编制方法和思路上没有先例可循，这对杭州市规划和自然资源局和拱墅分局来说是个新的课题。"正因如此，我们对这一分区规划的编制方式、重点内容、编制深度等均提出了较高的要求，使其在指导各街道和建设单位推进后续城建工作中具有指导意义。"杭州市规划和自然资源局总规划师杨明聪介绍，拱墅分区总体规划编制工作，由市规划和自然资源局城乡统筹处、市规划编制中心、市规划和自然资源局拱墅分局等协同推进。

事实上，十余年来，按照杭州市城市总体发展战略，大城北地区拱墅一带分区规划的编制和调整工作从未停止过。随着《关于开展杭州市主城区城中村改造五年攻坚行动（2016—2020年）的实施意见》和《杭州市大城北地区规划建设三年行动计划（2018—2020年）》的相继出台和实施，拱墅分区规划编制方案的编制速度也进一步加快。

"按照杭州市城市总体发展战略框架，我们根据市规划和自然资源局牵头编制的城中村改造'一区一规划'方案思路，这几年来，对拱墅的定位和大设施、大结构布局开展细致审慎的研究，加快编制拱墅新批城中村试点'一村一方案'和撤村建居村农居布点规划，使城中村改造始终在规划指导下全面推进。"杭州市规划和自然资源局拱墅分局李思静局长详尽介绍"一区一规划"和"一村一方案"的概念和要求，紧扣大城北地区尤其是拱墅示范区的建设特点，突出这一分区规划将"严格按'整体开发，不留死角'的原则，改变过去土地征用'吃肉留骨'的做法，尽可能先进行农居建设，安置好村民，再进行土地出让，以便减少各种矛盾，避免出现周而复始的城中村。"无疑，这一轮"一区一规划"和"一村一方案"将适用于长期，甚至永久，绝非短期的应景式的。

"凡事预则立，不预则废。"（《礼记·中庸》）规划是未来的发展愿

笔者采访杭州市规划和自然资源局拱墅分局李思静局长

景，是目标的细化，是项目实施的起始和指引。有计划、有法度的运作避免了盲人摸象的迷茫，更避免了飘浮无定的任性随意。是的，当城市更新向纵深处推进、整个工程由"拆"转"建"之时，谁都知道完美可行的规划功莫大焉。

规划先导，引领推进。其实，本轮城中村改造工作伊始，分区规划编制工作即已展开。自2017年8月18日起，由拱墅区人民政府联合杭州市规划局（现为杭州市规划和自然资源局）编制的《杭州市拱墅分区规划》，即"一区一规划"征求意见稿，面向社会广泛征求意见。这也是杭州市新一轮分区规划编制中，率先出炉的规划方案具体文本。

从这份规划方案来看，这一文本紧密结合了拱墅区北部4个街道的发展所需，主要突出了以下几个方面：一是增强了对规划的完善和指导，落实全区重大基础设施和发展战略；二是在节约用地、挖掘潜力、摸清家底的基础上，加强了规划统筹，明确土地利用功能和各类建设开发建设管控；三是加强了对人口规模、构成以及变化趋势和区域集聚特点的分析,作为空间功能布局、用地结构调整、公共服务差异化配置、产业引导和人口引导的基础支撑;四是加强对市政基础设施的研究与布局,加强对全区交通主干路网系统优化和打通区域支小路的策略研究;五是统筹安排城中村安置点、引导空间功能重塑和改造思路等,尤其是结合拱墅区"十三五"时期城中村改造攻坚行动,部分村的安置房用地需要作进一步优化调整。

进一步优化调整意味着什么?意味着将进一步发挥拱墅资源禀赋、发展优势和后发潜能,赋予下一轮科学发展新的动能;意味着将通过科学合理布局安置点,从而加快推动城中村改造进程;意味着将更加以人为本、服务民生、符合民需;意味着将注重生态环境保护,打造科学、合理、可持续、高品位的世纪工程。

打开这份分区规划,我们可以清晰地看到,规划立足大城北地区整个区域层面,统筹考虑学校、医院等各类民生设施的布局和建设时序,从打造宜居秀美的自然人文环境、挖掘拱墅发展的经济潜力角度入手,运河沿岸名区未来的美好生活呼之欲出。

三宝郡庭安置房小区

　　"按照新修订的杭州市城市总体规划,杭州要建设6个城市副中心,其中之一,就是'大城北地区暨良渚组团中心'。因此,在我们的分区规划方案中,原有规划中的'点状'已调整为'带状',即充分利用杭钢转型提升释放的存量土地空间,构建由杭钢新城中心、运河新城中心和良渚组团中心共同构成的带状城市级副中心。"李思静不无欣喜地说,原杭钢地块将成为城市副中心,在这份分区规划方案中,这一亮点体现得异常鲜明。

　　全力加快大关、半山、皋亭、第二文教区、祥符老街等13个重点区块开发建设,是这份规划方案的具体内容之一。至2018年底,已有218万平方米安置房拔地而起,使得这一年成为城中村改造安置房及配套设施项目集中建设的年份,这其中,香兰名院、七古登一期的安置房将建成并投入使用。

　　这份分区规划方案紧密结合了人口分析规律,优化教育、医疗等民生类配套设施布局,补齐了基本公共设施缺口,探索新的配建模式。规划方案中,拱墅北部大地将建起187所学校,含初中20所,602个班;小学52所,1464个班;幼儿园108所,1216个班;九年一贯制6所,303个班;特殊学校1所;还规划设置了综合医院7处、专科医院4处、中西医结合医院2处、社区卫生服务中心21处。

　　通过对拱墅区域内轨道交通布局、轨道站点控制、铁路北站转型等进行专项研究和深入研讨后形成了交通设施规划方案。由已投入运营的轨道交通2号线、轨道交通5号线,以及相继建设的3号线、4号线、10号线组成的地铁网,将在拱墅出现,其密匝程度不会低于相邻市辖区。地面道路交通方面,"二纵(上塘路、秋石快速路)、三横(留石快速路、文一路和德胜路、环城北路)、二连(莫干山路、康桥路—320国道)"快速路格局已明确载入此规划方案。打通香积寺路西延伸,萍水东路、丽水路北延伸、金昌路东延等10.9千米断头路的规划,自然也在其中。

　　契合百姓愿望,符合城市发展所需,是本轮城中村改造的根本宗旨,也是"一区一规划""一村一方案"的指导原则。拱墅区分区规划自2016年起着手编制,编制过程中按照不同专业,课题组成员被分成了7个小组分头考察。"我们反复提醒自己,一定要避免那种'墙上挂挂,抽屉放放,先弄一阵子,然后啥也不是,根本落实不了'的纸面规划现象,既强调前瞻性,更强调可行性,自始至终做到实事求是,以人为本。所以,在初编过程中,我们就努力做到'开门办规划',实地踏勘和调研,逐个社区对接,让各单位发声,让群众提建议,然后由7个规划小组一起对所有信息、原有规划以及新的思路想法,进行细致的评估反思,努力接近最佳方案。"

与此同时,为了更好地在城中村改造过程中发挥更大的作用,实现现阶段经济实用与远期发展空间相结合,城中村改造规划方案还进行了公开招投标,这开了杭州市规划设计方案公开招投标的先河。

李思静告诉笔者,实地踏勘和调研是极细致的,各社区和自然村详情、自然条件、户数、人口、人口流动趋向等都要弄清楚。信息真实,方案才会可靠,远景目标方能清晰,规划编制才能保证高质量。控制建房密度、房屋高度,这是原则,任何变动都要建立在测算和多方磨合的基础上;餐饮业容易产生污染,不可能任意开设在公寓里,类似的限制都要开列在负面清单上;即将新建的具有江南水乡风格的居民小区,需要体现白墙黛瓦;还有路网和绿地的设置和优化,历史街区的布局,教育、卫生、养老以及小区物业等用房的安排,村级经济发展留用地的区块位置;还有怎样处理产业园区与居民小区、公建设施的关系;等等。在与市级规划部门、相关建设部门协调的同时,竖起耳朵、敞开胸襟倾听呼声、虚心"纳谏",绝对是有必要的。

拱宸村的原有规划中,一所拟建学校将落户在陆家坞自然村,但经过反复踏勘、研讨,陆家坞自然村将保留下来,属于完善提升的城中村,那么这所学校究竟应该建在哪里?学校属于民生项目,在编制"一村一方案"时,就需要对原规划方案进行优化,对整个区域的规划作出连锁性的调整,使保留下来的城中村和拟建中的学校不冲突。

优质安置小区善贤人家正门

上塘河畔已经建起了高层公寓小区,但高层建筑是否最科学合理? 显然不是。密不透风的建筑体无疑给人以强烈的窒息感,必须在周边有意识地留出一部分空间,如安排一些低矮的房子,让城市能畅快地呼吸。

当然,按照《杭州市大城北地区规划建设三年行动计划(2018—2020年)》中的"坚持产业转型优先"原则,坚定不移地淘汰高污染、高能耗、低效益的落后产能,促进产业结构转型升级,构建现代化智慧产业体系,增加经济可持续发展的动力。通过加快搬迁、整合传统粗放型的生产企业,使大城北地区实现经济增长方式的转变和突破是重要内容。作为分区规划,区域内诸多已有的中央和省、市级企业的搬迁改造也得明确,总不可能让大小企业与居民小区、与公建设施混搭在一起。尚在规划阶段,对中央和省、市企业的实地踏勘和调研就已开始,艰难的谈判也已启幕。你会为此搞得精疲力竭,耗尽耐心,但硬骨头不就是这么一点一点地去啃的吗?

"在城中村改造过程中,全市规划部门还专门开展了'百名规划师服务百家社区'活动,这项活动与'开门办规划'相互呼应,拱墅规划人自然也不甘落后,每位规划师都全身心地投入,回答群众咨询,释解群众疑惑,描绘规划前景,把规划服务送到群众手中。规划先行,谋定而后动,我觉得这一条,每位规划工作者都吃透了精髓,并脚踏实地去做了。"杭州市规划和自然资源局张勤副局长赞许道。

绘制绿色蓝图,人与自然相谐该有多美

> 坚持生态保护优先,保护利用好大城北地区生态环境,这一份发展规划既在推动修复生态功能、修复城市功能,也在描绘未来人与自然共生共荣的美好图景,实现"化地""化境"与"化业""化人"的有机结合。

绿色,沁人的色泽,代表着清新、生机、希望、安详和生命。

作为五大发展理念之一,绿色意味着在加快转型升级步伐的前提下,保护自然资源,优化生态环境,使社会经济可持续发展,使每个人都能享有宜居、宜业、宜学的美好生活。

"要让城市融入大自然,不要花大气力去劈山填海,很多山城、水城很有特色,完全可以依托现有山水脉络等独特风光,让居民望得见山、看得见水、记得住乡愁。"习近平总书记这段精辟的指示,已经为我们描绘了一幅人与自然和谐相融的美好画面。城中村改造是一项彻底改变人居条件和环境、提升城市品位的重大工程,全面贯彻五大发展理念,当为圭臬。

《杭州市大城北地区规划建设三年行动计划(2018—2020年)》中的"坚持生态保护优先"原则,强调了必须正确处理生态保护与城市有机更新的关系,以城中村及老工业区有机更新为契机,保护利用好大城北地区生态环境。以运河、上塘河、西塘河、杭钢河、半山为生态廊道,打造AAAAA级运河景观带和AAAA级半山森林景观区,突出大城北地区的山水格局和特色要素,使区域内生态环境更加优美、生活品质更加优良。精心编制的拱墅分区规划,将充分考虑自然资源和生态环境的悉心保护,将最大限考虑舒发展空间、生态环境、文化遗产和产业基础以科学、和谐、可持续的合理布局,描绘出以生产美为核心、生活美为目标、生态美为标志的美丽拱墅新画卷。

城中村改造,并不是把旧房拆了、工厂搬迁了,建起新房、铺就新路,这事就算完。城市有机更新是契合事物发展规律的合理成长,是除旧布新、兴利除弊的功能优化,是由农村到城市的华丽转变。城中村改造是一个综合性的社会重建工程,要实现"化地""化境"与"化业""化人"的有机结合,而良好的发展空间,正是深层次的人的城镇化和社会关系重建的基本条件和必备基础。

有关如何体现拱墅城中村改造的特色,显现拱墅发展的差异化,朱建明书记对此已有精辟的见解。他指出,所谓差异化,最重要的一点,就是体现本地文化,打造本地特色。拱墅要走现代城市之路,不可能搞得像钱江新城,钱江新城面临的是波澜壮阔钱塘江,而拱墅踞于

城中村改造下一步工作正在筹划中

运河两岸、皋亭山下，想要打造运河沿岸名区，就必须围绕这一河一山，讲深讲透拱墅的文化故事，以文化推演未来。无论是居住小区、历史街区、工业园区，还是城市空间、建筑形态，都要有属于自己的蓝图，都要在区域环境、路桥形态、建筑风格以及设计方法方面有所创新、有所突破、有所坚守，强调差异化、提升城区品位。

正是遵循了这一思路，在编制分区规划过程中，杭州市规划和自然资源局拱墅分局持续梳理挖掘运河和皋亭文化，并将其熔铸在运河沿岸名区的具体建设、打造都市水乡的过程之中。在编制"一区一规划"，尤其是在进行"一村一方案"的项目设计时，规划师们力求提出更为细化的要求，使得整个拱墅的城市形态、建筑色彩、功能布局，与运河沿岸名区建设规划相匹配，使河山呼应、城乡相宜、居业两旺，讲好当代拱墅故事。

"按照国家有关城镇棚户区、城中村和危房改造的要求，在编制分区规划阶段，我们就突出'城市双修'这一根本任务。'城市双修'，一是修复生态功能，二是修复城市功能。生态功能的修复包括在我省持续数年的'五水共治'，以及环境整治、绿地系统建设等。城市功能的修复，除了优化居住功能，极其重要的一方面则是完善公建设施，包括增加和优化社会保障设施、公共配套设施、城市公共空间等。城市双修的两方面还是互为倚靠、互相融合的。"李思静认为，不单考虑城市空间的改变，而是着眼于城市空间形态和产业功能的结合，着眼于人与自然环境、与城市各个功能区域的协调关系，才是可取之道。

这一次的拱墅分区规划，对全区40个村（包括已经完成城中村改造，只需"回头看"的村级区域）进行系统的规划和全面的调整优化，其力度之大，与2017年的城中村改造一样，也是前所未有的。更史无前例的，是这一分区规划注重生态、科学合理、体现以人为本的理念。

"以往的城市拓展、城中村改造，缺乏长远而完善的规划是一大弊病。生态功能的弱化乃至破坏，与规划和实施过程中的疏失分不开。起初没有做好截污纳管，也没有污水处理设施，一旦这个区域人口增

在经合社留用地新建的天瑞国际大厦

加了,污水四溢,就破坏了生态。哪怕把马路反复拉开埋设各类管网,终究是头痛医头、脚痛医脚。缺乏前瞻性的一次次扩建、整治、改造、发展,不仅无法提升生活品质,带来的生态环境恶化和自然资源的浪费,也让人不胜其烦。"时任上塘街道拱宸经合社董事、办公室主任王国飞以拱宸村陆家坞自然村为例,谈及这个自然村20世纪90年代的新农村建设还是成功的,但限于当时的条件及其他客观原因,配套设施建设一直没有跟上,包括截污纳管未接入城市管网的问题。规划若未能做到全覆盖,缺乏前瞻性,势必会影响规划的应有功能,甚至失去了它原本的意义。

陆家坞自然村之所以在这轮城中村改造中被列为保留区块,是因为它拥有完善提升的基础,比如各幢楼房都统一建造,款式一致,楼房间距宽敞,整个区块的路网也较完整。当年的新农村建设对这一区块编制了初步的规划,由此也印证了规划的重要性。在编制这轮分区规划时,针对这样的区块,在进行现场勘查、数据测算的基础上,以适当调整、重在提升的方法,在修复生态功能、增加城市功能上做文章。这好比是在一块质地优良的绸布上绣花,属典型的锦上添花。如对陆家坞南侧的河岸进行增绿,河湾处的休闲公园进行提升改造;如对楼房之间的空地进行绿化,修筑城市景观小品等。

当城市拓展和城中村改造进行升级之时,我们早已不能满足以往的拆房建房了,人与自然是共生共荣的生命共同体理念告诉我们,良好的生态环境是人类生存与健康的基础,我们所追求的美好生活,其最大特征即为生产发展、生活富裕、生态良好的"三生"和谐发展。正在紧锣密鼓打造的现代化新型城市,正是充分遵循生态环境和人的发展规律、符合人与自然协同共生趋势的人类聚落。

"其实,对于长期从事规划的我们来说,早已有了打造宜居城市、保护生态环境的理念,并将其努力体现在规划中。增强前瞻性,是规划编制的一大课题,但更让我们困惑和尴尬的是,有时候即便是编入规划的内容,也不能化为现实。规划的一再调整,既有现实需要,也体现出规划的摇摆不定、朝定夕改。令人欣慰的是,这一次的规划绝对不是纸上谈兵了,它是能落地的,而且是不折不扣地落地,尤其是涉及生态环境修复和城市功能提升这两方面。"李思静说,在提出规划建议时,一定以保护生态环境为先。而这样的建议,在规划编制和实施过程中都得到了决策部门的采纳,因此而得益的征迁居民纷纷跷起了大拇指。

拱墅一带过去是典型的江南水乡,如今除了京杭大运河、上塘河之外,城北4个街道区域内还有大量河流港汊,它们是农业灌溉的重要水源,也承担了泄洪、航运等功能。结合这一轮城中村改造,明确河道整治的标准,提升各类河道设施水平,就必须通过规划编制予以推动和实现。譬如堤坝能否经受百年一遇的洪水,抑或五十年一遇、二十年一遇的洪水? 规划编制时还得与林水、农业等部门协商研究;河上的桥梁高度应该是多少、宽度是多少,需与城建部门、河道管理部门沟通,也得与交通运输部门协调……规划图上的红色块、黄色块、绿色块可不是任意涂抹的,失之毫厘,谬以千里。

"晴空一鹤排云上,便引诗情到碧霄。"([唐]刘禹锡《秋词》)是啊,多一寸绿地、多一脉清水、多一缕清新空气,这些给人类和大自然带来的巨大裨益,岂能以急功近利的经济收益加以衡量?

留予方寸地,收得百年金

> 村去城来,并不意味着你与土地脱了干系。精心布点、调整和规划,留用地措施的完美落地,切实保障集体经济发展和村民利益,也是广大征迁居民支持配合城中村改造的重要因素之一。

城中村改造是一项综合性工程,内容丰富,任务繁多。在全面实施城市化的进程中,如何加快村级经济改革,切实保障集体经济发展和村民利益,无疑也是一项重任。

改革开放以来,经过40多年的发展,拱墅全区各个村(社区)的集体经济实力已十分雄厚,工业制造、商贸市场、仓储物流、厂房租赁、文化创意和服务业呈现齐头并进之势,不少大型经济实体在杭州,乃至浙江省内和全国享有盛誉,占据重要位置。"1979年起,当年的上塘人民公社建华大队(就是现在的沈塘湾社区)的6位村民,办起了村办企业建华针织厂,后来又改为建华小五金加工厂、建华建筑机械厂,慢慢发展成立建华集团,成为一家拥有28家全资控股子公司、8家参股关联企业的,以现代服务业为主体,集先进制造业于一体的综合性企业集团。"说起这家村办企业的发展史,上塘街道沈塘湾社区党总支书记、经合社董事长、建华集团有限公司董事长许荣根就滔滔不绝。建华集团的发展正是拱墅村级集体经济发展的一个典范、一个缩影。

没错,大规模的城中村改造绝非压缩集体经济规模,改变原先的集体经济性质,"村去城来"更非缩减经合社股民的收益。通过城中村改造这一契机,加快农村股份合作制改造、发展村级集体,增加征迁居民的经济收入,才是题中应有之义。

村庄没了,农居房和企业用房拆了,原先的村民都搬进了居民小区,但在杭州,这并不意味着你与土地脱了干系。哪怕原本地块上的社区组织没了,经合社还在,股民的身份依然没变。更让人欣喜的是,作为村级集体经济的一种有效补偿,城中村改造后的村(社区),还能以经合社的名义获得该村(社区)征迁土地面积10%的留用地用于商业开发。这绝对是城中村改造工作的一大亮点。

"留用地这一形式,是杭州城中村改造和城市建设的一个创举,前几年就已在尝试了。在拱墅,城西银泰、北城天地、360等商贸综合体项目,都是利用城中村改造留用地盖起来的。拱墅,可以说是目前杭州全市留用地项目建得最好、发挥作用最大的一个区,从某种程度上来讲,还有力地促进了留用地项目的进一步推广和这一制度的规范化。"时任拱墅区国土资源局局长史小斌告诉笔者,此前,留用地的比例并不明确,而当本轮城中村改造启幕之前,杭州市发改委、自然资源和规划局等相关部门联合向杭州市政府建议,市政府随后在文件中明确了10%这一指标。即便某个村(社区)城中村改造后已无任何土地资源,只要经合社存在,起码给予15亩留用地。能同意拿出这么多土地直接用于民生,非常了不起。

《关于开展杭州市主城区城中村改造五年攻坚行动(2016—2020年)的实施意见》中亦载明:"'十三五'期间,按照拆除重建方式实施改造的城中村,在落实安置房、10%留用地、配套设施等项目建设用地后,村域范围内其余规划出让用地可全部作为城中村改造平衡用地。"这一条已明确城中村改造后征收土地的使用配比。

村级集体经济留用地政策,完全是一项旨在维护和扩大征迁居民利益的、深得民心的举措。为了合理解决留用地的土地性质问题,杭州市推行了土地使用权"招拍挂"的方法,即留用地的土地性质虽然是集体土地,但通过在土地交易市场"招拍挂"这一程序,使之用于商业用途。村级集体经济亦将因土地使用权转让或地上新建附着物的出租,获得较为可观的经济效益,从而提增股民收入。

正是因为留用地政策对进一步发展村级集体经济的巨大作用,在城中村改造过程中,围绕如何用活用足这一政策,如何合理妥善地给予布点定位、扩大效益,成了各方十分关切的热点。笔者在城中村一线采访也听到不少基层干部和征迁居民都在热议,期待留用地能促进集体资产增值。

拱墅区委、区政府对留用地问题十分重视,明确指示在留用地重新梳理和布点定位时,必须最大限度地顾及集体经济的更好发展,满足各经合社和征迁居民的要求。拱墅区还专门成立了由区发改经信局牵头,自然资源和规划部门以及城中村改造指挥部、运河改造指挥部、城建发展中心等城中村改造各个实施主体派员组成的区留用地办公室,专门负责留用地的布点、协调和利用。

"拱墅区大部分的村级经合社都积累了大量资产,在城中村改造前,对这部分资产进行股份合作制改造,量化到人,让村民对此心中有数;10%的留用地,则是在调研的基础上,主要解决布点定位的问题。"王荦告诉笔者,由于城中村改造时,住宅、公建、商业、工业等各个用途的土地需要重新规划和实施,所以这10%的留用地放在哪个位置,是广大征迁居民和各个村级经合社最关心的问题之一。

李思静感叹这一次拱墅分区规划编制工作量的巨大。这一次规划编制,要对40个村的留用地进行重新布点定位,细致程度极高。"不仅工作量大,责任更是重大。我们认真听取所在村社、街道的意见,也听取城中村改造各实施单位的意见。其间,一直有经合社和征迁居民前来咨询,征求规划意见时也提出了很多要求,基本上都围绕着布点位置和实际面积。是啊,哪怕是安排在同一区域,也存在近城不近城、沿街不沿街等差别,有的差别还不小。这些都直接与土地价值和收益相关，不是小事。"

笔者了解到，在杭州市各区中拱墅区的任务量最大，这与农居房和企业用房拆迁量大、拱墅与市中心城区贴得较紧等原因直接相关。寸土寸金的概念是什么？一寸土地相当于一寸金，一寸土地还能产出一寸又一寸的金哪。

紧邻北部软件园和上城区工业园的祥符街道星桥社区，从2007年开始至今前后已经历了4次征迁，2017年即将整村征迁，不留一幢农居房。尽管与市中心城区相隔并不近，与余杭区只剩一步之遥，两个工业园的日益兴盛使星桥社区一带成为杭城北部土地价值飙升的区域之一。当整村征迁的消息传来，全村居民不免惴惴：手中这只越来越值钱的金饭碗，会不会被"改造"掉？或者会不会被安排在一个角落里？

这个顾虑很快被打消。前几年征迁时，区政府就已把本区域最核心的一块土地划为村级经济留用地，地块规整，面积集中，适合引进较大的商贸实体。很快，星桥社区在这块土地上进行了一期开发，建起了一幢建筑总面积达5万平方米的商贸大楼，引进了瑞莱克斯品牌酒店，入驻该大楼的主体；引进亲子教育集团等企业，入驻该大楼的裙房，村级集体经济收入一下子上了新台阶。接着，二期开发也在这块留用地上拉开帷幕，新商贸大楼的总体规模将超过一期。

"经合社的每个股民都喜笑颜开，因为仅一期开发的这幢商贸大楼，预计年收入就将达2700万元。这对于一共才486户的征迁户来说，是一个多么大的数字啊！"时任星桥社区副主任费瑞良说，"正是因为这块留用地给广大股民吃了'定心丸'，所以当这一轮城中村改造开始，整个社区还未征迁的206户征迁户再也不留恋自己家的租金收入了，思想工作容易做通。因为谁都明白，农居房拆了，土地征用了，但留用地还是会有的，我们的怀里，还是有着一颗巨大的金蛋蛋。"

世代与土地打成一片的农家人，更加懂得土地的金贵，更加难舍与土地的感情。撤村建居后，虽然他们的身份已成了标准的城市居民,居住环境也将出现根本性变化,但他们对土地的留恋仍未消弭。以村级集体经济留用地的形式,让宝贵的土地继续为世居者产出财富,尽管没了与土地的直接接触,但与土地的关系尚未彻底割裂,这也是这群特殊的城市居民与土地之间的一根强韧纽带吧。

在本轮城中村改造过后,整个拱墅区基本上没了传统概念上的乡村村落,各块土地的功能将出现巨大变化,被征迁的大多数村级经合社的留用地将重新梳理和定位,但通常情况下,都在原经合社的区域内调整。李思静告诉笔者,如想让留用地的位置尽量往南移,以便更接近市中心城区,只要是在原村级经合社区域范围内,编制规划时都会尽量满足这一要求,但若是跨村调整安排,那就需要与街道和相关经合社反复协调。毕竟,让甲经合社的留用地契入乙经合社的区域范围内,这确实也是前所未有的。

拥有石塘、刘文村、沈家浜三个片区的半山街道石塘社区位于城北入城口,与余杭区崇贤街道贴近,为杭州主城区最北的社区,也是拱墅区本轮城中村改造居民户数较多的一个社区,达692户。与别的社区不同的是,石塘社区整村征迁后,不再回原地重建,原地块将被建设成为生态型的天子岭静脉产业园,居民们将异地安置,迁入半山街道桃源区块的几个居民小区中。这里已是别的社区的地盘了,而原先的

已经完成拆除任务的祥符街道星桥社区航拍图

地块又用不了，那么经合社10%的留用地该怎么安排？

"地理概念上完整的石塘社区没有了，居民们也分散住在桃源区块，有部分居民还自行迁到了城里居住，但石塘经合社在很长一段时间里依然是存在的，股民的利益需要保证。区里深知我们社区的特殊性，几次听取我的汇报，明确表示，石塘经合社的留用地不可能到余杭、西湖等区，作跨区安排，但在拱墅区内会努力把合适的地块调剂给我们。这样的话语十分暖心。"时任石塘社区党委书记、石塘经合社董事长胡楚良告诉笔者，经过现场考察，他们看中了几个地块，在区领导的亲自过问下，通过指标置换的方式，在祥符街道孔家埭区块、上塘街道石祥路边等处，获得了价值颇高的留用地。

上述几处留用地的区块优势明显，称得上是寸土寸金之地，竟然能置换出来，由原本地块相对较偏的石塘经合社来经营，这既体现了社区之间良好的协作互助关系，也极好地体现了拱墅全区一盘棋的理念。"在这里，我必须感谢朱建明书记的关心支持。当他得知我们在石祥路边的那处留用地面积偏小，不适合开发一定规模的商业项目时，亲自协调，在该地块为我们增加了宝贵的5亩土地。"

依法依规办事，推动经济发展，尊重民意，维护民益，始终是拱墅区城中村改造期间的主旋律，这一主旋律在留用地布点、调整和规划，促进各个经合社均衡发展方面，体现得特别突出。可以说，留用地措施的完美落地，是广大征迁居民支持配合城中村改造的重要因素之一。"意莫高于爱民，行莫厚于乐民。"（[春秋]晏子）没有比爱护百姓更高明的想法了，没有比让百姓快乐更有成就感的事情了。2000多年过去了，这一见解仍未过时，且依然在河山之侧的拱墅被一次次地化为实际行动。

高品位安置房，盛下你的美丽乡愁

> 中等商品房水平，是新建征迁安置房的建设标准。居住舒适、配套完善、生活便利、环境优美、管理有序，此外，你还能在新居记得起那份悠远的乡愁。

2018年元旦刚过，拱墅区新一轮城市开发建设三年行动计划推进大会召开。会上传来令人心暖的一条消息，是计划用三年时间（2018—2020年），填补拱墅区城中村改造后的城市空白，让百姓在功能配套完善、产城融合度高、人才集聚力强、生态宜居宜业宜游的现代化核心城区安居乐业。

在这三年里，拱墅区全面推进35个安置房项目，其中有11个已在建，2018年实际开工19个共270万平方米的安置房项目，是拱墅区有史以来安置房开工量最大的一年。预计到2020年底前交付安置房项目9个共100余万平方米。

安置房建设不仅惠及征迁居民，还将惠及建设拱墅的主力军之一——新拱墅人。在这次推进大会上，还宣布将在区内择地建设人才租赁房共5000余套（不含留用地项目）。同时，还将采用新建、改造等方式，为外来务工人员提供4000套左右的临时租赁住房。

不仅如此，在这三年时间里，拱墅区一共将计划实施715个公建项目，其中2018年新开工170个项目。大关、第二文教、皋亭、桃源等13个区块将作为开发建设的重点，而众人瞩目的运河亚运公园预计将于2021年3月建成。

安置房和公建配套设施建设的大规模铺开，契合城中村改造的任务,满足广大征迁居民的刚需。那么,当安置房建设成为各方关切的一个焦点,该如何使它成为一股正面的推动力,而不致其滋生为一种负面的忧虑呢?

的确,如今的征迁居民,对于安置房的关心程度超过以往。2017年度的城中村改造,提供了实物安置和货币安置两种方法供征迁居民选择,还可以采用实物和货币组合的方法获得补偿。在杭州住房价格日益见涨的如今,选择实物安置的明显增多,比例上已明显超过选择货币安置的,对安置房品质的关注度不断升高。

上塘街道善贤社区,2009年因沈半路沿线环境整治和开发需要,率先启动了整村征迁,成为上塘片区首个城中村改造整村征迁的试点村。在原地块建造的安置房小区于2014年完成回迁。该小区紧依上塘河,规划合理,环境优美,交通便捷,配套设施齐全,如公园绿地、卫生教育、休闲养老、物业经营和管理等方面的设施,都予以精心考虑和落实,整个安置房小区的品位绝不逊于城市商品房小区。借用一位迁此居住的年长者的话语,"你现在让我搬到城里任何一个高档小区,我都不会去",便可知这处安置房小区的被接受程度之高。

对安置房的高度认可,或曰高度信任,有效提升了群众对由政府主导的城中村改造工作的认可和信任。"安置房的品质标准应该对照商品房,毕竟我们祖辈传下来的房子被征迁了,以后也不可能再有机会自己盖房,何况以后出租部分安置房的收入很可能成为失地农民的重要收入来源。像在我们社区,选择实物安置的占绝大多数。所以,有关安置房的档次问题、质量问题,哪怕一丝一毫,每位征迁居民都十分敏感。大家希望政府部门重视安置房质量的提高。"曾任祥符街道星桥社区主任的丁国文,在2017年社区整村拆迁时,一直忙碌在第一线。他反复对笔者说,在越来越多的征迁居民选择实物安置的形势下,安置房建设的质量必须列为重中之重。

那么,新型完善的安置房究竟是个什么样?按照杭州市城改办相关要求,需达到"居住舒适、配套完善、生活便利、环境优美、管理有序"

标准,实现与城市整体环境和功能的无缝对接与融合。要达到这一标准,首先要在规划、设计、建造和管理各个环节中,强调品位和质量。

　　"以往在人们的心目中,新建征迁安置房的建设标准总是比不过商品房。那些安置房小区存在这样那样的规划设计问题、建造质量问题、管理问题等,征迁居民总是不满意。在城中村改造宣传发动阶段,就有不少征迁居民提出这方面的顾虑。在'双签'、腾房、过渡阶段,这样的顾虑仍没有完全消除。事实上,如今的安置房,其品质要求已大大提高,已不逊于甚至超过普通的商品房。安置房需达到中等商品房水平,不仅是市政府和市城改办的要求,也已成为拱墅区征迁安置房规划设计和建造的标准。"钱新根告诉笔者,在本轮城中村改造工作中,顺应民意,满足民需,充分提高新建征迁安置房的品质,已在全区上下形成共识,并付诸规划、设计、建造等各个环节中。

　　拱墅区城中村指挥部副总指挥陈旭伟说起如何确保安置房的品位和建造质量,第一句话即围绕"标准"两字展开。"无论是安置房小区的品质要求,还是各项配套,以及物业的长效管理,安置房建设和管理的每个细节,如今都有了标准,都可以按照标准进行推广、细致落实。可以这么说,近年来拱墅区城中村改造安置房建设的品位和质量标准,有很多已经超过了当地中档商品房品质标准。"据其介绍,正是为了切实提高安置房建设水平,区城改办制定出台了《进一步规范拱墅区拆迁安置房建设和长效管理的指导性意见》,以期为提升全区安置房品质、规范安置小区物业管理提供依据。

　　有了这些严要求,有了这些高标准,可以说,本轮城中村改造以来,安置房和公建配套设施的品质有了极大的提高,这也可以通过项目规划、设计环节知悉,更能从施工、监理、验收等建设环节感知。

　　如从整体规划设计来看,新的安置房小区充分考虑了征迁居民的风俗习惯、居住密度大等独特需求,合理配置足够的室内外公共活动空间及老年人、儿童活动场地;更加注重提升拆迁安置房小区环境品质,根据区域传统文化、风俗习惯等予以科学设计;有针对性地提高外立面用材及保温材料标准;等等。在进行空间分割、室内装饰时,也尽量顾及征迁居民原有的生活习惯和消费要求,不求时尚奢华,但求耐用实用。

蔡马村安置房二期项目是在2017年底开工的,总建筑面积70862.3平方米,计划于2021年初交付。这一安置房项目的设计,充分融合了江南民居的布局风格,又加入现代城市交际元素,如该项目的南侧共规划设计了9幢塔式住宅楼,形成一个围合。围合之形态出自中国传统民居形式,中间是一个中心花园,便于居民活动交往,使整个小区形成一个小社会。在房屋设计时,每套住宅都被设计成了边套,每户居民都能便捷地享有中心大花园。该项目北侧的3幢住宅楼则被设计成板式住宅,均为小户型,可作年轻一代用房或租赁用房。

为了使每一处安置房能被最广泛的征迁居民接受,同时征求具体调整修改建议,区城改办会同规划设计、各城中村改造实施部门等,在安置房方案的设计阶段,便公示小区规划方案和户型设计,广泛征求各方意见;在项目建设过程中,又组织街道、社区和征迁居民代表成立监督小组,全程参与项目建设;在交付安置前,还组织工程设计、施工、监理等单位进行分户验收,建立住宅质量档案。以高度体现民主的方法,促进民生项目高质量实施,这也使安置房建设的品位得以保证,获得广大征迁居民的普遍认可。

再以善贤社区的安置房小区为例。善贤社区的胡忠华书记认为,征迁居民认可这处安置房小区的一大原因,是这里有意识地保留了乡村的记忆和情怀。如小区的东面保留了一座原先的"坝房",使之成为社区孩子最爱去的手工活动之家。在这寸土寸金的小区内,还开辟了一处600多平方米的开心农场,社区会定期组织社区青少年体验农耕生活,而农场所有的收成都会送给社区70周岁以上的老人,以此来传承老一辈人的农耕文化,备受居民们称道。

规划设计时充分考虑征迁居民的风俗习惯,这一点极为重要。李思静告诉笔者,在安置房小区规划设计和部分城中村整治提升前期调研时,几乎每个社区都提出建造一处邻里中心的愿望,希望将其作为整个社区居民进行集体聚会、开展文化娱乐活动、举办红白喜事和老年人活动的场所,让他们多一处能互相交流交往的场所。哪怕成了城市居民,居住环境改变了,这一邻里中心仍可以作为延续乡俗、寄托乡愁的地方。"故人具鸡黍,邀我至田家。绿树村边合,青山郭外斜。开轩面场圃,把酒话桑麻。待到重阳日,还来就菊花。"([唐]孟浩然)田畴虽已不见,但乡情乡风仍难以磨灭,质朴而浓烈的情感交流需要平台和场所。

"在这一点上,我们的规划建议与居民们的要求高度一致。但建造邻里中心就得用地,康桥、半山等街道的各社区用地相对宽裕些,但上塘街道的不少社区,用地本来就很紧张,居民们欲建邻里中心的心情是既迫切又矛盾。"李思静回忆道。针对这些建议,区政府和相关部门逐个进行具体分析,探讨解决之道。

后来,在相关部门以及留用地办公室的反复研商下,如果拟建的邻里中心能承担一部分社区配套设施的话,那么就安排在留用地里,同时适当提高土地容积率,比如从原先的3.2提高到3.5,以实现土地的高效利用。在上塘街道的拱宸社区,邻里中心的用地就是这样解决的。"这也可以说是一种土地规划方面的奖励措施。毕竟邻里中心作为公益设施,对保留和弘扬本土文化、提高居民生活品质,起到的作用非同小可。"说到各部门一起为征迁居民解决了一个大难题,李思静十分开心。

第五章

众力众智　举事必赢

关键时刻，党员干部态度不明朗，怎么让别人表态？在这种时候，党员个人吃点亏，就是一份责任！

——上塘街道一位党员如是说

功崇惟志，业广惟勤。

——《尚书》

能用众力，则无敌于天下矣；能用众智，则无畏于圣人矣。

——[三国·吴]孙　权

高度的事业心和责任心正在发挥非凡作用,团结协作精神正在汇聚智慧和力量。当遭遇种种委屈、误解之时,唯有及时调整心态、鼓起信心,唯有主动作为,化抵触为支持。无论是在城中村改造过程中,还是在大城北地区规划建设之伏打响之后,令人钦佩的团队比比皆是,感人至深的故事层出不穷,不可多得的经验值得传扬。

事业心和责任心，获胜的最大法宝

> 心中燃起干事业的热情，困难面前自觉担起责任。是的，要攻克这一个个"堡垒"，需要的是信心，是勇气，是一股为了实现事业目标而永不消竭的责任之心。

当城市更新的繁重任务来临，当城中村改造的冲锋号角响起，冲在最前面的，是广大党员干部，是街道和社区的工作人员，是那些怀有高度事业心和责任心的人。

中国近代思想家梁启超说过："人生须知负责任的苦处，才能知道尽责任的乐趣。"是的，事业和责任两者是紧紧连在一起的，要完成一项伟大的事业，就必须以热情燃起责任，就必须甘于吃苦、善于吃苦，直至赢得成功后那份极大的荣誉和幸福。

城中村改造是一项顺民意、念民情、解民忧的工程，每位冲在一线的参战者，唯有时刻把事业心和责任心作为自己不竭的动力，才能始终把群众利益放在首位，肩负民望前行；才能克服种种困难，勇于担当实干；才能解开"情理法"的纠结，解决一系列具体矛盾，将一个个难点变成亮点。

祥符街道星桥社区本轮城中村改造的任务，是完成社区内最后一批共 206 户农居房居民的征迁。启动签约工作之前，由社区党员干部、骨干组成的征迁工作小组，首先开展了广泛深入的基础工作，上门调研、宣传讲解、发放资料、解惑释疑，还召开不同层级的专题会议，比如户长会、党员会、组长会、股民代表会等，进行宣传发动……忙得不亦乐乎，甚至连睡觉都忘记了。"一户户人家跑下来，大小道理一说，还

2017年3月21日，祥符街道星桥社区完成整村"双签"清零

坐下来商量具体问题，这时间就迟了，有时候甚至忙到凌晨3点钟。"时任星桥社区副主任费瑞良告诉笔者，这其中，特别劳心的时任星桥社区主任、经合社副董事长丁顺梅更是废寝忘食地干。

从2007年星桥社区启动征迁至今，已是社区干部的丁顺梅就投身其中，他擅长做群众工作，不怕麻烦，不厌其烦。他参与了星桥社区前前后后的4次征迁工作，早已练出了做群众工作的高超本领。"尽管我们社区在整体上还是配合支持城中村改造的，整个社区没有出现一户'钉子户'，可因为4次征迁，每次征迁的补偿政策都不一样，加上涉及宅基地确权问题，居民们的理解有偏差，每户人家都有自己的特殊困难、诉求，要在短时间里把这206户征迁户的思想做通，绝对不是一件容易的事！"回忆起逐户奔走、磨破嘴皮的全过程，费瑞良说，"其实到后来，大家已感觉不到累了，只看见签约时，征迁居民脸上的表情都是笑眯眯的。"

征迁居民挂着开心的笑容签约、腾房，这说明什么？说明群众的高度满意、高度认可，除此之外无他。然而，你要做到家家户户愿意征迁、老老少少开心征迁，没有一线参战者的事业心、责任心的强大支撑，没有他们的巨大付出，一切免谈。

高度的事业心和责任心，让星桥社区的所有党员干部不仅始终冲在前面,还自觉自愿地作出必要的利益牺牲。社区和经合社的所有班子成员、党员、干部一律率先垂范,带头签约、带头腾房,还主动做自家亲戚、朋友的工作。可想而知,其间必然遇到诸多具体困难和阻力,要一次次做出痛苦的取舍,但他们的选择已经表明,他们完全对得起自己这特殊的身份,他们还为这层身份添了彩。

康桥社区位于康桥路南面,在曾经的康桥镇上。征迁居民都是城镇人口,人均补偿安置面积小于周边的农居房居民,不少征迁居民心里难免有疙瘩,个别人还产生了"先拖一拖"的想法。对此,时任康桥社区党总支书记王新子和他的同事们认为,要攻克这一个个"堡垒",需要的是信心,是勇气,是一股为了实现事业目标而永不消竭的责任之心。在确保政策刚性执行保公平的基础上,他们挨家挨户上门做工作,凌晨还在苦口婆心地劝说。夜深了就在办公室眯上一会,醒来继续开展入户走访,早晨迎露水、白天冒汗水、晚上蹚泥水便是那段时间康桥社区征迁工作组的真实工作写照。

"既顾眼前利益,更要放眼长远,终归要团结一致向前看。这个道理我已记不清说了多少遍。"徐斌是康桥社区征迁工作组的一名普通成员,他对每户居民的情况了如指掌,你随便报个名字,他眼都不眨地

康桥社区征迁工作人员正在与征迁居民核对征迁面积

就能把这户人家的情况一一道出,包括难点和可能会遇上的矛盾纠结点。所有这些有用的信息都是靠他的主动、细致,一日日积累起来的。

每个征迁居民都看见,就在"双签"的几天前,王新子的膝盖又一次旧伤复发,连走路都很困难,但在这关键时刻,习惯把工作和事业放在首位的她怎肯待在家里、躺在床上休养?"我只有膝盖坏了,但我仍然可以工作!"亲人心疼她,领导和同事劝说她,连征迁居民们也不忍心让她再奔忙,但她每天都坚持拄着拐杖上下楼梯,一瘸一拐地走家串户,每天10户的上门频率一点没减少。怎样让征迁居民正确理解政策、解开心结,怎样逐户解决具体困难、接受现实,便是她满脑子考虑的事,别的事她统统顾不上了。

启动签约的前一天,康桥社区专门召开了党员突击会,会议的主题只有一个,那就是统一思想,鼓起热情,确保第二天全社区"双签"成功。71岁的倪金魁在会上主动表态,自己是老党员,全力配合征迁不带任何条件,要抢在第一个来签约。他说完后,很多党员纷纷表态,抢着签下承诺书。事实上,倪金魁家里的其他家庭成员还处在纠结中,对他冲在前面有些埋怨。但向来说到做到的倪金魁岂能食言,第二天一大早就赶在别人前面来到签约现场,毫不犹豫地在两份协议上签了字。他的实际行动就是无声的示范,不少还在观望的征迁居民亦随之跟上。

2017年6月22日这一天,原本计划三天完成的康桥社区55户征迁户签约任务,仅花了22个小时即已宣布"双签"清零。

高度的事业心和责任心,也体现在时任半山街道石塘社区党委书记、石塘经合社董事长胡楚良和他所率领的征迁工作团队身上。半山街道石塘社区2017年的征迁户达692户,数量可谓大矣,却能在完成"双签"这一环节上创下一个个奇迹:第一天的取号抽签户数即达到总数的89%,第4天"双签"率就已过半,第8天"双签率"超90%,第10天"双签"率达到98.84%,最后剩下的几户也很快"双签"。

创造奇迹靠的是什么?按胡楚良的话说:这是因为我们征迁工作

时任半山街道石塘社区党委书记胡楚良

团队每个人都有极强的事业心和责任心,都在发挥个人的最大努力!在那段时间,"蛮拼"是征迁居民对全体征迁工作人员的一致评价,"石塘超强天团"是群众和领导送给这一团队的荣誉称号,胡楚良本人则是值得用力点赞的"天团头领"。

胡楚良,这位曾担任过检察官、律师、企业高管的瘦削汉子,2008年正是怀着一股要实现穷村"逆袭"目标的雄心,被老书记和居民们请回石塘。经过大家共同奋斗,2017年石塘社区的集体资产达到了2.5亿元,比9年前不知翻了多少倍。为了顺利推进城中村改造工作,这回胡楚良更是整副身心都扑了进去。6月4日"双签"正式启动后,他几乎天天通宵作战,困了喝一罐红牛,饿了吃一桶方便面,累了抽上几根烟提提神,实在扛不住了在桌子上靠一下,让其他人有事一定要叫醒他……大事小事使他忙得像只停不下来的陀螺,原本就瘦的他瘦成了45公斤,整个脸庞都凹陷了,被人戏称为"闪电侠",却依然看不出他放松的半点迹象。

时任石塘社区党委副书记胡群荣,因为忙着穿梭于各个征迁户之间,连刮胡子的时间都没有,加上严重睡眠不足导致脸色发黑,使得皮肤原本就黑的他看上去像个"黑巨人"。夏天到了,阳光越来越烈了,不惮于更黑的他跑得更欢了。社区干部曹祖坤、姚建峰、沈玉林熟悉本社区实情,主要负责腾房工作后与征迁户、承租经营户和租客面谈,当起了"本塘老娘舅"。耐心、细心、暖心,再加上责任心,没有不能化解的矛盾。女社工黄文女、陈莉莉、沈娟芬、何雪红等,都是些事业心极强的人,她们克服家庭困难,甚至顾不上年幼的孩子,忙碌于征迁工作的各类事务,累得嗓子哑了、肚子饿了⋯⋯

"功崇惟志,业广惟勤。"(《尚书》)此言的意思是,取得伟大的功业,是因为拥有伟大的志向;要完成伟大的事业,在于辛勤不懈地工作。志向高远、忠于职守、公正无私、耐心细致、勤勉不懈、满腔热忱⋯⋯高度的事业心和责任心的确能创造奇迹,尤其是在面临艰巨的任务和严峻的考验之时。拱墅区城中村改造的一线参战者,他们获胜的最大法宝,就铭记在他们心中,贯穿于不知疲倦的行动之中。

合力攻坚,团队的力量很神奇

除了指导思想清晰,方案步骤完善,保障措施有力,居民配合支持,还有极重要的一条,那就是工作团队整体协调、分工清楚、团结协作、战斗力强。那股齐心协力的作风,那种顽强善战的精神,着实令人折服。

本轮城中村改造战役打响后,上塘街道的进展如何?以下便是赫赫战绩的一部分:

在全力推进"十社联动、比学赶超、决战上塘"征迁专项行动后,即全面启动"双签"。在实施城中村改造的10个社区(自然村)中,仅用2

个月时间,8个第一批启动拆迁的村社即全部实现清零。其中东新村改造项目拆迁清零7天完成,大关村改造项目拆迁清零5天实现,成为全区当年启动、当年完成签约,最早清零的两个村;随后,蔡马社区仅用3天时间就完成了160户整村清零,创下了"史上最快清零社区"的纪录。

与此同时,仅有17户征迁户的半道红村实现清零,这块存在已久的硬骨头终于被啃下,意义非同小可。要知道半道红自然村地处莫干山路文晖路东北角,是多年来征迁遗留下来的"边角",但因此地为真正的寸土寸金,每逢有单位试图征迁,这里的居民总会提出过于苛刻的征迁条件,让对方望而生畏。这一回,这块硬骨头再也不能任其留着了,决心已下,方法到位,杭州市中心城区少有的城中村就此消失。

而随后,拱宸、皋亭、沈塘湾、七古登4个村社连续实现清零,速度之快令人目眩。其中,拱墅区的征迁工作量最大,共计700多户农居房居民、1600多户承租商户、涉及人数达3万多的皋亭社区实现清零,这实在是一件了不起的事情。

第一批启动征迁的8个村社实现清零之后,第二批很快跟上。2017年8月31日,几番"强攻"之后终于获得突破的八丈井村,成为上塘街道第二批城中村改造单子上的第一个清零村。

9月27日,瓜山社区最后一户征迁户在协议上签下名字,瓜山社区征迁项目完成清零,第二批启动征迁的村社实现完美收官。

上塘街道征迁工作团队为什么会如此厉害?指导思想清晰,目标任务明确,这是其一;方案步骤完善、效率要求较高,这是其二;保障措施有力,居民配合支持,这是其三……然而,还有不可忽略的一条,那就是征迁工作团队整体协调、分工清楚、团结协作、战斗力强,那股齐心协力的作风,那种顽强善战的精神,着实令人折服。

上塘街道办事处四楼会议室已经成了作战指挥室,会议室的墙上挂着一张醒目的征迁工作进度排行榜,10个村社的征迁户总数、启动时间、征迁进度等都一目了然。但这张进度表上最醒目的,除了各个

上塘街道皋亭社区征迁现场办公室

经合社、社区责任人的名字,还有街道联系各村社的责任领导。关于力量配备,上塘街道有着自己独特的做法,即指派多位第一书记联系各个村社,直接奔赴一线现场,把控全局,使各村社的征迁工作组更具战斗力。

这还只是其中一招,另一着更有创意、更有力度的招数,是组建"五位一体"现场协调组。为了更好地整合资源,上塘街道在每一征迁现场均组建了由街道办事处、动迁评估公司、属地社区和经合社及威望较高的村民组长、征迁户代表等组成的"五位一体"现场协调组。凡是遭遇各种难题,比如征迁户家庭出现离婚、兄妹之间家庭财产分割不匀,或者老人临时安置出现困难,房东与承租商户发生矛盾,还有宅基地确权、当年建房审批手续确认等问题,而征迁居民自己解决不了,这"五位一体"现场协调组就上阵了。这个协调组里什么专业的人都有,了解法律法规、政策、大小道理,那难题化解就是必然的了。征迁户反映的问题事事有回音、件件有答复,成了这一现场协调组的工作原则。据不完全统计,仅这类现场协调组就累计协调处理了各类矛盾达500余件。这可不是一个小数字。

"在处理房东与承租户之间的关系时,我们反复对征迁居民说,你要尽快与每一个承租户沟通协调好,必要的时候也退点租金、给予一定的补偿,如果租客不搬光、店面不清退,那这幢农居房就没法交房,你无法完成腾房,也就意味着拿不到封门号,而这封门号的序号前后,直接关系到今后的选房。"时任上塘街道办事处副主任叶新向笔者介绍说,站在征迁居民的角度权衡利弊,帮他分析怎样解决眼前问题,避免房东与租客,尤其是与承租商户之间的矛盾纠纷,这也是现场协调组常要做的事。

与此同时,上塘街道还在街道层面加强了机构和人员安排,专门设置动迁一部、二部、综合保障部,协调配合各村社拆迁。配备的负责人中,既有工作几十年、熟悉村情民情的老科长,也有年富力强、敢于担当的新科长,还有干劲足、敢闯敢做的年轻干部。多层次、多形式、多职能的征迁工作团队,通过组合,形成了一支覆盖街道各个村社,组织有力、反应迅速、经验丰富、方法灵活、耐心细致、甘于奉献的征迁工作团队,在征迁一线立下赫赫战功。

"能用众力,则无敌于天下矣;能用众智,则无畏于圣人矣。"这是孙权所言。众人众智集聚,组成一支支打得响、打得赢、打得好的征迁工作团队,经受种种实战考验,以激情、用心、实干和担当,获得连连战果,赢得了群众的满意。

在拱墅城中村改造各个区块,街道、社区的党员干部冲锋在第一线,充分发挥表率作用。以党员为主的征迁工作团队,体现出勇于担当和甘于奉献的精神,感人故事比比皆是,难以尽言。

"某某家的情况我最熟悉,我去做工作!""某某的工作我去做!"……9月12日深夜,上塘街道办事处四楼会议室,该街道的瓜山社区进入征迁签约清零阶段时,有6户居民出于种种原因,近一周来没有动静,那些空白协议书一直静静地放在签约现场,已经等待得够久了。此时,上塘街道党工委召开攻坚清零专题研究会,而上述这争抢任务的场面,正是在专题研究会即将结束时出现的。

"能早一天是一天,能早半天是半天,要确保9月底前签约清零!"这是上塘街道党工委在9月12日这天下的死命令。这一命令既是对整个街道范围内征迁工作的要求,更是对参战队伍的全体党员下的冲锋号。党工委还专门要求全体党员首先完成自家农居房的征迁签约,绝对不能落在普通居民后面。

连续作战,由此成了上塘街道各征迁团队的自觉行动,也成了各个团队每个成员的工作常态。"'白加黑''5+2',整个街道办事处的工作人员谁不这样干?从春节到三四月份,没有休息过一天的大有人在,整个工作节奏太快了。如果你一个人休息了,整个团队的工作就会受到影响。这样一来,谁还舍得休息?"上塘街道办事处机关的一位干部告诉笔者。

9月底之前清零,这是总体目标;6月底之前首先清零8个自然村,这是又一个具体任务。没有一个任务是可以轻轻松松完成的。为了赶进度,所有征迁工作人员索性不回家了,大部分都睡在办事处机关里,临时过起了集体生活。"团队与团队之间也在比进度、比效率,谁都不愿落后,谁都有集体荣誉感。有征迁工作人员说,回家一趟,一来一回就要三四个小时,这时间赔不起。而且每次回家肯定是在深更半夜,你一开门、一开灯,家里人都要被吵醒,还不如不回去哩。这个说法当然都是真的,但最主要的目的,仍然是想把所有精力都腾出来,用于攻克一个个难题。可以说,放眼望去,没有一个团队敢有半点松懈,大家的拼命精神都用足了。"说起这些,时任上塘街道办事处副主任叶新感叹良久。

值得一提的是,2017年是换届之年,为了能在城中村改造一线锤炼队伍、充分发挥党员干部的战斗力,上塘街道党工委提前研究各村选举和征迁的瓶颈问题,指派班子成员到现场担任第一书记,在实战中涌现出了一批群众满意、能力突出的经合社、社区干部。

征迁工作实行项目化管理，上塘街道党工委决定，班子成员每人包干认领一个区域，扎在一线、干在一线。由此，全体班子成员每天忙于入户走访，一户又一户地做居民工作。党工委班子带头包干，认领一个区域，率领团队合力攻坚的做法很快就见了效，全体征迁工作人员的积极性被进一步激发出来，有力地推进了"上塘速度"。

关键时刻，挺身而出的就是我

> 党员干部的表率作用是一种无声却巨大的推动力，群众特别信服、感动，所以容易配合跟进。城中村改造中的一些难题，就是被党员干部义无反顾的带头行动所攻克。

既是征迁工作组成员，整天忙碌于一线；又是征迁居民，自家又正面临经济利益的调整、居住环境的改变、家庭成员的暂时分离。当集体利益与个人利益相冲突，当集体需要你作出必要的利益牺牲，当家人出于家庭利益考虑给你施加重重压力，你该如何抉择？

在普通人看来，利益就是好处，实实在在的、能为自己享用的物质财富和精神快感。"天下熙熙，皆为利来；天下攘攘，皆为利往。"古人已把人离不开利益的道理说透，对于利益的喜好和追逐，是人之所需，是人之常情。

然而，对利益的追逐和拥有是有限度的、有约束的。尤其是必须明晓局部利益与整体利益、暂时利益与长远利益之间的意义，必须权衡个人利益与他人利益、集体利益乃至国家利益的得失。

由广大党员干部充任骨干的征迁工作团队，正确地看待和处理了这些利益关系，作出了令人钦佩的选择。是的，为了确保征迁进程，为了确保集体利益,他们起了表率作用,义无反顾地作出了个人的牺牲。

前文所述祥符街道花园岗社区,之所以能完成征迁工作,除了有目标、有团队、有方法,那些具有征迁工作组成员和征迁居民双重身份的党员干部,带头签约和腾房,做好表率作用,无疑也是一大推力。当部分征迁居民还在犹豫,还在提出这样那样的要求时,全体党员,包括在外担任公务员的居民都已积极带头,为此次征迁起到了极强的示范作用。

榜样的力量是无穷的,他们以自己的行动告诉你、影响你、鼓励你,这比空洞的动员、苍白的说辞有用多了。身教重于言传,党员干部们已经这样抢着做了,其他人没有理由不效仿、不跟上。

"这轮征迁刚开始时,居民们还是很有抵触情绪的,我们上门做工作时,他们连门都不开,摇摇手就是不想听我们说,让我们赶快走。但当得知我们都已带头签了约后,他们的态度就转变了,很多人觉得应该跟着我们签。"老党员李菊,在启动"双签"的头一天就带头签了约,为那些正在观望的人们开了个好头。她还与其他党员一起,以上门走访、群发短信、播放广播等方法,让居民们了解政策的真实内容,切实做到"阳光征收、网上签约",确保征迁工作的公开、公平、公正。花园岗整村征迁共涉及党员征迁户40户,在第一轮"双签"中即有37户顺利签约,签约率92.5%,其团队示范标杆作用十分明显。

康桥街道西杨社区整村征迁,共涉及施安浜河道整治、柴家浜河道整治、曹家簖城中村改造三个项目,共计征迁户243户。这是运河新城建设区域范围内最后一个整村集中征迁项目,顺利征迁的意义重大。尽管居民们早已盼望能住上设施完善的舒适新房,但在多年老宅即将被征迁拆除的当口,"动真格"之时难免都有些不舍,有的居民提出能否推迟征迁,有的则提出各种各样的要求。而此时,由于西杨施安浜河道整治工程要比原定的整村征迁再提前两个月,涉及的76户居民必须及早签约清零,居民们的心情更显复杂,各种议论四起,观望者更众。

为了能顺利推进征迁，在征迁项目启动前，西杨社区班子便召开各级党员干部会议，统一思想。当不少征迁户还在犹豫和观望时，时任西杨社区干部沈国平、时任西杨社区党委第二支部书记陆国祥等带头来到征迁现场指挥部，抛开个人利益，非常干脆地签了约，紧接着，支部委员杨志宝也完成了签约……具有双重身份的党员干部纷纷带头，一度僵持的局面由此被打破。

党员干部签了，普通居民便陆续跟上，尤其是村里的长者，明晓了城中村改造为大势所趋，其益处多多时，还催促着儿女们前来签约。党员干部在完成签约后，也现身说法，配合征迁部门做好居民的思想工作。就这样，5月3日晚12点，施安浜河道整治工程的征迁任务，只花了4天时间，就完成了所有农居房的签约清零。最终，仅花了12天时间，即完成了整个社区全部243户征迁户的"双签"清零，在2017年城中村改造中打了第一场大胜仗。

"关键时刻，党员干部态度不明朗，怎么让别人表态？在这种时候，党员个人吃点亏，就是一份责任！"这是共产党员、时任上塘街道东新村经合社董事吴月萍经常说的一句话。

东新村在城中村改造推进的关键阶段，遇上了一个难点，120余户承租经营户以大多数房屋租赁合同未到期为由，不愿意腾房，房东磨

2017年4月29日，上塘街道东新村完成整村"双签"清零

破嘴皮也没用。腾房局面出现了僵持。吴月萍决定从租用自家农居房的承租经营户入手。

吴月萍主动与对方面谈，并果断自掏腰包，花了两天时间，谈了两轮，便清退了承租经营户。当然，能达到这个效果，也是因为他一次次地主动贴钱。两天谈下来，静下来一算，贴出去的钱，数额还不少，这还不包括因房屋租赁合同提前中止需要退掉的租金。他的带头示范使其他征迁户们纷纷跟进。

更让众人佩服的是，承租经营户搬离的第一时间，吴月萍就指挥铲车，头一个把自家的房子给铲了。他的这一做法，让征迁户和承租经营户震动，腾房的速度大大加快。

大关村启动征迁签约的第一天，有不少居民还在犹豫和观望，惯性思维让他们觉得不宜打头炮。就在这时，原村支书陈伟来毅然舍弃每年几十万元的租金收入，带头签下村里的第一份征迁协议，打了个响亮的头炮。党员范萍紧随其后，签下协议后又当起了征迁宣传员，向周围的居民解释征迁政策，并四处打电话联系亲朋好友来签约，当天就让兄弟姐妹共4户前来签约。就这样，48户征迁户，第一天完成签约的就有16户。

心中燃起干事业的热情，任务面前冲在前列。在党员干部的带头推动下，难题的攻克势所必然。东新、大关两个城中村之所以能在极短的时间里完成"双签"，表率的力量不容低估。

类似故事自然远不止这些。城中村改造之役打响后，祥符街道星桥经合社所有党员干部都加入征迁工作团队之中，充分利用本地乡邻的身份，向征迁户们讲清大小道理。"双签"时，更是一马当先，勇当楷模。"双签"刚开始时，大多数征迁户持观望态度，对"双签"反应冷淡，有的甚至明确表示不愿签约，"双签"进度难免受阻。副董事长丁顺梅，虽然因为年龄因素即将离任经合社领导岗位，但在这时，他的行动毫不含糊，主动带头"双签"，这让征迁居民大为震动。不少人说，星桥村的"双签"速度后来越来越快，丁顺梅功不可没。

"在城中村改造的每个环节体现党员干部的表率作用，尤其是带头签约、率先腾房，让人极为感动。有的党员干部身为征迁工作人员，整日整夜忙碌在一线，甚至顾不上家里的农居房，更顾不上谈什么补偿条件，就是无条件地服从征迁。这是奋战在征迁一线的广大党员干部的一致行动，其事迹可赞可叹！"王华颇为动情地说，党员干部的表率作用是一种无声却巨大的推动力，群众特别感动，所以容易配合跟进。城中村改造的一些难题，就是被党员干部们义无反顾的带头行动所攻克的。"当干部的都这样一声不吭地签了拆了，跟了他们签了拆了，肯定没错！这成了不少群众认可的一种说法，这种说法其实正是源于群众对于党员干部的钦佩和信任。"

正是因为党员干部的示范表率作用能有力地推动城中村改造进程，拱墅区委及各个街道办事处党工委、社区党组织，积极鼓励党员干部走在前列、先行一步。全区各直属单位、街道、社区（经合社）具体参与城中村改造的公职人员、全体党员干部分类别签订了承诺书。据统计，有近500名从事城中村改造工作的党员干部签订了从业人员承诺书，有近万名涉及有房拆迁的公职人员或党员签订了配合拆迁承诺书。

承受误解委屈，工作干劲不减

在啃下一块块硬骨头的时候，征迁工作参战人员们既要承担繁重的工作任务，还要经受种种误解和委屈。面对这一难题，除了忍耐，能采取的方法唯有以理服人、以情动人。

面临如此巨量的农居房征迁任务，面对实情不一、想法有异的众多征迁居民；加上整体工作时间紧、要求高、情况复杂，在整个征迁过程中，奋战在一线的征迁工作人员遇到的困难无法道尽，他们遭受了冷遇、误解，乃至无端责难。按一位社区征迁工作组成员的话说："如果要说委屈，那可以说那段时间我们每一天都是在委屈中度过，各种误解、责难都有，你想都想不到。但为了实现城中村改造的目标，我们早已把自身可能遇到的种种不快置之度外。"

这段真挚的话语，道出了征迁一线工作人员勇于克服困难的信心和毅力，也道出了他们曾经承受的巨大压力和言说不尽的误解与委屈。

上塘街道瓜山村改造采取拆整结合的模式，征迁范围涉及东南西北四苑，需要征迁的农户达 335 户。作为上塘街道最后一个启动"双签"的社区，瓜山村的征迁难度着实不小。除了乡情难舍、租金收入丰厚、家庭内部利益纠葛等城中村改造的共性问题之外，不少瓜山村居民的心理还有一定的失衡：他们原先以为自己的农居房轮不到征迁，但当消息传来，个别居民的抵触情绪颇大，有人甚至还扬言不会让征迁工作人员进门。

果然，随着征迁工作的推进，少部分征迁居民真的这样干了。征迁工作人员和颜悦色地上门，他们一声不吭，板着脸，冷冷地看着别处。征迁工作人员耐心地介绍相关征迁政策，动员他们配合丈量、登记，但他们的反应更加冷淡，致使正常的征迁工作进度受到影响。"抵触情绪最大的征迁居民，干脆不开门，把征迁工作人员关在门外。如果是比较年轻的、没有太多工作经验的工作人员，完全会被气哭！征迁工作团队明白，要耐心、克制、坚持不懈，要调整心态。只有这样，这一关才会过去。"时任瓜山社区党支部书记邹忠良说。那些遇到挫折的征迁工作人员总会沉下心来，以厚着脸皮、跑破脚皮、磨破嘴皮的执着，一点一点消融对方的抵触情绪，直至对方改变态度。

征迁居民不开门，有的征迁工作人员便站在窗外，与其隔窗而谈，哪怕对方不听，也决不放弃劝说；不少征迁工作人员甚至把休息时间都搭上去，放弃照顾孩子和年老的父母，守在征迁户的家门口，可谓

"拼搏到感动自己";更多的情况是,一次不成,就来第二次,第三次不成,就来第四次,直至对方终于被真心打动,让人进门。是的,只要你让我进来,给我一个说政策、讲是非、道真情的机会,那么原本的僵局就会打破。

做群众工作,关键在人,这是上塘街道党工委一班人共同的理念。征迁工作不可能不遇到障碍,做征迁居民的工作不可能没有困难和挫折,否则怎么能叫"天下第一难"?"考验我们的时候到了!社区党委专门给每位征迁工作人员打气,告诉大家,我们比平时更顽强,比以往更耐心、更懂方法,胜利就在这一刻终于到来!"邹忠良说。

成功的乐趣在哪里?往往不在捧着成果的那一刻,而是在战胜了某个似乎不可能战胜的难题之时。

"能早一天是一天,能早半天是半天,要确保9月底前必须完成签约清零!"9月初,上塘街道党工委给各个社区的征迁团队下了死命令,征迁工作的节奏进一步加快。在街道的协调和支持下,瓜山社区搭起了由街道、社区、经合社、动迁评估公司和征迁群众代表等各方面人员组成的沟通平台,做到征迁信息公开透明,群众诉求及时回应。"征迁居民为什么不签?背后原因多多,把那些能够解决、应该解决的难题

笔者采访时任上塘街道办事处副主任叶新

解决了，把他们的烦恼和顾虑打消了，岂会不签？"时任上塘街道办事处副主任叶新一语中的。

结合实情，上塘街道党工委未雨绸缪，积极建立和推行街道领导"清零攻坚包干"机制，通过基层组织换届配强配优社区（经合社）班子，下派第一书记，抽调精兵强将进驻征迁现场指挥部。强化领导、充实一线力量，啃下不少硬骨头。

针对部分居民不配合征迁工作的情况，经分析，瓜山社区认为是事出有因。不少征迁居民因为家中的老人一时难以安置，十分烦恼。对此，瓜山社区通过协调，提前征收位于瓜山西苑地块的一处酒店，将其提升改造成老年过渡公寓，这一暖心之举使得这些征迁居民没了后顾之忧，在征迁协议上签字自然也就痛快多了。

"很多征迁居民是很配合的，但少数承租户，尤其是个别经营户，对征迁工作很不配合，有的人一度还闹得很凶。他们中有的不肯及时搬迁，这使得征迁居民无法正常腾房，以至于影响房东的利益；有的则以'弥补损失'为由，向房东提出过高的租金补偿要求，引起了矛盾。他们还抵触征迁工作人员的协调、劝说。"上塘街道八丈井经合社监事金永跃告诉笔者。

在本轮城中村改造中，八丈井村的征迁难题之一，是众多承租农居房的经营户配合度不够。这些经营户认为，自己在此经营多年，为繁荣当地经济、为市民提供生活服务方面作出过一定贡献，眼下要让他们搬迁了，生意会受到影响，那就必须得到一定的补偿。这补偿要么让房东出，要么让政府出。"他们提出的补偿要求很高，每间营业房要倒补三个月房租，每平方米再补偿2000元。当我们说太高的要求无法满足时，他们的态度就变得很强硬，所有解释、劝导都置之不理，有的经营户态度还十分粗暴，说征迁工作人员与房东是一伙的，一口咬定我们的解决方法不公正。"

结果，部分经营户非但与征迁工作人员闹，与房东闹，甚至恐吓房东，说你不补偿给我，哪怕你搬走了，还会找到你。有的经营户则通过

上塘街道八丈井村征迁团队工作中

微信群，集中了几十号人，前往信访部门要求补偿。这样的做法当然
不会得到满意结果，有的经营户便死活不肯搬，怎么说都没用。这样
一来，不但影响了房东的正常交房和签约，损害了房东的利益，也拖延
了整个征迁工作的进程。

面对这样的情况，除了忍耐，能采取的方法唯有以理服人、以情
动人。

"一方面劝说征迁居民，不能与经营户们发生冲突，大家都要好好
说话；另一方面当然是劝说这些经营户。对比较通情达理的经营户，
则请他们尽快搬迁；可以对话的，就与他们多交流、多沟通，逐个化解；
而对于那些怎么样都不肯让步，甚至有点儿无理取闹的，那就只能给
他们讲法律、讲政策了。我们专门聘请了律师，有些工作让律师去做；
而对于液化气、水电等设施，考虑到安全问题，我们通过派出所的力
量，予以必要的处置，目的是不引起安全事故。毕竟有些农居房已经
搬迁了，液化气、水电等当然要由相关部门合理处理。"金永跃说，通过
不懈的劝说，在各个部门的通力合作下，不肯搬迁的经营户逐渐减少，
最后的几户也意识到再闹下去除了浪费精力，也是别无收获，后来就
不闹了。

当然，在这一过程中，不少征迁户从大局出发，主动给予经营户适当的补偿，以加快搬迁的进度。

"你要问我，征迁工作人员受了多少误解、委屈，一下子真还说不完。你想，心里有怨气的这些人，在我们面前，有什么话不会说出来？但对这类话，我们既没法计较，更不能骂回去。非但不能与他们吵架，还得和颜悦色、心平气和，骂人的话当作没听到。因为我们知道，这一切都是我们的职责义务。"金永跃说得很真诚。

将心比心，才会互相理解。在涉及个人利益的时候，征迁居民、承租经营户说的话往往是糙的，这正是因为心存顾虑、怀有诉求。在采访中，不少一线征迁工作人员告诉笔者，因为自己是征迁工作人员，是直接经办征迁事宜的政府工作人员，他们不冲着自己来，那冲着谁来？的确，正是有了这个心理预期，有了这份理解，征迁工作人员遇到误解、委屈时，心态就会平衡很多，也更明白，唯有耐心细致，唯有把工作做得更好，双方才会更融洽，征迁工作也会推进得更快。

想方设法消除误解，把工作做在前头，这也是各街道和社区征迁工作的常用之法。在祥符街道新文村，为避免征迁居民因信息不畅、理解政策不透而导致误解和不满，社区想方设法，把工作做得更完美。如通过悬挂横幅、张贴公告、发放告知书等多种形式，告知房东与流动人口腾房拆房时限；社区干部分包区域，集中做好房东和租客的思想工作，始终做到公正、透明；到了拆房阶段，也精心布置，确保安全，如安排保安每天分早中晚三次巡逻，及时砌造隔离墙，同时规范拆房作业，保证拆房进度的同时做好洒水工作，减少工地扬尘对周边环境的影响，征迁居民对此也极为称道。

没错，杭州市的城中村改造工作，各区在签约腾房、补偿、安置等流程上基本是相同的，但在拱墅区，征迁工作人员与征迁居民之间始终密切配合、互相支持，各个流程总体上相当顺畅，各类可能发生的矛盾被压缩到了最少，这是因为在拱墅，公平、公正、依法、透明原则始终较好地贯彻到了每个环节之中。拱墅区的广大征迁工作人员深知，要及时消除障碍,加快征迁速度,很大程度上取决于政策宣讲和解释劝说工作到位,征迁户的实际困难能有效解决,取决于你哪怕口干舌燥、疲惫不堪,哪怕自己也属于征迁户,依然能保持真诚的微笑,依然以春风化雨的言辞,去对待每一位征迁居民。

这一切,都生动而完美地体现在拱墅区广大征迁参战者的言行之中,他们的不凡业绩,无疑已载入了杭州城市发展的史册!

第六章

寓情于理　止于至善

政策宣传统一、赔付标准统一、合同内容统一、办事流程统一、资料归档统一。

——城中村改造具体实施时必须做到的"五统一"

岁不寒，无以知松柏;事不难，无以知君子。

——[战国]《荀子》

凿不休则沟深，斧不止则薪多。

——[东汉]王充

巨大的嬗变必将迎来城市的新生,而在这过程中,一个个难题将次第显现,并须在短时间内消除。面对繁重艰巨且富有挑战的任务,每位城市建设工作人员坚守"情理法"原则,充分发挥智慧,调动一切积极因素,始终做到"一把尺子量到底""一碗水端平",把包括各种历史遗留问题在内的诸多难题一一攻克,让各方群众满意。

攻坚克难的最大奥秘,就是"情理法"相融

> 在遇到难题之时,该如何有效地打破僵局? 按法律法规办事,不可以随意改变政策的执行,这是底线,但也不能不考虑世间公理。在这里,以情动人、以理服人十分关键。良好的沟通是用时间和耐心"堆"出来的,坚持到底往往是基本功。

在城市更新步伐逐步加快的过程中,你遭遇到的所有困惑、阻力、挫折,都可以理解为意想不到却又不可避免的考验,都可以认为是抵达最终目标之前的一种必要设定。如同要把铁变成钢,必须经历淬火锻造;要想进入超脱一切的最高境界,必须经历痛苦的涅槃。这段话是笔者在采访时,一位刚刚攻克了一座坚固堡垒的征迁工作人员对我发出的真挚感慨。

荀子有言:"岁不寒,无以知松柏;事不难,无以知君子。"此言说的是同样一个道理。无论是人,还是团队,只有一次次冲破艰难险阻,才会发觉自己最不缺乏的竟是信心;只有一步步接近光明的顶点,才会使自己更有力量。而体现你的信心、证实你的力量的,唯有你的坚守、你的方法、你的实绩。

康桥街道谢村社区由于地理位置优越,各类企业、承租经营户较多,农居房租金收入可观。面临城中村改造时,居民"惜拆"心理较重。而更大的障碍是受历史遗留问题等因素的影响,个别居民对先前的社区和经合社班子不满意,各类上访、信访问题不断,使得谢村社区一度成了拱墅区有名的"问题村"。即便相关违纪违法人员已被严肃查处,疑虑和怨气尚未散去。

康桥街道谢村社区腾房现场

幸运的是,新的一届班子成员为谢村社区注入了一针强心剂:康桥街道下派骨干科长沈明良担任社区书记,并通过换届选举,配强了社区班子。社区征迁团队建立了领导小组联席会议制度,将每个月的重、难点工作纳入例会,逐个研究推进,完成了417户居民征迁。至本轮城中村改造启动,只剩下金昌路以南、以北等两个项目的15户居民未征迁。

然而,这15户居民(其中11户是历年上访户)心怀积怨,情况复杂,"很有拖延经验",在很多人眼里,征迁这15户居民是个"不可能完成的任务"。事实上,敦促他们征迁的工作已经一拖再拖。但这一轮城中村改造,如果再拖延下去,不仅影响区块整体开发建设,也是对群众的不负责任,对上对下都没法交代。

"借拱墅全域城中村改造东风,锁定清零目标,不留遗憾!"这是康桥街道谢村社区和负责这一区块征迁任务的区运河指挥部立下的攻坚军令状。

如何打破僵局?特别是如何重新唤起居民们的信任?康桥街道谢村社区和区运河指挥部重新组建征迁团队,并反复研究,认为首先是要开展一场"攻心动员",即针对未征迁居民的特有心态,把有关征迁工作的法律法规和政策说清楚,把形势讲清楚,把道理说透彻,再以公正透明、真诚热情、以心换心的工作态度,尽最大努力扭转居民们的旧印象、老观念,让他们放弃"能拖则拖"的想法,转而积极配合。

"以前的社区和经合社班子有违法乱纪情况,并不能说现在的干部班子也会有问题!这一回的城中村改造,就是让你们真正认识我们的好时机!依法办事、不徇私情、公正透明,这不是只挂在口头上的,我们的行动会让你们心服口服的!"在与征迁户对话时,沈明良首先把底牌亮出来了,那就是锁定目标,公正办事,敢于担当,让大家满意。

然而起初,征迁户还是很不信任,表示坚决不拆的有之,不让征迁工作人员进门的有之,辱骂甚至威胁的有之……由于早有预料,康桥街道、谢村社区和区运河指挥部组成的征迁工作人员并不发怵,而是开展了一场持久的"攻心动员":你有顾虑,你想拖延,你在阻止,这些我已看到,但我依然坚持上门、毫不气馁,依然面带笑容、耐心劝说,依然坚定意志、逐户攻破。有征迁工作人员冒着高温酷暑,连续十余次登门劝说丈量、签约的,有辗转奔波多方、想方设法联系上当事人的,有反复帮助征迁居民"算细账"的,大家都为那个早已锁定的清零目标竭尽全力。

在反复说服的过程中,征迁团队坚守"情理法"原则,认真打好三张牌:一是以情动人,发动其身边的亲戚、朋友带头劝说;二是以理服人,不断主动上门耐心讲解征迁补偿政策,苦口婆心地让征迁户知道城中村改造是大势所趋;三是办实事、解民忧,诸如租房子、孩子上学、老人看病等征迁户的实际困难,征迁团队和相关单位从未拒之不管,而是千方百计地帮助解决。

可喜的是,通过艰苦努力,大多数征迁户对城中村改造形势有了新了解,对个人利益有了新认识,对未来也有了新期待。与征迁工作人员和社区、经合社班子的交流也比以前多了。

乘着这股势头，谢村征迁团队切实站在群众的角度，针对这15户征迁户每家每户存在的不同情况，制定专门的签约方案，确保农户的合法合理利益最大化，使每户征迁户签的不委屈、拆的不后悔。

"以一腔热情去融化坚冰，这个过程对征迁工作人员来说有些'痛苦'，但居民们一点点的理解、接受、认可，是能感觉到的；久攻不下的征迁户在一户户地被攻克，是能看得到的，这又能让我们开心，让我们振奋。"带领社区征迁工作人员加班加点、苦干巧干的沈明良认为，这15户征迁户从"不愿拆"变为"主动拆"，有的甚至主动去做未签约征迁户的工作，这是因为全体征迁工作人员切实地站在维护群众利益的立场上，以全力实现城中村改造为根本宗旨，这一做法是正确的，因而也是成功的。

8月8日18时08分，一个极其吉利的时刻，金昌路以南项目最后1户征迁户代表在协议上签下了自己的名字。对于谢村而言，这意味着整个社区所有居民的征迁"双签"任务圆满落幕，对于谢村征迁团队来说，意味着连续4个月的心血汗水浇灌出了堪称丰硕的果实。

不远的将来，432户谢村居民将重回这片土地，入住高品质的安置房。地处运河新城南片的谢村安置房，东临顾扬路，南至金昌路，西靠丽水北路，北达谢村路，建设14幢21—28层高层住宅，总建筑面积约28万平方米，于2020年竣工。作为配套道路的顾扬路、谢村路已竣工并投入使用，丽水北路已开工建设。中学、小学、幼儿园等配套设施建设也都在热火朝天地进行中。谢村居民热切地盼望着。

位于汽车北站以北、莫干山路两侧的祥符街道花园岗社区，在对花园岗区块17户（属5个结转项目遗留征迁户）、华丰区块170户征迁户时行征迁的过程中也遇到诸多难题。作为祥符街道最后一个启动城中村改造的社区，花园岗社区同样经历了多轮征迁。这一回整村清零，有个别征迁户早就放言，说决不会轻易"双签"交房。对此，不少知情者免不了摇头，认为这几乎是一座难以攻克的堡垒。"花岗岩"，这一戏称便是对花园岗征迁之难的形象概括。

花园岗这一轮的征迁为何艰难？个中原因有二：一是此地城市化步伐较快，四周楼盘、道路一年一变样，单位众多、商贸繁华，人流集中，是典型的城中村，房屋出租价格日日看涨，经营户怎么会轻易撤出？二是花园岗的居民世代育苗，家家户户种树养花，所栽花木中不乏名贵之品，经济效益较高，一旦征迁，地里的苗木该怎么办，这损失该怎么补偿？这令他们担心，从而产生抵触心理，认为最妥当的办法就是拒绝征迁。当然，还有一个原因，多年来，花园岗一带的征迁工作一直没有停止过，不少居民早已熟知了征迁的"套路"，总想着在征迁政策上钻空子，这样的心态导致不少人一听征迁就大谈条件，很多条件脱离实际，甚至干脆就是出难题。

然而，令人惊讶的是，经过艰巨的努力，花园岗社区于11月17日实现了整村征迁清零，使祥符街道完成了2017年全街道6个城中村征迁清零的年度目标。11月之后，旋即转入全力完成新增的总管堂社区征迁任务。

花园岗征迁为何最终能成功？同样靠的是善战的征迁团队，靠的是"情理法"的坚守，靠的是征迁工作人员与征迁居民的互相配合。

其时，全杭州城中村改造工作的节奏正在不断加快，各区、街道、社区都在你追我赶，花园岗怎能滞后？困难面前不可能退缩，唯有合力攻坚，方能攻破这块"花岗岩"。

祥符街道上下动员，街道和经合社领导带队成立5个攻坚小组，包干任务，按3个阶段稳步推进工作。"我们给全体党员干部下了一条极其明确的指令，党员尤其是社区和经合社领导，必须走在最前面，带领征迁团队挨家挨户面谈、协调重大问题、督促征迁进度，始终做到依法办事、依理行事、以人为本，当好征迁工作'火车头'，这是硬任务。"时任花园岗社区党委书记、经合社董事长丁中立说。同时，他也要求每个征迁工作人员讲究工作方法，做到"情理法"相融，朝着目标努力。

以情动人、以理服人十分关键。首先是互相沟通，但良好的沟通是用时间和耐心"堆"出来的。居民白天不在家,征迁工作人员就在晚上挨家挨户去面谈;有征迁户的儿子在国外工作,他们就按照6小时的时差,每天凌晨一两点钟打国际长途沟通;征迁户家庭内部出现利益纠葛,吵得不可开交,他们就当起"老娘舅"调解矛盾。"必须放下身段,与他们交心,听他们把遇到的困难说出来,把希望和具体要求提出来。你连他们心里的想法都不知道,怎么对症下药做工作?"丁中立对此深有体会,他本人就是在与征迁户反复接触、沟通中,找到诸多难题的破解之法的。

社区居民李某某是四兄弟,但在这回征迁时,因家中二老今后的居住和赡养问题发生争议,四兄弟一直不愿顺利签约。丁中立和副董事长陈国清先后十多次带着征迁工作人员上门,每次都耗时两三个小时,先是对四兄弟逐个约谈,听取诉求,之后汇总信息,然后再召集四兄弟一起商量,发挥民间智慧,得出解决老人居住和赡养问题的最后方案。考虑到四兄弟各家的实情,经讨论,四兄弟一致同意以抽签方式确定由谁家来赡养老人,其余三家则通过赡养费的形式来赡养。光是为这四兄弟调解就耗去几十个小时,直至四兄弟都自愿在征迁协议上签字。老党员朱柏年告诉笔者,由于从征迁居民的实际困难着手,站在群众的立场上看问题、想办法,一些起初看起来极为棘手的难题迎刃而解。

而对一直纠结在居民心中的苗木损失补偿问题,党员干部们也都集思广益想办法。陈国清介绍说,为使苗木种植户的损失降到最低,大家细致排摸全社区苗木种植现状,对部分能移植的苗木,分头积极寻找移植场地;对能转让的苗木,则四处联系周边苗圃的老板,请他们前来花园岗挑选苗木,苗木种植户们终于绽开笑脸。团队齐心协力,讲求"情理法"并施,由此又漂亮地攻下一城。

凿不休则沟深，斧不止则薪多

> 改变僵持局面不能只靠等待，在该做的准备工作都已完成的情况下，唯有鼓足勇气、不停地做工作，稳扎稳打，一步一个脚印地走下去，才能最终赢得主动权。

"凿不休则沟深，斧不止则薪多。"意思是铁钎凿石，长久不歇，石头上留下的沟痕将越来越深；挥斧砍柴，劳作不止，劈的柴火将越来越多。是的，只要持之以恒，坚持到底，岂有不抵目的、功亏一篑之理？半山街道半山社区的征迁故事，其动人之处，就在于正视困难，坚持到底。

半山社区共有4个自然村（即居民小组），分别为半山桥、金家园、孙家门和张家园，沿半山街道南侧，由东向西依次排列，居民总户数为363户。尽管在杭州的地图上，半山街道以及这4个自然村的地理位置相对偏远，然而在城北一带，仍属于交通要津和商贸繁华地段，尤其是上塘河畔的半山桥自然村，村庄北首的皋亭山下，即为医疗界赫赫有名的浙江省肿瘤医院，全省乃至全国各地的肿瘤患者络绎不绝。因为有了这家专业性大医院，周围衍生出难以计数的旅馆、药店、超市、餐馆等，成为半山地区人流最密集的地方。省肿瘤医院在此已存在了数十年，这类商铺旅店的存在差不多也有这么长的历史，近年来随着医院规模的日益扩大，就诊者的不断增加，商铺旅店又呈繁衍增长之势。

"半山桥自然村120多户居民中，有67户把整幢农居房租给了旅馆老板，旅馆主要住客是等待入院治疗的癌症患者和陪同的家属。旅馆老板大多来自台州一带，他们租下整幢房子，再把一部分房子转租给开小超市、小药店、小餐馆的，光是转租费就有二三十万元。我们统计过，加上二房东、三房东，仅半山村的承租经营户便达到了230户左右。房东、旅馆老板和众多转租经营户之间建立了一个利益链，互相之间又抱成了团。一句话，不光半山桥自然村，这一带的农居房几乎都是一只只聚宝盆，想要对它进行征迁，难度实在太大。"时任半山社区主任张惠高认为，特定的地理位置决定了这一区块征迁的特殊性。

征迁难度较大的另一个原因，是不少居民认为半山社区的货币安置费显得过低，每平方米只有26000元，而相距不远的南边某区块则有31000元。居民们对此议论多了，加之各类真假难辨的信息纷至沓来，居民们"惜拆""拒拆"的想法不断出现，个别居民甚至打算不顾一切地"硬撑"下去。根据安排，半山社区拟从2017年6月28日开始"双签"。6月26日，经部分征迁户要求，社区专门组织召开了一次户主会议，目的是进一步宣讲动员，并对相关政策进行细化解释，谁知在363户征迁户中，到会的只有30多户，征迁户的抵触情绪由此可知。

"双签"前还发生了一起意外事件。6月27日晚，部分希望提高货币安置费的征迁户聚集在街道门口，一位年龄较大的居民不小心摔倒，造成头部受伤，社区随即派员急送医院救治。多名社区干部在医院里一直忙到凌晨3点。这起纯属意外的事件又让征迁户添了一份议论，不过社区干部们的鼎力救助和全力安抚，大家还是很肯定的。

"其实在'双签'前的那几天，所有社区干部连睡觉都放弃了，要么互相通报和分析信息，要么对已经发生的大小事件研究对策，更主要的是讨论怎样进行'双签'。社区和经合社的干部们都统统带头签，关键的问题是怎样让征迁户能自觉前来。"时任半山社区副主任徐菊芬回忆道，当时，有人曾经提议，要不要推迟几天再开始"双签"，但经过讨论，社区干部仍一致认为，改变僵滞局面不能只靠等待，在该做的准备工作都已完成的情况下，唯有鼓足勇气、不停地做工作,稳扎稳打,一步一个脚印地走下去,才能最终赢得主动权。

　　从这天晚上起,包括班子成员在内的全体社区干部,抓紧时间做的一件事,就是迈开两条腿,或者不停打手机,费尽口舌,劝说自己的兄弟姐妹、亲戚、朋友、邻居,请他们次日前来沈半路海外海百纳大酒店"双签"现场签约。

　　"头一晚上手机差不多被打爆了,不知道说了多少话语,连喉咙都说哑了,但正式'双签'这一天,一开始场面还是显得冷清。怎么办?继续拿出最大的耐心劝说啊,又说了很多很多话。真的,耐心和毅力总会有效果,头一天,整个社区完成'双签'的一共是51户。虽然没有一户是自发前来的,都是我们反复劝说来的,但有了这51户,局面就打开了。以这51户作为51个点,以点带面,由他们再去发动身边的居民,比如哥哥签掉了,就去劝说妹妹和其他亲戚。签了之后觉得放心了,也会自动地去劝说他人。第二天,又有49户居民完成了'双签';第三天又签了40户以上……"说到僵局被打破,徐菊芬不禁笑了。

　　第一轮"双签"过后,进入了第二阶段,主要是对没有在28日、29日两天完成签约,家庭内部存在矛盾、存在实际困难的征迁户进行分门别类,上门劝说调解,集中攻坚。

　　"这样的征迁户数量还不少,有的是父母与子女有矛盾,有的是兄弟姐妹之间有矛盾,有的是因离婚造成的矛盾,全都与补偿款怎样分配有关。比如说有一户房主,离了三次婚,三任妻子都分到了补偿款,当然比例和数额是不同的。时任社区主任张惠高花了很多心血,不知说了多少话语,让他们先冷静下来,不要再吵了,再逐个与他们商量,理出很具体合理的分配方案,直到他们都能愉快接受。这样的调解,直至'双签'结束后还在进行。在我的印象中,张主任经手的最少有四五十户!"半山社区原副主任,当年6月份已经达到退休年龄的陈志明依然奋战在征迁调解一线。他告诉笔者,安置房要在几年后才能回迁,这调解工作也得延续到几年后,由此可知调解工作任务的细致与艰巨。

　　针对有关货币安置费过低的疑虑,街道和社区干部们使出浑身解数,又是费了好一番口舌,做好政策解释,尤其是采取了分析对比的方法,把货币安置费的测算、定价等方面的过程和依据如实地告诉征迁户们。让他们明白并不能因为个别地块农居房的租赁价格比较高,而忽视了同一地块商品房的真实价格,同时也不能听信那些以讹传讹的信息。还有,每幢农居房都有不同的建造年龄、不同的质量、不同的装修,若欲以房屋价值几许去对应货币安置费,不同的算法、不同的价值怎能与统一的货币安置费完全合辙? 要相信这货币安置费是大体合理的,眼下最关键的是尽早签约,尽早取得选房顺序号,尽早催促承租经营户腾房,你想要的那部分货币补偿缺额,通过你进一步的配合支持,还是能够得到的……征迁团队苦口婆心的解释劝说绝对是有效的,有关货币安置费偏低的议论,开始慢慢散去。

　　"深更半夜还在征迁户家里调解,不停地磨嘴皮子,倒头睡觉时已经不知道几点钟了,第二天一早7点多又必须出现在'双签'现场。只要征迁户电话一来,需要我们去,随便什么时候我们都会出发。这样一算,那段时间征迁团队的骨干们每天只睡两三个小时。集中'双签'一共是11天,前前后后,我共有16天时间没有回家。征迁团队里的很多人都这样。"张惠高说,就是因为这样咬着牙干,至"双签"第二阶段结束,完成了93%征迁户的签约,只剩下了最后17户未签约。如何成功劝说这17户征迁户完成签约,便是"双签"的第三阶段工作。

　　8月31日零时,是半山社区"双签"清零的最后期限。距成功的目标其实已经不远,眼下唯一需要的,便是鼓起信心、绝不气馁,继续保持锲而不舍的执着劲头。"居民组长发动起来了,党员发动起来了,社区里的老同志发动起来了,大家一起去宣讲、去劝说、去调解、去相助,把道理讲透彻,把利弊得失说清楚,把这17户征迁户的难题尽量化解掉……哪怕是一块石头,我们也要把它捂热。尽管动员这17户征迁户签约,又花去了一个多月时间,但一户一户地被'啃'下来,又少了一户,又少了一户……这越来越接近成功的感觉,也是很美妙的。"说到这里,徐菊芬很是开心。

至8月31日,整个半山社区尚剩3户征迁户未签约,努力仍在进行中。至下午2点多,又有2户征迁户签了约。至晚上接近零时之际,最后一户征迁户也终于签了约!半山社区的"双签"清零,标志着半山街道实现了全街道"双签"清零任务!在场的所有征迁工作人员忍不住流下了眼泪,征迁户代表也激动不已。是的,他并不是故意拖延,非要等到最后一刻才肯签字。通过征迁团队的辛勤工作,他解决了难题,明白了道理,解开了心结,充分感受到了征迁工作人员的不厌其烦与一腔真情!

"一把尺子量到底",是如何做到的

一把尺子量到底,就是以统一的标准来丈量、来计算、来执行,这无疑是一件很讲究技巧的活。怎样做到有理有据、无懈可击,就得靠高度的责任心和为民着想的使命感,靠对政策制度的准确理解和执着坚守。

前文所述的上塘街道蔡马社区,只花了两天时间,社区内的蔡马新村地块的86户征迁户即完成了"双签",随即又完成了腾房清零。一周后,他们又只用了一天时间,社区内另一地块九十六亩头村74户人家也完成了"双签"。据说签约现场还出现了颇为动人的场景:那几支用来签约的签字笔,被前一位征迁居民刚放下,后一位就马上拿起;甚至还出现了签约前夜排队现象……你不惊讶都难。

分别位于城北高教园区和城北餐饮商贸一条街舟山东路核心地段的蔡马新村地块和九十六亩头区块,其寸土寸金自不待言。征迁工

舟山东路商户腾退完毕

作之初，有人曾经不无忧虑，生怕征迁居民有抵触，有个别居民还会成为"钉子户"。然而事实是，最终完成这一征迁签约任务，竟只花了大大超出预想的3天时间！

快得令人目眩的签约速度，其奥妙和诀窍究竟在哪里？

"体现公正公平，让每位征迁户签得放心、签得满意，让大家始终拥有强烈的获得感。这便是诀窍。"时任蔡马社区党支部书记朱仪胜一语中的。除了宣传发动到位，最需要做的就是公正透明、不徇私情。当每位征迁居民准确完整地理解了政策法律，当得知政策法律切实考虑到了征迁户的实际利益，当确信公平公正是这次征迁工作的基本要求，征迁户岂有不踊跃签约之理？

"一把尺子量到底"，不仅意味着对同一地块执行同一个征迁时间流程、同一个补偿标准，还意味着对被征迁房屋的丈量、评估、核实等程序绝对做到客观、真实、准确。不管是谁来丈量的、谁来评估和计算的、谁来核实的，都能保证数据相同、结果一致。在这一环节中，征迁居民用不着有半丝担心、怀疑。从更大的工作范围、更广的含义来说，"一把尺子量到底"也就是征迁工作具体实施时必须做到的"五统一"，即政策宣传统一、赔付标准统一、合同内容统一、办事流程统一、资料归档统一。

　　"完成丈量、评估、核实等流程后,让居民先抽签,按抽签号面谈,在规定时间里签约、腾房。越早签约、越早腾房,居民拿到的封门号就越在前面,而封门号正是回迁时的选房顺序号,这便是'一把尺子量到底'政策的生动体现。"朱仪胜说。

　　在这一流程中,你什么时候来签的就是什么时候来签的,你抽到几号就是几号,征迁工作人员绝对不会因为与你平常关系的亲疏远近,或者某些利益牵扯,把签约时间改了,把号子调换了。一是规范的工作机制让征迁工作人员做不到任意更改;二是一旦你真敢这样做了,那征迁工作人员将承担无法想象的严重后果。

　　"公平公正不是随便说说的,在蔡马,同样的人数、同样的面积、差不多的装修,所得补偿都基本差不多。'一把尺子量到底'既是征迁工作的方法和原则,也是工作顺利推进的法宝。由于所有流程设计都按照居民实际利益而制定,到后来,居民和征迁工作人员一起,都在

笔者采访时任上塘街道蔡马社区党支部书记朱仪胜

想方设法提高签约和腾房速度。"蔡马经合社的党总支书记、董事长宋来富说，政策有刚性，当然也有柔性，但体现这个柔性，必须是在坚守刚性的基础之上。包括补偿方面，在很多时候，往往是"不患寡而患不均"，补偿标准的高低是一个方面，做到公平、均衡则更重要。

"一把尺子量到底"原则，同样体现在各个街道、各个社区的征迁工作中。祥符街道坚持实干至上，以最优的服务让广大征迁户深感暖心。街道向所有征迁户承诺，绝不让先签的吃亏，绝不让后签的受益。同时，街道印发了50份公告在各个社区张贴，如有对自家"双签"补偿款金额不放心，可允许翻阅任意已签约征迁户的"双签"补偿款细目表，以充分保障征迁户权益。这让征迁户们无不赞许。

如上所言，"一把尺子量到底"这一方法和原则，尽管在宣传动员阶段已经做到了家喻户晓，但起初，征迁居民并不完全信任。总觉得征迁政策虽好，但在自己这儿不可能完全落实到位；总觉得征迁工作人员可能隐瞒了什么、故意改了什么；在具体征迁环节中，与别人相比，总觉得自己吃亏……这是一种习惯性思维，也是一种多余的顾虑，而不实消息的流传、周围居民的互相影响等因素，也会让个别征迁居民的钻牛角尖。

在祥符街道孔家堰社区，还在丈量、评估之时，个别征迁居民就开始担忧了。在同一个社区，关系比较好的居民，晚饭后会在凉亭里一起坐坐，这段时间当然免不了谈征迁的事。有人就会把自认为吃了亏的事情告诉对方，说自己家与哪户人家情况相同，即将拿到的补偿款却比别人低很多，这事该怎么办？对方听了，又会再告诉别人，传来传去就成了一个"事实"。这类不存在的事实无疑会使另外的征迁居民对征迁工作人员产生严重的不信任感，影响整个工作的进度。

"有一个征迁居民就是这样，那时到处告诉别人，说自己家征迁补偿少拿了10万元。这位居民性子比较急，从得悉补偿款测算数据之后，连续三个晚上都没有睡觉，人变得很焦虑，说话很偏激，还冲着征迁干部发火。没办法,我们先让征迁工作人员对他进行安抚,同时找了他的儿子详细了解情况,得知他家已经享受过40多平方米的经济适用房政策,这部分面积这一轮需要扣除。这当然也是公平的体现,因为你不可能重复享受同一个政策。"时任祥符街道孔家垅社区党总支委员孔冉认为,"一把尺子量到底",就必须人人公平、事事公平,不能因为你的反应比较激烈,对征迁工作人员"盯着比较紧"而有所偏颇。

待情况了解清楚,那位居民的情绪稍微稳定之后,孔家垅社区又主动把他请来,拿出别的征迁户的补偿款测算表,放在桌上与他家做比对,告诉他这5户人家的补偿款是怎么计算的,你家的补偿款与别人的差异又在哪里,给他细细解释,解除他的顾虑,尤其针对他认为补偿款比他家高的疑问,进行了十分详细、客观、合理的解答。

没错,当矛盾出现,当各类诉求蜂拥而至,有的地方曾经采用对部分征迁居民"悄悄加钱"的办法,以"拔除"难点,推进度。这种方法能在短期内、在部分征迁居民中奏效,但它带来的负面效应同样是明显的,毕竟它建立在"欠失公平"甚至"显失公平"的基础之上。"会哭的孩子有奶吃",那么那些不吵不闹、老老实实的孩子怎么办,难道就任其吃亏?从根本上说,"悄悄加钱"等临时开口子的做法,不仅会助长那些抱定"再熬一熬、拖一拖、争一争,就有额外好处"想法的人的劲头,还会让"与政府讨价还价"的不良风气炽盛。"悄悄加钱"的做法终究会被"抖露"出来,没有加到钱的征迁户就会提出要求,加到钱的则会要求加更多的钱,甚至连已经签约、已经完成征迁的居民也会重新提出补偿要求,其理由正是要求公平。本轮城中村改造,拱墅区反复强调"一把尺子量到底",即对所有征迁户执行统一的政策细则,绝不以特殊原因对个别征迁户另开口子,就是总结了别的地方在统一补偿方面的经验教训。

"一碗水端平"，历史遗留问题就此消除

> 怎样让历史遗留难题迎刃而解？唯有主事者始终站在维护群众利益的角度，唯有依法、合理、客观、公正，不偏袒、不斜不倚。如是，难题才会消除，群众才会满意。

本轮城中村改造，从某种意义上说，是一次"终结式"的农居房征迁，主城区内必须改造的农居房就此征迁完毕。巨大的嬗变必将迎来城市的新生，而在这一过程中，积聚多年的历史遗留问题将一一显现，并在征迁改造的同时彻底消除。

但说说容易，做起来极难。历史遗留问题之所以会遗留，是因为它的错综复杂、牵涉各方，一时无法觅得妥善处理的良策。搁置是一种无奈之举，把矛盾推至日后，是一种暂时回避的做法。但暂时回避终非问题消除，何况因为搁置过久，反而会使矛盾愈演愈烈、问题更为深重。这一轮史无前例的城中村改造，已不再允许历史遗留问题继续存在，这是解决问题的良机，同时又无可避免地增加了工作量，给征迁工作人员带来新的任务、新的工作压力。

"城中村改造过程中，主要的历史遗留问题究竟有哪些？主要有征迁户的宅基地面积确认问题、家庭成员身份问题、户口确认问题、房屋来源问题等，每一个问题都十分棘手，解决非易。"王华说，"处理好历史遗留问题，让当事人满意，从此不再纠结，关键的一条，正是主事者能否做到'一碗水端平'，即你是不是做到了依法、合理、客观、公正，不偏袒、不斜不倚。真正做到了这一点，群众是不会有意见的，历史遗留的难题也就迎刃而解。"

上塘街道半道红社区,地处莫干山路文晖路交叉的东北角,属城市繁华地段,但往前数十年,这里也是城乡接合部。本轮城中村改造过程中,需征迁的17户居民,因为历史的原因,有的居住在工龄房里,有的住在国家福利分房时分配到的房子里,有的是居民用自己的工龄购买的,有的则是纯农居房,征迁户不多,房屋性质真可谓五花八门。那么,这些房屋该如何计算补偿?起初,政策规定与居民补偿预期之间,曾经存在较大的差距。各户家庭具体情况的不同,一度也伤透了征迁工作人员的脑筋。

本着趁此机会消除遗留问题的宗旨,这一回,半道红征迁小组对这17户征迁户逐一进行了问题梳理,对每户居民的特殊情况予以全面摸底,弄清来龙去脉,同时倾听诉求,吸纳其合理的建议和要求。更重要的是,鉴于历史的复杂性和遗留问题的特殊性,征迁工作小组始终把居民利益放在首位,力争让他们在政策范围内享受最大利益。能拿出根据的、说出理由的、符合政策的,一律认可,在计算补偿时加以合理考虑;而对于缺乏凭据、纯属"要价""提价"的,则统统不予考虑。尤其是在计算补偿款时,半道红征迁工作小组把所有政策、规定都搬了出来,对照该户居民的具体情况,一遍遍给其讲解、计算,晓之以理、动之以情,终使17户征迁居民都能满意接受最后的补偿结果。没错,一旦"双签"清零,历史遗留问题也便消除了。

在杭州,同一地块由于在不同的年份进行了分阶段征迁,即未采用一次性整村征迁的方式,而是几十户、又几十户,一块地、又一块地的征迁,结果导致同一个村的居民之间所获得的征迁补偿不一致。你相对较早被征迁,取得的补偿款也相对较少,而我只比你晚了一些,每幢农居房的补偿款却大大多出前者不少。比如在祥符街道花园岗社区,从2009年到2017年,同一个村经历了六七个不同的征迁阶段,加之征迁性质、征迁单位不同,哪怕面积相近,居民之间拿到的补偿款也存在较大差别,居民难免有异议,甚至向有关部门要说法。这便是典型的历史遗留问题。

更早形成的历史遗留问题，还包括当年的批地建房时，各个乡镇、村存在较大的差异。不够规范、管理不严，便是主要原因。如上塘街道某自然村，当年批地建房时，都把父母与子女分开批地，造成一个村有将近三分之一的农户拿到了两块地，建起了两幢房子。没错，城中村改造之前，农户们并不太计较，但如今这个利益相差就大了。怎样解决这一老问题，无疑又是一个难题。

与种种历史遗留问题关联的现实问题，往往颇为棘手。比如同样是四层楼的房子，甲家建造的年代较早，花了20万元，乙家是去年才建造的，花了150万元，但农居房征迁时，补偿款或许都是200万元。尽管当年的20万元很值钱，但毕竟到现在也已住了好多年，而乙家只享受了没多久，如是，乙家肯定会觉得自己亏了。由于如今的征迁补偿是综合补偿，不可能对每幢房子来一套单独的补偿方案，只能按照现有房子的面积等因素予以补偿。同理，有的农居房稍显简陋，有的则建造得极其坚固甚至豪华，其内部装修也花了不少钱，但在给予综合补偿时，仍然只能按现有房子的面积来计算。"我家的房子是完全按照别墅的款式来建造的，连图纸都是从石桥那边买来的，造价当然比一般的农居房要高。在当时，我们这一带只有我和祥符桥村的主任造起了这样的房子，屋里的装修是非常好的，屋外的栏杆用了大理石。"祥符街道孔家埭社区居民孔胜祥说。但在征迁时，房屋造型、内外装饰都不再考虑，因为补偿细则中没有这一条，考虑因素太多、弹性过大，很可能导致显失公平。

怎么办？又得以"一碗水端平"的方法，以依法、合理、客观、公正为圭臬，合规合理地消除历史遗留问题。如上文所述，今年每平方米的征迁补偿比去年适当增加，这是正常的，但若在短时间内增长过快，势必会引起稍早被征迁的居民的不满。及时与相关部门沟通协调，避免征迁补偿骤升，这是其一；尽量为群众争取必要的利益，包括在安置、福利、苗木损失补偿等方面的倾斜，以获得平衡，这是其二；在居民中开展耐心细致的思想工作,尤其是把政策解释清楚、把相关规定传达给群众,让群众感知到政策规定的明晰,感受到你的诚恳,这是其三……当然还不能"一刀切",必须考虑每户征迁户的具体情况,弄清楚这一户的最大症结在哪里,历史遗留问题当时是怎么出现的,关键点在哪里,破除矛盾的合理办法有哪些,尽最大可能用足、用活政策和规定。

"我们的征迁工作人员是很有责任心的,在处理历史遗留问题的过程中,站在群众利益的角度,尽可能分析和利用现有法律法规和政策,把能维护的利益维护住,能得的补偿争回来。为什么本轮城中村改造,不少历史遗留问题能如此顺利地解决,相关部门和征迁工作人员的努力无疑是首要的因素。而同时,绝大多数征迁户的理解、支持、配合,以及一定程度的牺牲,其作用也不可低估。"王牮说,消除历史遗留问题有利于国家、有利于城市发展,也有利于征迁户群体。理解了这一点,广大征迁户的配合支持程度就愈显高涨,这从根本上保证了种种历史遗留问题的最终解决。

在本轮征迁中,农村自建房即农居房的宅基地确认,也是一个棘手的老大难问题。在丈量过程中,有的征迁户主张的征迁面积明显过大,这是因为他们把违章建筑等私搭私建的部分计算进去了,这毫无疑问要剔除。但在同一个区块,征迁户的宅基地的确存在差别,不光是家庭成员人数不同造成的,有的还与当年的宅基地批复有关。"我们新文社区是在2008年6月完成撤村建居的,征迁工作是从1998年开始的,至今已有20多年。因为撤村建居时间相对较晚,撤村建居之前,原祥符镇对原新文村的农村自建房的宅基地还允许审批,即新文的宅基地还在审批。这就带来了一个问题,即在同一个村里,前前后后获批的宅基地在审批时间、面积、宅基地土地使用权证等方面不一样,与早已停止宅基地审批的别的街道、别的社区,在这些方面更不一样。"时任祥符街道新文社区主任徐新松告诉笔者,同一街道、同一社区宅基地审批时间和面积等的不一致,无疑又为本轮城中村改造的征

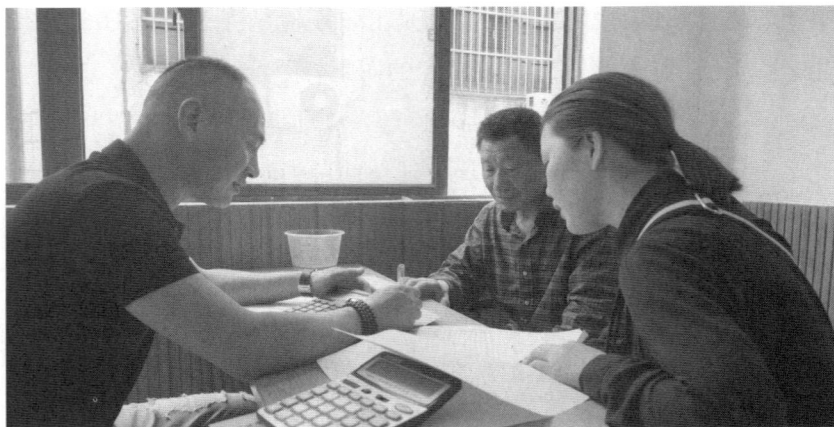

2017年5月27日,祥符街道新文社区完成整村"双签"清零

迁补偿带来难题。

杭州市1998年实施撤村建居试点,尔后在全市推广。在第一批4个试点村中,拱墅区的半道红村名列其中。撤村建居,意味着行政村成为城市社区,农民通过户籍"农转非"成为市民,农居房也须进行旧村改造、拆旧建新。原乡(镇)、村级封闭管理模式将被打破,撤村建居后的农民将融入现代城市居民的生活方式。按照相关政策撤村建居后,原行政村的集体土地一律依法征用,全部转为国有土地。集体所有的闲置土地或原土地使用者退还的土地、未利用地等征用为国有后,进入政府土地储备库。依法征用转为国有土地后,根据实际规划开发利用情况,可暂保持原土地使用者及土地使用现状,并在城市建设规划范围内留出一定比例的土地,作为原村集体经济组织建设的留用地,由原村级保留使用,发展村级集体经济。而对自建房宅基地,其土地性质在未征用前,性质不变,但使用权归属和面积,一律按照审批时载明的权属和面积确认。

由此可知,对任何一个由行政村转化而来的城市社区来说,撤村建居是一个极其重要的时间节点,在这个节点之前,农民享有自建房的批建,能获得宅基地,而过了这个节点,你已是城市居民,自然就没了这个批建的必要和可能。宅基地审批往往是根据该户人家的户籍人口数来确定面积的，你家有几个人，就有多大的宅基地。征迁户的补偿总额、享受补偿的具体对象范围、每个补偿对象的最终补偿所得等，都受此影响。

事实上，正是由于在宅基地审批、户籍人口确认等方面存在诸多历史遗留问题，使得本轮征迁工作工作量增加。征迁户家庭中的不少矛盾纠纷，也是由此而引起的。这是因为由于当年的审批体制和做法，宅基地的审批存在着不统一、不规范的现象，甚至存在个别审批工作人员随意化等问题。而家庭成员间的户籍迁移，存在各不相同的原因，也从未有过明确的规定，所以导致不少征迁户的户籍人口数与实际居住人数不一致。但在具体征迁时，又必须考虑与宅基地审批密切相关的户籍人口数，其难点往往由此而产生。——当然，在实际征迁过程中，遭遇到的难题远比这些要复杂得多。

祥符街道李家桥，这里原为祥符镇李家桥行政村，1999年撤村建居，后来其行政辖区划到各个街道、各个社区，连社区居委会也没有了，只剩下以原李家桥行政村为基础、以发展村级经济为主的李家桥经济合作社，主要负责经营原李家桥村的资产。经合社还有300多个股民，分成7个小组。在整个祥符，李家桥是最靠南的，即最靠近市中心区，集体土地早被征用完了，但农居房还是零星存在，并被切割成好几个小区块。

"在本轮征迁时，农民身份的股民自然是按人头计算，农转居的每个人只能算半个人头，所以我们在确权时，小户、中户很多，大户很少，这与别的街道、社区相比是吃亏的。当然这也是历史遗留问题。怎样让我们的征迁户们不吃亏、少吃亏，尽量把'一碗水端平'？在征得街道支持、认可的前提下，我们提出了为本区块群众争取利益的思路，一是在户型补贴上，争取有关部门多倾斜一点，理由是我们提前半年完成了整村拆迁，要适当地对群众予以奖励；二是针对那些离婚户，以及家庭内部因征迁发生矛盾的，逐个进行约谈了解，根据各家情况，逐个进行有针对性的分析讨论,用足政策,尽量让他们的利益最大化,使各方满意。"李家桥经合社副董事长、总经理冯国华说,本轮征迁,共涉及李家桥265户居民,征迁工作人员几乎对每户征迁户都进行了分析讨论,出谋划策,争取合法利益。

征迁也需要拆违的推动。对那些附着于农居房的违法建筑,各个街道均采取果断措施予以处置。如孔家埭社区,不少居民受丰厚租金的诱惑,私自搭建违法建筑出租,城中村改造启动后,个别居民还不愿拆除这些违法建筑,说是这些建筑由来已久,甚至还提出补偿要求。祥符街道拆违工作组反复向居民讲解征迁和拆违的具体政策,对划定改造拆迁区域的建筑物逐个进行摸底排查,被鉴定为违法建筑的,即载入违法建筑档案。"在最后两户违法建筑户的谈判中,工作组前前后后与他多次沟通,但所有思想工作做尽,仍然没有结果,执法部门只得果断启动拆违程序,强力推进,整个地块及时完成了拆违清零。"在这过程中,时任孔家埭社区党总支书记、经合社董事长梁锡根还多次上门,与这些居民推心置腹地交谈,起初有较大抵触情绪的居民后来均顺利签约,这一历史遗留问题也得以清除。

第七章

此动彼应　不吝付出

安得如鸟有羽翅，托身白云还故乡。

——［唐］杜甫《大麦行》

竭力履行你的义务，你应该就会知道，你到底有多大价值。

——［俄］列夫·托尔斯泰

众人扶船能过山。

——中国民谚

"舍小家，为大家"，识势明理，积极响应号召，主动配合支持政府工作，争相签约，争相腾房，放弃原本优厚的租金收入，及时交出心爱的房屋。其间，不少征迁户还克服家庭困难，克服过渡期间的生活不便，尽快适应新的生活环境。不少征迁户还主动贴补给租客和承租经营户，为腾房环节扫除障碍。他们说，因为我们是这次农居房征迁的主角。

故土难离，依然目光放远、全力配合

> 在城市迎接新一轮嬗变的关键时刻，广大征迁户响应号召，踊跃"双签"，及时交房，在丈量、腾房、搬家、回迁等环节上积极配合，推动了农居房征迁工作提前完成。

城市更新，对不少征迁户来说，就是把独立宽敞的农居房拆除，就是把每年十多万元乃至数十万元的房屋租金收入画上句号，就是让一大家子人不得不暂时分开，还意味着今后生活方式的彻底改变……虽然经过广泛深入、耐心细致的宣传发动工作，征迁户们早已明白这大小道理，更明白城中村改造是大势所趋，农居房不可能永远存在下去，这一天总会到来，消灭城乡差别终归是好事，但真要让他们把自家房子交出去，心理上、感情上还得跨过一道道关口，甚至出现若干情绪流露，都是人之常情。

从这个角度去理解，广大征迁户顾全大局，踊跃"双签"，及时交房，在丈量、腾房、搬家、回迁等环节上积极配合，且主动与承租经营户等协商，自觉自愿做出牺牲，推动农居房征迁工作提前完成，实在可敬可佩！

"我们街道4个城中村，原先只有石塘村是整村拆迁，而且不再原地重建，另外的半山村和沈家桥村拟采用拆整结合的方式予以改造，原有的农居房可以保留。金星村经多次征迁，只剩下9户农居房居民，也准备拆整结合，进行提升改造。但是后来，由于城中村改造规划调整，半山村、沈家桥村以及金星村一律整村拆除，这样一来，原以为无须大动干戈的农居房居民，情绪上免不了有起伏，有些居民还多次提出保留原农居房的要求。对此,街道和社区花了不少力气,宣讲政策、展望未来,听取居民们的诉求,同时在征迁补偿和回迁方面尽可能考虑他们的利益,解决难题。多管齐下做工作,思想慢慢统一起来,居民们的配合度也在不断上升。"半山街道党工委书记王一平说,不少征迁户后来由衷感慨,连这么大的杭钢还不是整厂拆迁了吗。你不想让自家的农居房拆迁,还能有什么理由?

"安得如鸟有羽翅,托身白云还故乡。"是的,广大农民群众(含身份已转为城市居民的农居房居民)对故土、对家园那份情怀无疑十分深厚,其原因之一无疑也与那部不可忽视的农居房演变史有着直接关联。农民在这片土地上土生土长,不少宅基地还传自父辈、祖父辈甚至更早。农民生活水平的提高,还直接体现在住在什么样的房子里。千百年来,大部分农民住在简陋的茅草房里,新中国成立后,不少百姓建起了砖瓦结构的平房,改革开放后两层农居房逐渐增多,到了20世纪90年代,农民们纷纷造起了三四层的别墅式农居房,不少地方的新农村建设,其房屋面积和式样,也以这些别墅式农居房为参照。"造房子、娶媳妇"在很长一个时期里,农民一生中需要干的两件大事,也是他们的生活理想,这一理想直到进入新世纪,进入全面建成小康社会的今天依然未曾改变。造一幢漂亮舒适的房子,是不少农民的追求,也是他事业成功、生活富裕的标志。由此可知,农居房在农民群众心目中有着重要的地位!

"在我们的走访中了解到,大多数年轻的农居房居民对征迁十分支持,因为他们对融入城市有着极大的热情。而那些开始不愿征迁的农居房居民,尤其是一些老年人,因为早已把根扎在了这里,内心有着强烈的不舍。他们往往不单是为了拿到多少补偿款,也不是一味地反对征迁,而是那份故土难离的情怀在起作用。"王一平认为,这样的情怀是非常珍贵的,因为它流露了对家乡、对这片土地的爱。作为征迁工作人员应该百般珍视,绝不能认为它是消极的、是一种抵触。事实上,采用因势利导之法,把他们对家乡、对故土的情怀,引导到请他们出谋划策、请他们多出"金点子"上来,与他们多交流多沟通,并适当保留当年的生活和劳动工具,留下历史印记,这样才能促使他们进一步配合做好城中村改造各个环节的工作,加快工作进度。

　　"完成'双签'那天,我环绕着自家那幢三层半的农居房,转了一圈又一圈,看着它发呆,后来又前前后后、上上下下地,为这幢即将腾空拆除的房子拍了不少照片。说实话,对这幢房子的留恋之情,是用语言无法表达的。"张松华是康桥街道计家社区居民,已逾70周岁的他人生经历极其丰富,做过农民;在杭州城里做过临时工;入伍服役后打了五年的地下隧道;退伍后幸运地成为杭丝联的正式工人,负责印花;后来又辞职下海,来到广东东莞,在朋友的印花厂里搞了十多年技术……"其实,当年东奔西跑,弄得很辛苦,还不是为了生活得好一点。而把房子造起来,就是最重要的标志之一。记得父母交给我们三兄弟一共只有3间平房,后来我们三兄弟每人造了3间平房,再后来又相继造起两层楼房。20年前,我又造起了三层半的楼房,就是现在将要拆除的这一幢。"

　　建房不容易,张松华对此体会极深。"不夸张地说,用于建房的钱好不容易才攒够,房子真像是自己一砖一瓦搭起来的,特别留恋,哪怕是已经住了很多年。住了很多年,对这房子的感情就更深了,何况我们的房子下面这块土地还是老祖宗交给我们的,是老祖宗花了钱买下的。当然,我这样依依不舍,并不是不听从政府号召。征迁公告一出来,我就对家人们说,国家有国家的打算,政府有政府的安排,我们应该听从,绝对不能拖着不签、不搬。政府在做的事情,归根结底是为了让我们的生活环境再改善一些,生活质量再提高一些,难道他们会把我们赶到马路上去吗?"张松华说,他们家是夫妇俩、三女儿一家三口都住在一起的,他的理解和劝导对全家人都起到了推动作用。

　　全家人几经合计,对能拿到的征迁补偿有了较为明晰的打算。一部分以货币安置的形式获得补偿,去杭州城里买房,另一部分则拿回迁房，回迁房就在距计家社区不远的楼盘里。"困难当然是有的。以前的房屋租金收入没有了，过渡第一年，每人每月600元的安置费，好像前几年就是这个数了，现在拿这个钱去租房，恐怕已租不到好房子。我另外两个女儿分别嫁到了康桥村和半山石塘，也都在拆迁，我们只有临时租房才能度过这个过渡期。好在街道为我们70岁以上的老年人统一安排了过渡房，计家社区的老人都安排到了康久老年公寓。别的困难我们自己去克服。"

张松华告诉笔者，这几天他就忙于搬家前的准备。家里的很多东西都得扔掉，因为过渡期间，不可能把原来家里的这些东西都带来带去的。"很多东西买来时，或许是几百元上千元，现在大家都在搬家，卖给人家二三十元都没人要，想想也可惜。可老话不是说'旧的不去，新的不来'么？这样一想，心情又好了不少。"张松华笑着说。

倪金魁与张松华曾是小学同学，两人还是同龄。倪金魁是康桥社区的居民户，康桥的居民户往往还有自留地，当年还可以自己建房。"我父亲原先是在街上开茶水店的，常常是早上卖好茶水，就去种田。农活我也都会做，后来我在供销社做了好多年，供销社转制后又在社区工作，办公室主任、治保主任、老年协会会长都当过，退休前在综治

上塘街道皋亭社区"双签"现场

办工作,社区里的不少文字工作也是我做的。"说到本轮征迁,倪金魁说,他们家被征迁的农居房,面积比张松华家的还要大,但他仍然说服家人,在整个社区第一个完成了"双签"。

"征迁工作人员来我家丈量后,整栋建筑面积有400多平方米,核准后的合法建筑面积是205平方米。其实当年,我们哪里会想到30多年后,还会遇到城中村改造这样的事情呢?批建下来多少地就是多少地,能有多少财力就建多大的房,以前的政策和审批程序也没有现在这样规范。但现在要征迁了,只能依据以前的批地面积、建房面积来。与别人相比,甚至与同为居民户的人家相比,吃亏是免不了的,但我是党员,还是带头签了约。"倪金魁告诉笔者,他妻子是在康桥市场里开店的,接触的人比较多,或真或假的信息也多,便总感觉这一回拆迁自己家吃亏了,儿子一度也埋怨他签得太快了。

"我怎么会后悔呢?我不可能一时冲动,盲目地去签。我相信政府,相信组织,相信征迁工作人员对我说的话,那就是他们是公正的,能'一碗水端平'。的确,任何一位征迁工作人员,都不可能对某个征迁户特别苛刻、故意少给补偿。另外一条,我在社区工作,又是党员,参与过多次征地拆迁工作任务,包括以前的康桥征迁行动、义桥拓宽延伸等,还被评为征迁先进工作者。这回轮到我家也被征迁了,我能

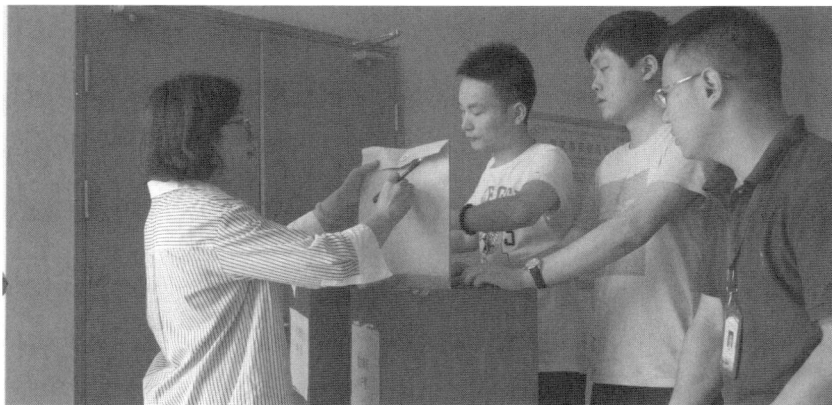

祥符街道孔家埭社区抽签选房现场

落后吗?"说到这里,倪金魁不无激动,他说他很感激家人,尽管有这样那样的想法,但总体上还是很支持他的。

倪金魁说,完成"双签"后,他就安排家人开始租房、搬迁、腾房。因为租过渡房的征迁户比较多,倪金魁一家租房时费了一些周折,也多花了一些钱,但家人没多少怨言。虽然康桥街道不少社区都未实行先签约先腾房就先选房的办法,而是统一抽签选房,凭抽签号顺序选房,但倪金魁一家还是尽快收拾家当,趁连续的雨天稍歇,就叫来了搬家公司马上搬空房子,以便早早把钥匙交了……

是的,"舍小家,为大家"。像倪金魁、张松华这样积极配合征迁的农居房居民,在笔者的采访过程中,究竟遇到过多少,已经算不清了。在城市迎接新一轮嬗变的关键时刻,他们选择了响应号召,顾全大局,全力配合。"竭力履行你的义务,你应该就会知道,你到底有多大价值。"这是俄国作家列夫·托尔斯泰的一句名言。是的,他们无疑是新时代社会发展中最可爱的人。

把我的房子和对未来幸福的渴求,都交给你

> 要把自己心爱的房子交出去,要失去丰厚的租金收入,对广大征迁居民来说,这一切肯定是心疼的,但最终,他们都能服从、配合,甚至主动牺牲个人利益,这非常了不起。

"G20杭州峰会之后,杭州的房价涨了,农居房的租金也涨了。可以说,正是收入看好的时候,但就轮到了城中村改造,所有的农居房都得拆除。沈塘湾撤村建居后,这一片属红建河社区,但沈塘湾经合社还是存在的。如今的沈塘湾,因为地处绍兴路和大关路、上塘路沿线,

交通方便、经贸发达、地理位置非常优越，当然租金收入也特别丰厚。可以说，在本轮农居房征迁中，几乎每户农居房居民都遇到了这个问题，因为最近几年，他们的主要收入来源也就是这个。但他们中的绝大多数都能正确看待得失，愿意放弃这一块收入，很让人感动。"顾晨琦是上塘街道沈塘湾经合社的董事，参与了本次征迁工作。他告诉笔者，与预期相比，征迁工作各个环节都很顺利，原本以为会遇上的这样或那样的阻碍，后来都没有出现。

"农居房居民的顾全大局、通情达理，与他们的素质有关，也与他们明晓城中村改造的大趋势有关。我们入门宣传发动时，好多居民主动向我们表明态度，我肯定同意征迁的，肯定完成'双签'，不会去做钉子户，请你放心。说这些话的人不少还是六七十岁的老人。他们说到做到，绝对不会跟你玩虚的。其实，谁都知道他们的心里，对自己的房子肯定是留恋的，失去租金收入肯定是心疼的，但最终都能服从、配合，这很了不起。"顾晨琦说。在整个征迁过程中，他本人从未听到过沈塘湾有哪户征迁户表现得特殊，征迁时推进很困难，即便提出某些要求，也是事出有因或者是可以解决的。

"年轻人通常对征迁是很支持、很配合的，很多年轻人巴不得融入城市，喜欢住商品房，毕竟在整体环境、物业管理、现代感等方面，更能让年轻人接受。可以说，我还没有遇上过反对征迁的年轻人。有诉求的主要是中老年居民。在我们经合社，主要诉求或者说担忧，是怕丈量和确权有误，能不能做到公平，而不是一味地不肯拆。"时任上塘街道沈塘湾经合社监事会主任任晓芳说，中老年居民是从小吃苦，一路过来的，如今都有退休金，经合社的分红，过日子很满意，他们是在为下一辈考虑。下一辈都愿意征迁，便也不会再阻拦，"他们认为租房的收益虽然没了，但若补偿合理，那还是值得的，应该支持配合的。在我们看来，这就是一种通情达理的表现"。

上塘街道皋亭社区六组组长沈春龙，他的家原先就在沈半路原杭

与老宅一起留一张全家福

州灯具市场旁边。就在即将征迁的关键时刻,家里发生了大事:他的父亲在正月初六去世,而40天后的4月2日,街道召开征迁动员大会。动员大会这一天,就是确认征迁户家庭成员数量的日子,即截至这一天,家里共有几口人,就按几口人进行征迁补偿,其余人员一律不列入受补偿名单。"我父亲患了癌症,身体一直不是太好。城中村要改造的消息早就传出了,可快要挨到这个时间点了,父亲就没了。悲伤之余,我们还特别遗憾,因为家里少了一个人口,我们家要少拿一大笔征迁补偿。粗粗算来,一是175万元的货币补偿;我父亲是残疾人,要加15万元;若再考虑80岁老人这个因素,再加2万元。像我这样在一家冲压件厂工作的,收入也不高,家里的经济条件很一般。这回要少拿近200万块钱啊,哪怕不吃不喝,不知要多少年才能积攒得起!"沈春龙回忆说。

因为要少拿这么一大笔钱,沈春龙和母亲的两个弟弟无疑也急了，纷纷要他去想个办法，比如能否适当补偿一些，打个对折或者几折也可以。但沈春龙明白，这回的农居房征迁，各项政策以及补偿细则都是清晰的、透明的，不可能为某个人开口子。自己身为党员、组长，又在参与本社区农居房拆迁这件事，怎么可以提出特殊要求？"我说服了家人，还是按照时间要求，完成了'双签'、腾房，现在，我们家的房子已经拆掉了。"

沈春龙的行为无形中影响了本社区的其他农居房居民。社区里本来还有几户老人去世不久的征迁户，当然他们的老人去世时间比沈春龙的父亲去世稍早些。原先也想缠着社区和征迁工作小组，提出增加补偿要求的。得悉沈春龙已经完成了"双签"，也就没什么好说了，都陆续在协议上签了字，腾房交房也很主动。

在半山街道沈家桥社区，农居房征迁"双签"首日，签约预约率就超过了82%。几天后，这个有268户征迁户的社区即完成了整村"双签"清零。时任社区党委书记林建腾兴奋地说，沈家桥80%的居民都自发腾好房，等着"双签"，这一情景让人既意外又欣喜。"群众的支持是我们把工作做得更好最大的动力！"

林建腾分析说，出现这一情况，一是街道和社区征迁前期工作比较到位，征迁户今后可能会遇到的难题，都提前予以解决，征迁开始之前的大规模拆违（一共拆除了6万平方米的违章建筑），也较好地做了铺垫；二是征迁户们全力支持、主动配合，绝大多数群众都认为城中村改造是一件大好事，是在为老百姓着想。

与沈家桥社区毗邻的半山街道石塘社区，非但"双签"速度很快，而且全过程总体上也显得颇为平静、顺畅。"'双签'还没有启动之时，一度传出有人扬言，一旦对征迁工作不满意，就要到上面去闹。但事实上，从本轮城中村改造开展以来，从6月10日开始'双签'以来，直到接近尾声，除了承租经营户在腾退租房时，与房东出现了一些退租补偿方面的问题，没有一户征迁户对征迁工作人员表示不满，向我们投诉,或者出现异常情绪,更不可能闹事。他们的响应、配合,甚至自愿做出一些牺牲,让征迁工作团队很感动。"石塘社区征迁户虽然数量大,但因"双签"环节始终有序进行,速度也便快了很多,时任石塘社区党委书记、经合社董事长胡楚良对此评价颇高。

"征迁户全力配合的故事,在我们康桥街道各个社区比比皆是。经过一次又一次的征迁,居民们已经非常清楚它的意义了。在'双签'过程中,为什么会出现个别征迁户拖延签字,甚至不愿'双签',往往是家庭内部的利益分配问题还没有解决,各方争执的结果便是无法痛快'双签'。在这方面,除了征迁工作人员帮助他们调解之外,有威望的家庭成员站出来,主持这一利益分配,尽快把各方摆平,显得十分重要。"时任康桥街道办事处副主任冯坚青给笔者讲了一则故事:

街道某社区有一户大家庭,面积过大,超过政策规定,家里有一位老奶奶,老人的4个儿子两个女儿都有了自己的家庭,都对这幢农居房的征迁补偿提出分配要求,还因为分多分少闹成一团。就在家庭会议吵得不可开交之时,身体还蛮硬朗的老奶奶发话了,说你们都听着,这房子是你们的爹留下的,这回的"双签"就由我来签,你们谁都不用跟我争。所有房子财产都划成6等份,即把补偿回来的房子分为6套,剩下来的财产也都分成6份,全部归我,我会安排好的。我现在就看你们的表现。谁对我不好,谁不尊重我,一分钱都不给你。"老奶奶这样一说,谁都不敢反对,原本可能争执好几天都难有结果的事,被老人迅速摆平,儿子女儿们也没一个敢表示反对的。就这样,第二天,老奶奶就来'双签'了,她的做法让我们很服帖,因为她不仅解决了利益分配问题,还解决了日后的赡养问题。"冯坚青感叹道。

冯坚青说,农居房被征迁了,对大多数居民来说,意味着日常生活的改变,也意味着劳动生产环境乃至家庭经济来源的彻底改变。对一个家庭来说,几乎是翻天覆地的。比如有的家庭原来是在本社区开饭店的、开理发店的,有的从事养蜂、挖鱼塘养鱼,但农居房被征迁了,家都搬了,鱼塘等生产场地也没了,要想再干这些行当,都已不可能。但他们依然能听从城中村改造的号召,把自己的房子土地交出去,在新的地方、新的环境下,开始新的生活,这的确令人敬佩。

6月22日,康桥街道完成计家村整村农户签约清零;

6月22日,康桥街道完成康桥社区整村居民签约清零;

6月29日,上塘街道完成皋亭村整村农户签约清零;

6月29日,上塘街道完成拱宸村整村农户签约清零;

6月30日,祥符街道完成李家桥整村农户签约清零;

6月30日,上塘街道完成沈塘湾整村农户签约清零;

6月30日,上塘街道完成七古登整村农户签约清零……

"众人扶船能过山。"这是一句著名的中国民谚。只要发动群众,只有大家齐心协力,这条大船不要说过河,哪怕是过山这一不可能完成的任务,也能实现! 如上,在短短一个月时间里,拱墅区竟然有7个村实现了"双签"清零,创下了城中村改造进程中的一个奇迹。是啊,假若没有征迁工作人员的竭尽全力,没有广大群众满腔热情的支持配合,这样的奇迹怎么可能会出现?!

舍得放弃、克服不便,也是一种奉献

在"双签"、腾房、回迁等各个环节中,征迁居民遇到的困难,比预想到的不知要多出多少,但他们很好地体现出了大局意识、奉献精神和良好素质,着实让人感动!

城中村改造,农居房征迁,这些字眼的背后,对于征迁户,尤其是对于没有另外的住处、不能马上回迁安置,需要经历一个过渡期的征迁户来说,意味着离开祖祖辈辈世居的地方,意味着搬家、腾房,意味着重新适应新的生活、工作和人际环境，其间必然还需克服种种意想不到的困难，尽最大努力挨过这段时间，直至数年后方能重新安顿下来。经历着这番困难的，有成年人，还有孩子、老人，甚至还有残疾人。为了配合城中村改造这一伟大工程，为了今后更美好的生活，他们服从大局，积极面对，甘愿奉献，隐忍以行，尽力化解搬迁过渡阶段的诸多难题，尽量恢复原有的工作和生活状态。在笔者看来，仅此一点，也值得大书特书！

本轮城中村改造，仅在拱墅一区就涉及 40 个村、近 6400 户的农户。这是极其集中、规模颇巨的征迁，完全"撬动"了原有的房屋租赁市场。起初时，品质较好、交通便捷、价格相对低廉的小区房成了抢手货；到后来，各方面设施还能过得去、能让全家人住得下的房子，成了征迁户寻求的目标；再后来，不少小区房的房东纷纷涨价，能选择的房源越来越少了，哪怕是房屋面积不是太大、交通不是太便捷的房子，也只能租下了。

"再不下手，说不定就租不到了！不可能租到十全十美的了，房东想再涨个几百块，也只能认了。"祥符街道孔家埭社区居民孔胜祥告诉笔者，租房这件事再也不能拖延时，他跑到附近的都市水乡小区去打听，得知 50 平方米的小套，每个月竟然也要 2500 元，觉得太贵了，再打听，得知 80 多平方米的中套，每月租金是 3500 元。他一想，尽管后者租金稍贵些，但毕竟宽敞多了，便快快租下一套 80 多平方米的。"不过，80 多平方米的房子，听起来也算是中套了，但对住惯了几百平方米的农居房居民来说，实在是太小了，家里的东西只能有选择地带走，带不走的就只能忍痛扔了。说实话，这些老家什，你想转让，甚至想送给人家，人家都不会要，因为他们租下的房子，也都早已塞满了。"

康桥一带的小区房租金，按理说要比上塘、祥符一带低廉些，但城中村改造开始后，需求市场一打开，租金也不断上涨，差不多要与拱宸桥一带的租金齐平。"几年前，康桥一带的小区房，60 平方米左右的，最便宜的每月只要八九百块钱，而现在已经涨到了 2500 元，而且还在噌噌噌往上涨。快要'双签'时，我们就忙着租房，最后选在锦昌文华小区。这里离运河不远，一共80多平方米，一年要5万元，还叫我们一次性付掉三年，一共15万元。"康桥街道康桥社区征迁户倪金魁说，"完全变成卖方市场了，那些小区房的房东还特别牛，没给我们多少讨价还价的余地。没错，我们不租，马上就会有人来租的，说不定租金还会更高。我们只能痛快租下，没法再犹豫了。"

按照当时的相关政策，征迁户过渡安置费，第一年是每人每月600元。这只能是一种补贴，因为按目前的小区房租房价格，你想稍稍住得宽敞些，这过渡安置费根本就打不住。对于政府来说，过渡安置费的发放必须是按照相关政策来的，不能任意发放；而对于征迁户来说，面对的这一难题，最后主要还得靠自己来克服。

"对征迁户们来说，租过渡房确实成了一个难题。除了租金上涨，房源偏少，不少小区房的房东，总觉得征迁户们口袋里有几百万元钱，一个个都是有钱人，涨房租好像是天经地义，其实这完全错了。大多数征迁户们的拆迁补偿，是要去买房、去投资、去还债的，是要派另外用场的。而且征迁户们租房是在取得补偿款之前，他们的钱基本上还没到位（一般需在腾房后的一定时间内支付补偿款），房东却要让他们一下子拿出15万元、20万元，这真有点儿承受不起。"时任康桥街道永和社区党支部书记洪祖兴向笔者诉说，"而且还有一个普遍现象，那就是不少房东不同意70岁以上的老人住进去，身体虚弱的中年人也不行，说生怕老人和身体虚弱的人在租住期间有个意外，若不幸在这套房子里去世，民间是很忌讳的，这给征迁户们又带来了新的麻烦。"

好在区政府、街道、社区和相关部门及时出手，纷纷办起专为过渡安置期间的老年人服务的老人公寓，这一问题随之破解。有关这方面的情况，下文还将详述。

对于不少征迁户一下子拿不出大笔租金这一难题，有的街道和社区采取提前支付若干补偿款、"双签"奖励等方法，帮助渡过难关。如康桥街道计家社区，凡按时完成"双签"的，都给予4万元奖励费，可以拿现金,也可以凭银行卡到银行取钱,可以略解燃眉之急。

　　租房颇难,搬家也是一件让人头疼的事。如上所言,有关搬家,一是时间问题,不能拖延,必须在规定时间里完成搬迁,把腾空的房子交了;二是要把家里的东西整理好、捆扎好,这是很费精力的一件事,更伤脑筋的是"忍痛割爱",把用了几十年甚至更久的家什扔了,能带走的只能是生活的必需品。什么带走,什么只能丢掉,与老家什告别无疑是一件痛苦的事,更何况年纪大的人往往都有"敝帚自珍"的脾性。但租下的小区房,最大的大套也不过一百三四十平方米,最后带走的能有多少?"我搬家的时候,卧室里只拿走了一张棕棚床,客厅里只拿了两只木质沙发和一只玻璃茶几,别的东西都带不走了,蛮心疼的。"祥符街道孔家埭社区居民孔胜祥说。

　　被征迁后,搬家时除了家什受到一些难以避免的损失,原先依附于农居房和农用地的经营场地,也受到了极大的影响。有的经营户甚至因此不得不暂停生产经营,或者转产。康桥街道永和社区有一户征迁户,原先是养殖和经营热带观赏鱼的,这个生产经营项目他已做了十七八年,构建起了从繁殖、养殖再到批发一条龙的生产经营链,观赏鱼的鱼种一般是从国外进口,在他的养殖场繁殖、养成幼鱼。他在家

康桥街道永和社区即将完成"双签"清零工作

附近有一处两百五六十平方米的养殖场,家里的浴缸、地下室的玻璃鱼缸全是鱼苗,家庭经济来源主要靠这个。这一回的农居房征迁,他们家必须搬迁,但对他家的补偿该怎么计算?

"他一直在生产经营观赏鱼养殖,这是个事实,一旦搬迁就要造成损失,搬迁的代价很大,有的鱼苗在搬迁过程中还要死亡,这些也都是事实,只是对这些损失的补偿,究竟有无依据? 后来,对他的生产经营行为只能按照企业类的评估价,由第三方评估公司实施评估,但评估结果无法与他的预期和诉求相一致,距离比较远。比如他提出按鱼苗价值的20%进行补偿,对他来说已大大让步了,但鱼苗的价值说是有2000万元,那么20%岂不是要400万元? 再加上房子、热带鱼养殖附属用房、水池、水槽以及供暖设备等,起码得补偿六七百万元。评估公司认为,按照相关规定,是没办法这样补偿的,20%的说法也是他自己提出的。尽管不能说没有一点合理性,但目前的评估和补偿不可能超越相关规定。当然,还有很多隐性的、难以避免的损失,是没法在评估报告中体现出来的,也就不可能予以补偿。"洪祖兴认为,从这个角度上理解,尽管征迁户在搬迁、腾房过程中提出过这样那样的要求,有的还会冒出几句牢骚,也让征迁工作人员多花了一些精力做他们的工作,但他们毕竟为城中村改造做出了牺牲,总体上还是积极配合的。

为了尽快让征迁居民的生活安定下来,区政府和区城改办等有关部门积极筹措回迁房房源,能及时回迁的,尽最大可能尽早安排回迁。有的社区采取了每户征迁户先行安排一套回迁房的措施,让他们能早日住进自己的房子。房源安排上,也尽量安排在距原社区位置不远、交通便捷、配套设施齐全的居民小区。这一举措无疑受到了广大征迁户的欢迎和称赞。

然而,不少征迁居民,尤其是60岁以上的中老年居民,由于以前一直住在独门独院的农居房里,习惯了那样的居住方式,如今要他们住进公寓式的城市居民小区中，显然需要一个适应过程。祥符街道星桥经合社监事会主任、党支部委员宋勤勇告诉笔者，居住环境一下子改变，对年轻人来说没问题，绝大多数还感到正中下怀、乐此不疲；但对于中老年居民来说，却会遇到一个较为漫长、甚至较为痛苦的适应过程。

"在原先的农居房里，他可以在自己家的院子里养养花草、晒晒太阳，与周边邻居能很随意交往，走家串门也很方便。住进了城市居民小区后，感觉好像住进了农居房的阁楼里，活动天地狭小了，只能坐在客厅里看电视，但好多老年人并不怎么喜欢看电视，他们喜欢直接与人交往，所以容易显得孤单。城市居民小区里的小公园、花园是他们最喜欢去的地方，但有的老年人连电梯都不会开，上了年纪的人往往还会忘了自己家是在哪一层。这些都是需要他们尽快适应的。"宋勤勇说，如今，已有不少老年人在主动适应新环境，比如他们弄清楚了自己所住的这个小区，有哪些老村坊。与这些老村坊见面聊天时，以前是直接上门的，如今也学会了先打了电话，确认对方是否在家。如果

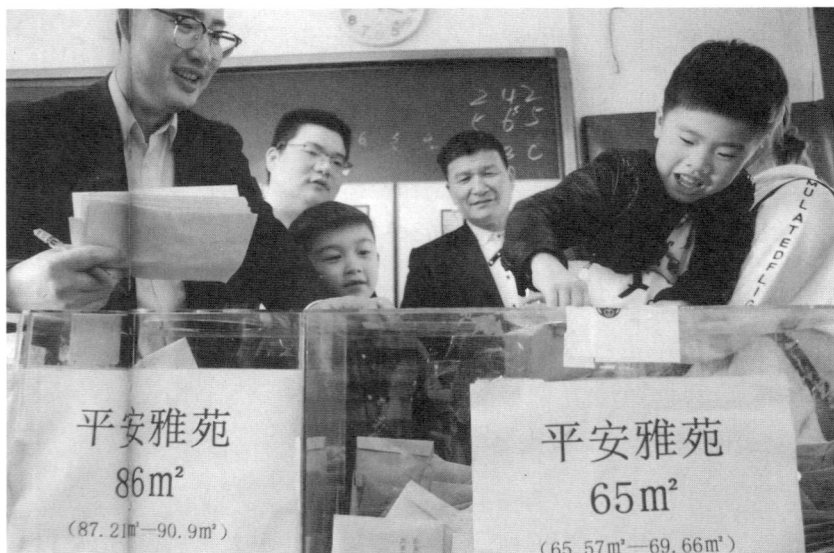

平安雅苑
86m²
(87.21m²—90.9m²)

平安雅苑
65m²
(65.57m²—69.66m²)

回迁抽房

一下子搞不清楚对方究竟是住在1001还是1201,已知道请对方下楼,在小区会所或者社区活动中心见面。这说明,被动适应是痛苦的,但主动适应也有乐趣。

"真要感谢这些征迁居民,他们的大局意识、奉献精神和良好素质从农居房征迁工作的各个环节,尤其是在'双签'、腾房、回迁等细节中体现出来,让人感动! 细想之下,在每个环节中,他们遇到的困难,比我们预想的、了解到的不知要多出多少,但我在征迁第一线,很少听到他们的怨言、他们这样那样的要求,反而能处处感受到他们的支持配合。在城中村改造的历史上,应该好好地为他们书上一笔!"时任区城改办副主任钱新根感叹。

大局为重,牺牲个人利益又何妨

为早日腾房,不少征迁户顾全大局、积极配合,热情帮助做好经营户、承租户的劝导工作,主动拿出部分补偿,以解开症结、加快腾房速度,感人事迹俯拾皆是。

城市更新过程中,农居房征迁工作的另一个难题,是腾退原先租住在农居房中的租客和经营户。这一块工作不但量大,而且腾退难度极高,很多租客和承租户不愿轻易搬离,有的甚至提出各种各样的要求,主要是想拖延时间,或向征迁部门和房东提出补偿。面对这种情况,有不少征迁户积极配合。

进入农居房征迁加速实施阶段以后,加大对外来人口租客和承租经营户的清退成了关键一环。然而,尽管在宣传发动阶段,街道、社区和征迁部门已向所有租客和承租经营户阐明了征迁政策、腾房时间等,但仍有不少租客和承租经营户抱着侥幸心理,想出各种办法拖延搬迁时间,其中以承租经营户表现得最为激烈。"进入5月之后,我们的征迁团队几乎都在日夜奋战,挨家挨户了解具体实情,耐心细致地进行劝导工作,一定要把搬迁、腾房的速度提上去。说真的,绝大多数征迁户还是非常配合的,哪怕心里有纠结,通过我们晓之以理、动之以情的方法,还是能较快地把矛盾给解决了,但对租客和承租经营户,尤其是部分承租经营户,他们的固执、纠缠、冲动、宣泄,真的让我们头疼。"时任祥符街道新文社区主任徐新松所言,不愿轻易搬迁腾房,仅是这一现象的一个表征罢了。

的确,要把这么多外来承租人员劝走,绝对是一场硬仗。为了使这场硬仗打赢、打漂亮,区城中村改造指挥部会同各街道、社区,采取多种措施,力求平稳有序地完成清退。在祥符街道孔家埭社区,街道、社区(经合社)会同辖区派出所、祥符卫生院等单位和部门,成立了入户谈判组、拆违推进组、人口清查组、矛盾调解组、心理咨询组、维稳保障组,有条不紊地推进。"以房东解释劝退为主,不肯走的、与房东发生争执的、对征迁政策有误解的,则由相应的工作组,协助房东给予告诫提醒,直至撤走。但总是有承租经营户出现滞留现象,提出的理由和条件千奇百怪。对确实有意延迟、滞留的,由矛盾调解组和维稳推进组予以耐心劝退,直至开展综合治理。"时任孔家埭社区治保主任陈宏斌介绍,充分考虑双方利益,逐渐缩小承租人员数量,直至完全清退,是常规做法。

在这种情况下,作为征迁户的房东积极配合,对租客和承租经营户的要求做出某些让步,减缓或消除矛盾,显得弥足珍贵。

5月13日晚上,新文路23号农居房。由于一直未见承租该房、开设旅馆和浴室的台州籍某经营户搬迁腾房,时间拖得很久了。祥符街道、上城区工业园、北部软件园,会同派出所组成的征迁工作团队组织人员予以拆除。见这阵势,该经营户就急了,但采取的依然不是冷静、理智地对话、商讨的办法,而是故意爬上楼顶,做出要跳楼的样子,以此要挟征迁工作团队。"该经营户从来不向征迁部门要补偿,因为他知道没有这个补偿政策,所以他是能拖则拖。另一面又向房东要钱,说房东提前中止协议,造成了他的损失,不赔不行。"徐新松说,其实这样的话语很没道理,城中村改造可以说是不可抗力,不是房东引起的;有的租房协议已经到期,更谈不上赔偿;而且房东作为征迁户一方,本身也不承担赔偿的义务。

通过街道、社区和派出所等各方面的努力,爬上楼顶摆出跳楼姿势的经营户被阻止了,并被带往派出所,他因扰乱社会治安被处以7天拘留。但如何解开这一症结,显然容不得拖延。没错,让政府给予该承租经营户补偿或赔偿,非但没有这样的先例,也会对别的承租经营户有失公平,唯一能够化解这一难题的,是让房东与承租经营户对话,以协商调解的方式解决。这一过程中,街道、社区和征迁工作团队要做好协调工作。

真要感谢这些征迁户!在部分承租经营户非要获得部分补偿,顶着不搬,导致腾房环节出现滞后,局面出现僵持时,就是这些征迁户,主动从补偿款中拿出了一部分给承租经营户。从本质上说,这不是补偿,也不是赔偿,只能是一种人性化的表示,是全力配合城市嬗变的一份奉献。"农居房征迁补偿款中,绝对没有转补给承租经营户的那一份,因为那一份根本不存在。所以征迁户是拿了原本属于自己的钱来贴补对方的,因此显得特别可贵。"祥符街道办事处副主任翁红亮认为,尽管早点结束与承租经营户的僵持,尽快腾房交房,对征迁户今后的抽签摇号选房是有利的。可是,要把已经放入口袋的钱再拿出来给别人,仍然是需要决心的。避免更大的损失是一个方面,但这一份奉献,对推进农居房征迁进程的作用是十分巨大的。"有的征迁户拿给承租经营户的那笔钱,数额还不小哩!"翁红亮感叹道。

"你想,小小的一个新文村,314户居民,出租的房子有11100多间,办理暂住证的外来人员竟达28000名,还不包括没办暂住证的。每当晚上,新文街上总是围得水泄不通,热闹得不得了。农居房征迁工作一展开,各种矛盾纷至沓来,真有点儿让人招架不住。亏得不少征迁户顾全大局,给承租经营户适当的贴补,使得一大堆矛盾得以消解,为腾房环节扫除障碍,从而使我们大大减轻了工作量。"徐新松对此赞叹不已。

"我的那幢农居房是五层楼的,店面就有10间。农居房要征迁了,我明白我必须配合政府。在做好自己家的准备工作的同时,我开始劝那些租客和经营户尽早搬迁。大多数租客和经营户向我提出了贴补要求,这也是人之常情,但其中一个在我这里租店面开理发店的,开口竟要我20万元,说在我这里租店面长达14年,又说国家补偿给我一笔巨款,一定要分点给他。我说我能拿到补偿是因为房子被征迁了,而你只是租我的房子,是没有一丝半点产权的,你怎么可以分我的这笔钱?这不是敲竹杠吗?见我不肯,他就拖着不搬。不过,一直拖着也不是个办法。后来,经过几轮商量,他仍然要我补他9万元,一分钱不能少了。"上塘街道蔡马社区九十六亩头农居房居民李小毛说,由于必须在"双签"后的四五天内腾房,"像打仗那样急",先腾房先拿号子,而号子先后与以后回迁选房直接有关。这样一来,承租经营户是无所谓的,自己却会由此造成损失,何况他也不愿让整个片区、整个社区的腾房环节出现滞后。"总不能卡在我这里吧,只能割肉出血了。"李小毛说。

事实上,就在"双签"前后那几天,整个九十六亩头区块70多户征迁户,为了加速完成承租经营户的腾房速度,都以适当贴补的方式劝退他们。通常都退了三个月租金,有的还再贴给承租经营户相当于2—3个月租金的费用,不少征迁户则又拿出一笔堪称可观的补贴给承租经营户。"仅在九十六亩头,征迁户们少则十多万元,多则三四十万元,最多的一户竟拿出了50多万元钱贴补给承租经营户。为了加快腾房速度,也为了和谐征迁,街道和社区征迁团队向征迁户们倡导,倡导主动与承租经营户坐下来商量,倡导他们适当地给予对方以贴补,但这绝不是一条刚性的规定,而是完全出于自愿。"时任上塘街道办事处副主任叶新说，在这个协商贴补的过程中，征迁户们表现出了忍耐、退让、主动、积极的高姿态。哪怕部分承租经营户有急躁、失态等表现，但征迁户很少与他们发生争执，尽管他们的心里，对拿出去的大笔费用难免心疼。

"城中村改造也让承租经营户们承担了一些损失，毕竟他们不得不搬迁一次，有的还从此歇业，这也是事实。但要说损失，光是租金这一块，我们的损失绝对不少于他们的经营损失。但我们是这次农居房征迁的主角，政府尤其是征迁工作人员都在帮我们，我们就不能太计较多一点钱少一点钱了。"李小毛说得非常诚恳。他回忆，当那个租他家房子开理发店的老板非要他赔上一大笔钱、否则就不肯搬迁时，征迁团队来了，帮着做那老板的工作，连经合社的董事长都出面了，与大家一起动脑筋、想办法。因为是先"双签"再拿补偿款的，李小毛一下子拿不出近40万元钱，董事长主动站了出来，说就从我这里先调个前后吧，这个困难我帮你解决。众人的关心帮助，他都看在眼里、感受在心里。

当然，不仅在上述这些地方，几乎每个社区、每个区块都有不少征迁户，遇上与租客和承租经营户之间贴补问题，也几乎所有的征迁户都给了承租经营户一定数额的贴补，对部分租客也予以退还租金和适当贴补。大部分贴补超出了租房合同范围，属于征迁户额外的支出、富有人性化的资助，资助他们能开辟新的天地，拥有事业和生活新的发展空间。"很多房东接到房屋即将征迁的通知，就主动停止了向租客和承租经营户收取租金，明明还在合同期内，也不收了。明摆着是一种损失，为了大局利益主动放弃，这种做法很值得称道！"翁红亮告诉笔者，那段时间的他每天都在征迁第一线，其中一项工作是做好房东们的工作。

"从理论上说，你自己租出去的房子，必须你自己去清退，倘若遇到了需要我们出面的问题，我们当然不会袖手旁观。事实上，绝大多数房东都是蛮有理性的，与租客和承租经营户相处下来，也建立了感情。都知道这些经营户们也不容易,尤其是那些开旅馆的,毕竟还有过不少投资,2400元的搬迁费往往是不够的,所以他们都能主动地在租金结账时优惠一点、退还一点给经营户。事实上,补偿款还没到位时,房东的手里哪有这么一笔钱啊,不得不到亲戚朋友那儿调个前后,但他们答应承租经营户时,表现得很主动、很诚恳,由此消除了不少矛盾。"那些拖延着不肯搬的,不少是所谓老乡群体,开旅馆的、开拉面馆的,常常是来自某个地区的同乡,以为抱团赖着不搬,房东或征迁团队就会屈服,有的甚至以种种过激行为来要挟。在这过程中,不少房东的善解人意、慷慨大度十分可贵,对避免和阻止事态进一步发展,对矛盾的最终解决,起到了不可替代的作用。

当然也有个别征迁户觉得委屈的。是啊,明明应该是自己的钱,没有任何一份文件规定,这种情形下房东必须贴补租客和承租经营户的,租房协议里也根本没有这一条;但现在,个别房客和承租经营户竟然觉得房东给钱是理所当然的事,有的承租经营户的言行还十分过激,这就使得不少征迁户在多掏一份钱的同时,还承受着心理上的压力。

"当我们向一些房东提议,宁可以小的损失换取大的利益时,他们免不了有些不愿接受,有的还对我们的倡议有不同意见,觉得为什么不能完全按照协议办事,把那些赖着不走的承租经营户直接轰走呢?他们对提出这一建议的征迁工作人员很凶,还有谩骂的。有的征迁户则流露出执拗的念头,说我偏不给他们,看他们怎么办。对此,我们只有好言相劝,民间的租赁行为还得以协商调解的方式处理为宜,除非其行为扰乱了社会秩序。你与承租经营户死顶着,到头来利益损失的还是你。反复地做工作后,他们慢慢平静下来,变得理智,知道我们的建议、我们的忙碌毕竟是为了他们的利益。这部分征迁户从不理解、不配合到充分理解、积极配合。等到租客和承租经营户都搬走了,也拿到了较靠前的封门号,心里完全想通了,对征迁工作团队便十分感激。"叶新说,经过这些事情,征迁户更信任征迁工作团队,双方的配合便更默契了。

不闻不若闻之，闻之不若见之，见之不若知之，知之不若行之。学至于行止矣。

——［战国］《荀子》

阳光征收、阳光评估、阳光补偿、阳光建管。

——拱墅区基层政务公开标准化规范化征迁安置工作特色

知暵潦（旱涝）者莫如农，知水草者莫如马，知寒暑者莫如虫。

——［明］刘基

这是一群奔竞不息、值得尊敬的人们。每个人都在全力以赴、不知疲倦地工作，每个人身上都有一串串生动的故事。老同志重返战场，新同志无畏艰难，挂职干部锻炼成长。善战的队伍经受了前所未有的考验，潜能得以发挥，协调处置能力大大增强。更让人欣喜的是，来之不易的经验化为强劲的动力，让我们获得了潇洒从容、继续前行的更多智慧、更多力量。

桑榆并未晚暮，微霞依然灿烂

当得知征迁工作需要，老干部、老同志的事业心、责任感像一团烈火燃烧，驱使着他们"重披战袍"，以丰富的工作经验和恒心耐力，义无反顾地投入战斗。

康桥街道西杨社区准备启动"双签"之时，有不少征迁居民因种种原因心存顾虑，有的处于观望状态，有的还想再拖一拖。以街道和社区干部为主的征迁工作人员做了几轮工作，政策宣讲和思想引导工作取得了很大成效，但顾虑和疑惑仍在个别征迁居民身上驱之不去。作为2017年度康桥街道城中村改造整村推进的首个清零项目，又是运河新城最后一个整村征迁项目，西杨社区的"双签"无疑亟待快速突破。

在这一当口，由康桥街道主要领导挂帅，及时组成了由征迁经验丰富的老干部、老同志参加的一支"精英团队"，他们的主要任务，便是与那些心存顾虑、不愿配合的征迁居民交流、沟通。这些老干部、老同志熟知社区情况，对每户居民知根知底，有的甚至与"顶牛"居民的父辈是好朋友，所以他们的促膝谈心、上门劝导更显效果。"再怎么样，前辈的面子总要给的吧，前辈的话语总得好好听一听吧？何况这些老干部、老同志自身都在征迁工作中积极带头，居民们不得不服。"时任康桥街道西杨社区副主任沈茂年告诉笔者，凭着威望和经验，老同志的出马，会让征迁居民逐渐情绪贯通、心态和缓，不少困惑消失了，不少繁杂琐碎的具体诉求也在与老同志的交流、商量中得到合理的回应，个别本想漫天要价的居民最终也都偃旗息鼓了。

西杨社区的"战绩"后来大家都知道了，仅用了12个签约日就完成了施安浜河道整治、柴家浜河道整治、曹家篚城中村改造3个项目共计243户农户征迁，圆满实现100%"双签"清零。朱建明书记闻知西杨社区征迁工作的不凡成果，专门作出热情洋溢的批示："为康桥街道西杨拆迁团队点赞！一段时间以来，你们不分昼夜，加班加点，连续作战，辛苦了！"

老同志发挥巨大作用的故事，还发生在上塘街道东新村。东新村老党员蒋如法既是征迁工作团队的普通一员，每天与同事们并肩奋战，同时他又有一个特殊的身份："药罐子"。老蒋患有较为严重的肝病，包里常备有十几种药，必须按时服用。而且他家已住在余杭区仁和镇，单趟往往都要1个多小时，可他每天依然早早地来到征迁现场，与征迁户和承租经营户面谈，常常还不间断地持续好几个小时。为了争取时间，他还主动再加快节奏，挨家挨户地走访。"能上午谈的绝不下午谈，能今天走访的绝不明天走访。"这是他的工作原则。东新村65岁的方新华和69岁的潘荣掌，都是早已退下来的村干部，这一回也老当益壮地协助征迁工作，每天都坐镇征迁现场办公室，做起政策宣传工作毫不含糊。

在上塘街道瓜山社区，当"双签"之役全面打响，部分居民的配合度尚嫌不足时，已经退居在家的社区老书记凌建明再度"出山"。凭着他的丰富经验和熟稔的人情关系，专攻那些难破的堡垒。在他的努力下，他的"本家"无一例外地都较早完成了签约。有了突破，就好像在顽石上凿开了一条口子，有了顺势而为的基础和方向；有了示范，征迁工作人员就有了可参照的模式和样板，也鼓起了乘胜进军的信心。不消说，上塘街道与别的街道一样，在关键时刻，老干部、老同志克服精力体力方面的困难，主动请缨、攻克难关的故事，在各个社区比比皆是。

征迁之所以成为"天下第一难"，是因为它直接体现法律和政策的具体落实，直接涉及利益分配，直接体现公平、公正与否。征迁过程中，每个征迁居民都在到处搜集各种相关信息，互相比对，都会有各种各样的诉求,并且随时可能产生顾虑和不满。要让绝大多数征迁居民满意,避免不必要的矛盾,不留征迁后患,显然是一件极其讲究技巧的活儿,需要智慧、需要耐心、需要经验。常常是,发现问题、察觉症结之端倪,靠的是敏锐的观察、细心的分析,而怎样做到利益平衡、各方满意,就得靠对政策法律的准确理解,靠对事件发生前因后果的客观了解,包括其家庭背景、代际关系、以往纠葛等,靠对矛盾双方或多方内心诉求的了解和掌握,当然还得靠谈话技巧、调解技能、应变能力和恒心耐力。在这方面,老同志确实有独特的优势,尤其是长期生活在当地,熟稔邻里实情,甚至对同村人的家长里短都能弄清楚的老一辈,那份不言自明的"权威"着实不可小视。

在征迁过程中,老同志身上不能忽视的另一大优势,还有他们高度的事业心、责任感。在本轮城中村改造进程中,大多数"重披战袍"上阵的老同志,都曾在街道、社区工作过,并担任过一定的职务,除了工作经验丰富,从未泯灭的事业心、深植内心的责任感都得以充分发挥。不少老干部、老同志原本并没有被安排征迁工作任务,有的甚至已在外地安度晚年,当得知征迁工作需要,他们的事业心、责任感像一团烈火燃烧,驱使着他们义无反顾地投入战斗。"城市更新,对于我们也是千载难逢的机会。能发挥余热,难道不是一份自豪?"一位社区老干部动情地说。

正因如此,本轮城中村改造全面展开之际,区委、区政府在精心部署时,特别强调要注重发挥老干部、老同志不可替代的巨大作用。区人大、政协的每位领导都对应着区党政领导,担任组团助推领导,分头联系一个村,使每个村都有两名以上的区领导协调、推动、督促切实履行监督职能,认真组织视察调研,积极开展建言献策,有的还直接投身征迁工作第一线。在各个街道、社区,在每支征迁工作团队中都有老干部、老同志忙碌的身影。有的老同志还在征迁工作团队中担任重要角色,打了头阵。

　　祥符街道孔家埭村征迁户毛某某家,在签约过程中遇上了家庭矛盾。毛某某有一儿一女(姐弟俩),按照征迁确权政策可以分户。然而,在征迁工作人员与之约谈后,女儿同意签约,但儿子因不满补偿条件而拒绝签约。拒绝的理由是,农村有重男轻女的传统,家产的大多数一般都传给儿子,如今姐姐要分走一半,显然有失公平。而女儿一方认为,农村有这一习俗自然不假,但征迁补偿政策无此条规定,更何况那么多年,父母日常生活料理大多由我承担,这一点连弟弟都承认,如今只是按照征迁补偿政策进行合理分配,这没有错。

　　双方的争执直接影响到了"双签"进程。怎么办?有着多年征迁经验的"专家"出马了。几位经验丰富的老同志反复劝解,循循善诱,与双方共同商量公平合理的分配方案,最终提出"子女两户同进退"的做法。如是"捆绑",一方面能确保这"一碗水"始终端平,已经商定的方案能切实实施;另一方面能促使其家庭内部对细节问题进行协商解决,不留后患。后来的情况果真如此,毛某某子女两户顺利签约。

　　上塘街道拱宸社区陆家坞自然村,有王姓两姐妹,姐姐留在家里,后来招了女婿,与父母长期住在一起;妹妹则嫁到了外村,虽然一直没有住在这里,但户口没有迁走,后来连她家其他成员的户口也都在这

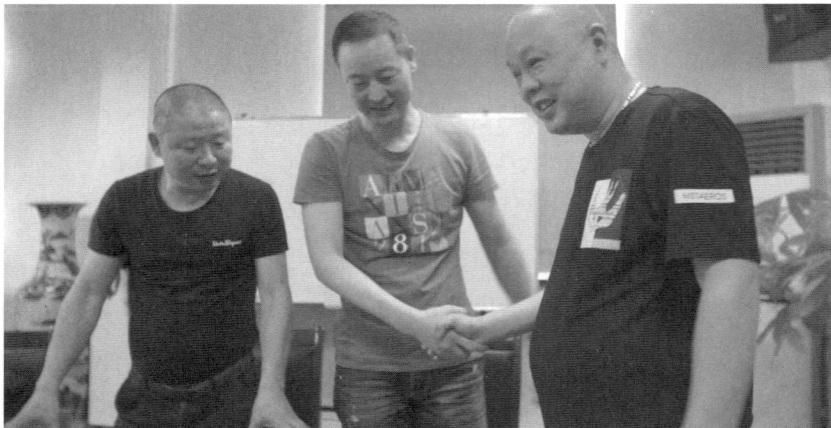

拱宸社区最后一户征迁户完成"双签"

里。原先两姐妹的关系极其亲密,这回要征迁了,有补偿了,且一进一出,这数额还有点大,利益面前就发生争执。"争执最厉害的时候,是相互指着对方吵骂,甚至还在经合社的征迁办公室吵。因为姐姐一家已经签了,妹妹就更不依不饶了,这矛盾就更激化。"时任上塘街道拱宸经合社董事、办公室主任王国飞向笔者讲述,按照征迁补偿政策,妹妹一家因为户口在此,确实应该给予补偿,主要的症结在于双方分配的数额。

由于王姓家庭的父亲已经过世,母亲年事已高,没有能力把两个女儿的争执摆平,唯有依靠社区和经合社,依然是上塘拱宸的征迁工作团队去协调。拱宸经合社董事长傅立平是整个拱宸组征迁工作团队的负责人,平时够忙的,但得悉这户人家悬而未决的矛盾后,带着经合社监事会主任等精兵强将和几位老同志上门做工作,一次不成两次,两次不成三次,最后一共调解了五次,最晚的一次调解到深夜12点,矛盾方才得以化解。

"留在家里的女儿多分一点,嫁出去的少分一点,这是公平的,适当考虑一下村规民约和民情风俗,这也是应该的。董事长和老同志们在坚持原则的同时,反复劝解她们,姐妹如同一条藤上面两个葫芦,不要撞来撞去,因为血缘、情感都是连在一起的,互相理解、互相退让,也是最终能达到公平的基础。双方都能接受的,才是最公平的。"王国飞说,熨帖人心的话语入情入理,两姐妹的心态调整了,渐渐地,从矛盾激化回归心平气和,从接受分配方案直到互相理解。等两户人家都完成了"双签",两姐妹的亲密关系又恢复了。

这样成功的调解故事,在拱宸社区陆家坞自然村就有四五个。同样,在祥符街道新文社区,征迁居民因家庭关系复杂、各自提出个人利益诉求,出现僵持局面的情况也出现不少。对此,祥符街道和新文社区专门组建了由富有调解经验的老同志组成的调解班子,有针对性地开展工作,先后协调解决疑难案例50余例,其中离婚户7例,分户问题5例,老人户口摆放问题30例,尽量让征迁居民心服口服,也消除了不稳定因素。

　　"莫道桑榆晚,为霞尚满天。"([唐]刘禹锡《酬乐天咏老见示》)"人生不知足,奔驰竟朝夕。"([宋]王之道《和张咏老》)在本轮城中村改造过程中,众多老干部、老同志以良好的工作姿态、不凡的业绩,有力推动了整体工作进展,获得了上下一致好评,也再次证明了这支队伍所拥有的不可或缺的特殊作用。点赞吧,为这群奔竞不息、值得尊敬的人!

增强才干,挂职干部奋战在一线

　　城中村改造是锤炼干部队伍的极佳机会。在实际工作中锻炼、体悟,再锻炼,使挂职干部们越来越熟稔工作任务和方法。当工作业绩愈显出色,其才干无疑也在不断增强。

　　"讲究方法贴近民心是关键。在工作中征迁户和征迁工作人员之间的争执可以说是司空见惯,一些居民的抵触情绪也十分明显,常常会在我们征迁工作人员面前说些过激的、批评的话。一开始,这些过激言辞进入耳朵总觉得是那么刺耳难受,但通过换位思考,便也不难理解他们的心情。在做思想工作时忍耐和宽容是必不可少的。我认为更重要的是能够从老百姓的角度出发,找到城中村改造能为他们的生活带来哪些积极的改变,以此耐心引导,打动他们的心,让他们有获得感,认同我们的工作。"这是在康桥街道挂职的拱墅区招商局年轻职员辛颖的一段城中村改造工作的心得体会。显然,在实际工作中锻炼、体悟,再锻炼,让85后的她迅速成长,并越来越熟稔工作任务和方法。

　　大学时学的是金融专业,毕业后来到区城中村指挥部工作的李杭也是个85后。虽说区城中村指挥部的工作与城市建设关系密切,但他以往毕竟每天待在机关里。这回,他作为挂职干部来到祥符街道征迁一线,直接面对众多征迁户,直接参与协调处理征迁居民反映的种种问题,完全是一番实打实的考验了。"一开始我真有点儿懵,因为对这些社区、这些居民的情况一点也不了解,只看着那些很熟悉情况、很会与征迁居民打交道的社区干部、老同志干着急。但后来,在他们的帮助、引导下,我从了解基础情况入手,蹲点调研,不厌其烦地深入到征迁户家里,耐心地倾听、细致地分析,就渐渐地进入了角色。"李杭说,在那段时间,他只要一有空,就往征迁一线跑,跟着社区干部走家串户,尤其关注那些陷入家庭矛盾、不肯马上"双签"的征迁户,哪户人家发生了兄弟姐妹吵架,哪户人家存在夫妻离婚,都尽量了然于胸,并细心梳理这些纷繁复杂的具体情况。

李杭向笔者讲述了他参与处理的一桩征迁难题。李家桥的华丰新村地块,有一位姓莫的老年人,一家四口,妻子早已离世,他自己又身患巨球蛋白血症多年,家庭经济困难。征迁工作开始后,莫大爷的儿子到处找房子过渡,对方一听他的身体情况,根本不敢让他入住。差不多一个月过去了,他的租房问题依然没有解决。莫大爷的女儿不得不来到社区求助,急得直掉眼泪。"征迁工作组在充分了解实情后,破例给他解决特殊困难,即提前给他在三宝郡庭安置了一套小户型房屋,让他们稍稍装修一下马上搬进去。而在装修期间,由李家桥经合社提供一套临时过渡用房,彻底解决了他的后顾之忧。安下心来的莫大爷也很快在'双签'协议上签下了名字。"看到老人满意的笑容,参与其事的李杭心里也涌上了一份欣慰。

王洁云是一名工作才一年多的90后,在区财政局工作。来到上塘街道担任城中村改造挂职干部之后,虽然所负责的是腾房登记、分发封门号等工作,没有直接参与上门宣讲和劝导,但相继在上塘街道3个社区参与工作后,感受还是特别深。"这回成为挂职干部,与征迁工作人员并肩奋战,与征迁居民零距离接触,首先感觉无论街道干部还是社区工作人员,他们的工作实在辛苦而烦琐,每天都在面对形形色色的难题,处理复杂的事务,可他们从未叫苦叫累,这让我触动很大;其次是大多数征迁居民通情达理,配合城中村改造的行动真的很感人,这也促使我自觉自愿地为他们多做服务工作,尽力为他们排忧解难。"

王洁云不无感慨地回忆,在七古登社区,她亲眼见到经合社董事长诸高忠、时任社区治保主任谢铁峰等干部没日没夜地工作,工作方法扎实、细致而灵活,十分佩服,启发多多,从中学到了处理复杂事务、掌握人际交流的能力和技巧。"挂职的时间并不是太长,但这份经历是一笔宝贵的财富,在今后的工作中将受用不尽。"王洁云认为,城中村改造工作的挂职收获,将会在今后的工作更多地体现出来。

挂职干部中有年轻人,也有具有相当工作经历的中年人。在半山街道,在此挂职的8名干部,分别来自区委老干部局、区纪委、区法院、区人民检察院、区工商联、区公安分局6家单位,每位挂职干部都干得很投入、很用心。2017年6月4日,石塘社区"双签"启动,8位挂职干部充实到了"双签"工作现场,与半山街道和石塘社区的工作人员"并肩作战",忙得不亦乐乎。他们早上6点半就来到"双签"现场,在签约顺序号抽签岗位准备停当。到了上午8时半,"双签"抽签现场已经挤满了征迁居民,场面颇为热闹。挂职干部们一边主动维护着秩序,一边组织征迁户们按照登记号排队,有序抽取签约顺序号,一切进行得非常顺当。

石塘社区是本轮城中村改造中征迁体量最大的社区之一,"双签"工作时间紧凑,要求高,参与石塘社区"双签"服务工作的全体征迁工作人员都在"白加黑""5+2"地干,挂职干部也主动向他们看齐,从大清早一直工作到大半夜,每日工作时间超过16个小时。"如果要在早上6点半,从市区赶到石塘社区,乘公交车肯定是不行的,而我家里只有一辆车,怎么办?只得想方设法先保证我按要求赶到现场。而到了晚上,与征迁户谈话交流往往谈到半夜,回市区的家里又早已没了公交车,只有乘别人的车返回。有一次找不到能搭的车,那真是一点办法都没有。"沈忱是区工商联的办公室主任,这一回也被抽调出来,成了挂职干部,对于他的考验不光是工作上的,还有生活方面的,毕竟家里有老婆孩子和长辈,但一旦到了距离市区较远的石塘社区投入战斗,所有的一切都顾不上了。

"我们的挂职干部同事都是好样的。在石塘社区、在半山社区'双签'最忙的时候,我们8位挂职干部,有的在现场参与调解,有的在'双签'现场做好服务,每个人都忘了辛苦,忘了一切。其实,不少年龄稍大的挂职干部,自己身上总有这样或那样的困难,比如来自区公安分局的那位同志身患糖尿病,已经蛮长时间了,一直在坚持工作;那位来自检察院的同志,妻子刚刚生了二胎;我的孩子刚准备上小学一年级,幼小衔接过程中,要做的事情蛮多,而我妻子的工作也很忙,家里两边大人的身体也不是很好,但所有困难都没有难住我们,最忙不过来的时候,我只能让岳母多帮我们管管家里的事。"沈忱说,与街道和社区的基层干部相比,他们长年累月这样忙碌着,不知克服了多少各种各样的困难,自己的这些困难算不了什么。这一回参与城中村改造,与基层干部一起工作,从他们身上学到了不少东西,这是成为挂职干部的另一种收获。

"不闻不若闻之,闻之不若见之,见之不若知之,知之不若行之。学至于行止矣。"([战国]《荀子》)中国人向来强调知行合一,任何本领只能通过实践才能检验,才能提高。干部队伍的培养提高同样如此。在实践中呈现才华,在实际工作中增强才干,是造就一支德才兼备的干部队伍的重要方法。

正因如此,本轮城中村改造拉开序幕之际,区委、区政府即把这场城市更新之役,当成了锤炼干部队伍的极佳机会。区委组织部会同有关部门,出台了《拱墅区城建一线挂职干部培养管理制度》,详细规定了挂职选派制度、双重管理制度、支部活动制度、学习培训制度、回访走访制度、考勤管理制度、考核评比制度和跟踪培养制度共8项具体制度,明确要求"注重选派综合素质较好、年纪较轻、文化程度较高、有培养发展潜力的干部,尤其是加大后备干部、缺少基层实践锻炼的'三门'干部的选派力度",要求挂职干部"在城建一线当好'宣传员''服务员''调研员'。挂职干部要结合工作实际,认真学习,勤于思考,积极参加相互间的心得体会和工作经验交流研讨,认真撰写调研文章"。毫无疑问,直至本轮城中村改造征迁任务的基本完成,选派的共48名挂职干部都以出色的业绩,达到甚至超过了预定的工作目标。

"这是一种非常有益的尝试。结合拱墅千载难逢的运河沿岸名区建设,结合新时代干部队伍培养管理的要求,我们较大规模地向城建一线选派了挂职干部,让他们参与完成艰巨工作任务,在实践中获得历练。贯彻新时代党的组织路线,建设忠诚干净担当的高素质干部队伍是关键。事实证明,我们的这一方法是十分有效的,在总结经验的基础上,值得持久开展。"时任区委常委、组织部长虞文娟说,让干部在实践中经风雨、见世面、壮筋骨、长才干,方能成为真正的栋梁之材。

"纸上得来终觉浅,绝知此事要躬行。"([宋]陆游《冬夜读书示子聿》)晓畅的语言已把道理说得清清楚楚。挂职干部们以自己的"躬行"再次印证了这一真谛,他们的所得必定是深刻的、丰硕的、长久的。

强化保障、开拓思路,化解关键症结

科学整合、理顺机制,强化保障、开拓思路,阐明事理、驱散疑虑……当各个方面的积极性被激发出来,当各支力量朝着同一个方向使力,所有瓶颈、所有症结都将消失。

为了同一个目标,科学整合、多方支援、协同作战,使之左右逢源、加速推进,是拱墅区本轮城中村改造的一大特色。从某种角度上说,这一次大规模的城市更新行动,也是检验和提高整个拱墅各个方面、各个部门,乃至各个岗位工作效能、配合协调能力和整体战斗力的极佳机会。事实证明,这个目的已经达到。

本轮城中村改造在拱墅40个城中村同时开始,点多面广,又加上除了大量的农居房需要征迁,还需要建设安置房以及配套设施,除此还需配合地铁建设、大型公建项目建设和城市道路建设,做好相应的征迁和建设工作,且每个环节都有苛刻的时间要求,其任务之繁重自不待言,为此,拱墅区会同市相关部门,专门在力量部署上精心布局,分头进行,齐头并进。在区一级层面上,一共安排了4个指挥部,分片区负责征迁和建设,即由区城建发展中心负责上塘街道片区,区城中村改造指挥部负责祥符片区,拱宸桥指挥部负责康桥街道和半山街道片区,同时把拱康路以西的地块,交由区运河指挥部负责,这一地块启动较早,主要是建设为主。几个片区之间,既分工明确,又相互配合,讲求政策和方法的基本一致,而具体协调工作则由区城改办负责。

"这样的力量部署,不仅能发挥各个指挥部的优势,各显神通,以提高效率,加快速度,又能形成互相看齐、互相竞争之势,提高整体工作质量。这也是科学整合、协同作战的一个重要手段。"时任拱墅区委常委、区城改办主任王垒指出,所谓协同,就是既讲求统一行动,又要求互相合作,强调的是紧密配合、完美协调。城中村改造工作涉及各个环节,各支队伍在各个点面同时作战的情状下,"协同"两字更显重要。

协同作战还表现在进一步理顺机制上。为了充分发挥城建单位和属地街道两方面的优势,"让专业的人干专业的事",握紧拳头,集中力量,充分调动属地街道、做地主体两个方面的积极性,全区做地主体由8家被整合成了5家,并进一步明确了属地街道负责城中村改造征地拆迁、回迁安置、社会维稳的责任,城建单位则负责资金筹措、前期办理、配套建设的工作职责,组成联合工作体,优势互补,资源共享。

明确的分工既做到了任务清晰、守土有责，又做到互相配合、共同协作，其效能大大提高。

　　而落实和强化资金、执法等方面的保障，也是体现协同作战的关键点。"在这么短的时间里，这样集中的资金需求，对于拱墅来说，可以说是史无前例的。而且城中村改造的特点，决定了这个资金必须及时到位，而不能让征迁居民等待，让建设工程等待。怎么办？就必须在用好、用足国家给予的棚户区改造、城市有机更新等方面的资金优惠政策的同时，通过银行融资、城建基金、政府购买服务等多种途径拓宽融资渠道，紧跟货币政策变化，及时做好备份，加快土地出让，尽快回笼资金，确保资金链安全。"时任拱墅区财政局副局长罗敏翔告诉笔者，为此，拱墅区专门设立了政府城建基金，以各个城中村指挥部为主体，由区域城市建设发展有限公司、城中村投资管理公司等下属企业进行商业化运作，以这个方式完成融资。

　　为适应城中村改造资金所需，2016年初，拱墅区与政策性银行中国农业发展银行签订了战略合作协议，找到了一条由农发行提供的、以政府购买棚改服务的方式，获得贷款的路径，这在杭州市各个城区中是第一家，对于农发行来说，这一路径在全省也是首创的。进入2017年大规模的城中村改造之后，面临着新的融资压力，按照区委、区政府的决策和要求，区财政局等相关部门按照相关政策，积极拓展思路，与相关商业银行进行了对接。在此期间，中国农业银行省、市两级分行与杭州市政府签订了战略合作协议，为杭州市城中村改造提供融资服务，拱墅区也在这个协议框架下与市农行签了约，资金来源渠道由此大大拓宽。

　　"随着本轮城中村改造的不断深入，为切实做好资金保障工作，我们又通过与多家商业银行合作、拓宽多个渠道的方式，有意识地引入银行间的竞争机制，使融资渠道更加多元。即与农行、工行这两大银行合作的同时，又适当吸引其他商业银行，与他们组成银团，谁有额度

银行与企业协作，为城中村改造提供资金保障

就由谁放款，以避免资金链告急的被动局面，形成左右逢源、渠道通畅的良好态势。这些商业银行，有国有银行，也有民营银行。可想而知，由于各家银行之间存在竞争，使得融资方的成本控制得比较低，利率基本上控制在基准上下。当然，更重要的是，直至2017年农居房征迁工作基本完成，各项建设工程陆续上马，但始终没有发生因为资金短缺而造成不利影响的情况。"罗敏翔说，完成了资金保障任务，充分体现了业务监管、融资沟通、政策把控、资金平衡之责，无疑也为今后的融资等工作积累了宝贵的经验。

令人颇感兴趣的是，在本轮城中村改造过程中，拱墅区还尝试性地引入了现代经营模式，以拓宽融资渠道。在拱墅区科技园区祥符街道新文社区的改造项目，采用了PPP融资和项目管理模式，即互相签订特许权协议，由企业投资和经营，让企业与政府建立起"利益共享、风险共担、全程合作"的共同体关系，减少政府的财政负担，同时也降低社会主体的投资风险。新文社区改造的PPP项目已被列入省级项目。

在执法保障方面,为维护城中村改造应有秩序,维护社会稳定,合理解决诉求,防止个别人员借机扰乱正常工作,专门成立了区城中村改造执法保障应急指挥部,发现问题或苗头,第一时间启动预案,公安、国地税、城管、消防、市场、国土、环保、安监等部门按照各自分工,及时出动、迅速处置,使得城中村改造推进过程中的拆违、商户清退、企业拆迁等各类难题得以依法破解。而区、街道两级和综合执法保障组,及时针对企业征迁涉及经营户腾退等问题,一方面加强与企业的协商谈判,另一方面积极帮助企业解决问题,做好政策服务和司法保障,也极大地保障了企业征迁过程中的平稳、有序。

城中村改造的根本目的是什么?为了加快城市发展,为了提升城市品质,为了人民群众更美好的生活,其间的道理无须多言,因为这都是早已明摆着的。但还会有个别征迁居民产生另外的猜度:是不是政府看中了城中村的这方土地,想拆了房子拿了土地去卖高价?政府是否通过城中村改造发了大财?针对这些误解和臆想,区委、区政府和有关部门通过各种途径和方式,把城中村改造的根本目的和意义宣讲清楚,以真相来驱散疑云。

"产生臆想、流传谬误,除了出于疑虑、情绪上的焦躁,更有不明所以的原因。个别人不掌握土地征收和出让的专业知识,不了解城中村改造各项资源运作的具体规划和流程,不清楚政府部门在具体操作时所面临的困难、受到的压力和付出的代价。倘若有所了解,类似的错误想法和说法就会烟消云散。"针对这类对于土地资源使用和管理的误区,时任拱墅区国土资源局局长史小斌先是用一句反问来解释,"政府不是具体的人,是为广大人民群众办事的机构,何来私心?又怎么谈得上对民谋利,或与民争利?"

由于内中专业知识的繁复,笔者只能试着了解一二,但这一二就已足以印证史小斌局长的上述说法。"按照现有国情,拆除城中村和老厂房后的土地收归国有,杭州市各个主城区的土地均由市一级运作,这是由我国当前土地资源管理的体制和政策所决定的,但运作并不是一味收走,而是包括合理返还。如在这轮城中村改造过程中,市里明确土地收益100%返还,这是一个什么概念? 就是以拆除重建的方式改造的城中村,土地出让金可以由其享受全额返还的优惠政策。谁负责,就返还给谁。当然,这100%的返还中,有33.5%是规费和税费,必须交给国家,实际返还的是66.5%的收益。"史小斌说。

对这一问题,区城中村指挥部副总指挥陈旭伟则提供了另外一组数字。在本轮城中村改造过程中,全市对于被征收土地的使用比例为:三公(公共服务、公用设施、公共空间)用地占58%,安置房用地占7%,村级经济留用地占5%,可出让土地仅占30%,而且还必须保证三公用地优先。拱墅区的情况与之一致。本轮城中村改造,所整理的市属和区属土地约为20000亩,但可出让的区属土地仅4500亩左右。以为被征收土地可以100%出让,或者较大部分可以出让,这种想法是多么错误!

"土地出让的前提条件之一是必须具备道路、绿化、公建配套。无论是道路、桥梁,还是公园、广场等,如今的标准都是比较高的,不可能小里小气,这就得占去不少土地。如果出让的土地是用来建设小区的,那这么多人住进来,还得建幼儿园、小学、中学,还得有公交、体育、文化等方面的公建设施,这又得占去不少土地。"史小斌强调,"而且,可供出让的土地回收一定的资金后,其目的往往仍是为了维持城中村改造资金链的正常运转。"

时任拱宸桥指挥部总指挥周利光则对笔者分析说,只有真正参与过城中村改造具体工作,才会切身感受这项工作之难。在土地资源和资金运作方面,往往是在如何填补农居房征迁留下的"窟窿",而不是如何"赚钱"。事实上,融资也是需要成本的,而很多方面的成本根本不可能从土地收益中得到弥补。从某种意义上说,以农居房征迁为主要任务之一的城中村改造,绝对是一笔"赔钱的买卖"。

是的,的确应该向征迁居民及社会各界阐明,政府部门究竟从中

"赚"多少。不,政府还是有巨大收获的,那就是推倒了乱糟糟的房子,建起了新城;补齐了城市发展的短板,增添了现代城市的亮色。这样的"买卖",本来就是政府应该做的、乐意做的,"赔钱"做这笔"买卖",正是政府的初衷。

值得欣慰的是,城中村改造向纵深处愈发推进之时,对每个环节的操作、对征迁工作人员工作的了解,居民们也越来越清晰,加之从未停止过的政策宣讲,那些不应有的猜度和臆想终于渐渐淡去。有关政府征地卖钱的传闻已趋消失。"你想,现在房价上涨,财产增值了,说句老实话,农居房征迁,最大的受益者就是我们这些征迁户!"在社区采访,一位中年征迁居民一开口,就对笔者这样说。

他说得十分直截了当,却道出了城中村改造的某个确凿的真相。

得之不易的经验让我们愈战愈勇

> 回首走过的征程,清点成果,感动和感慨之余,我们可以自豪地说,得之不易的宝贵经验是另一笔巨大的财富,它让我们越战越勇、越跑越快,还让我们站得更高、看得更远。

"知暵潦(旱涝)者莫如农,知水草者莫如马,知寒暑者莫如虫。"([明]刘基)所有经验都来自实践,只有充分的实践才能获得弥足珍贵的经验,而所有得之不易的经验都将化为强劲的动力,让我们跑得更快更远。

气势如虹的本轮城中村改造,农居房征迁这一重要环节已近落幕。回首征程,清点成果,感动和感慨之余,我们需要一番细致梳理,梳理中得以明确路向,实践中不断获得真知,成功中逐渐浮现启示。

　　"全区上下一盘棋，四大班子齐上阵，职能部门协力干，保障部门全力干，全区人人都参与"，高效有序的工作格局，保证了全体征迁工作人员始终以人民利益为中心，以坚定的信心、高度一致的步调、极其迅速的行动节奏和强有力的措施，推进城中村改造的各个环节。"全区上下一盘棋"意味着在区委、区政府的领导下，按照杭州市城中村改造的整体部署，围绕"决战北部"战略和加快实现全域城市化的目标，集中所有优势力量，科学整合多方资源，统一领导，完善机制，协同作战，齐头并进。只有在众志成城、万众一心、思想统一、目标明确的前提下，才能做到执行有力、攻坚克难、稳妥推进、捷报频传。

　　各方面的力量都被组织起来，区委、区政府领导包干，区人大、政协领导助推，每月召开的集中汇报点评会绝无半点虚的，因为你做了什么、干得怎么样，都必须一五一十地摆在桌面上，以供检验。而区政府每周都要听取城中村改造进展情况汇报，任何一点进展都能做到了如指掌。一旦遇到难题，区委、区政府领导总是实地了解、亲自协调，及时扫除障碍。各街道、社区始终把加强组织领导放在首位，建立街道领导"清零攻坚包干"机制，通过基层组织换届这一良机，配强配优社区（经合社）力量，下派第一书记，抽调精兵强将进驻征迁现场指挥部，举全街道之力推动征迁。这其中，党员干部的先锋模范作用发挥得特别明显。

　　城中村改造终极之役一经打响，全区上下立马进入最佳工作状态，尤其是街道、城建部门、社区的一线征迁人员，其信心之足、激情之高、执行力之强，均表现在"比学赶超、争当标兵"的具体工作中。在征迁过程中，不单是深入宣传发动、做深做足群众工作，还带头签约、率先腾房，影响和动员群众，感人故事比比皆是。在这过程中，凡参与征迁工作的干部群众都得了实际锻炼，提高了思想觉悟，增强了集体意识，提升了工作能力，融合了真诚情谊……如同新建一幢华厦，众人协作，一起搭建，很快就以其坚实挺拔、美轮美奂示人。

　　以民为本，顺应民心，从维护人民群众根本利益入手，来确定方案、选择路径、稳妥推进、破解难题,确保征迁质量。各个街道、城建部门、社区(经合社)牢牢把握城中村改造政策刚性,充分实践群众路线,通过召开项目征迁座谈会、经合社股民代表大会,以及征迁工作组入户宣讲政策、洽谈等方式,把相关政策宣讲到位,同时晓之以理,把城中村改造的目的、意义、作用说明白,让征迁户拆得明白、补得满意。有的街道和城建部门还多次调整工作方案,研究制订符合地块实际的征迁实施办法,如结合辖区村级集体经济实际,充分考虑被拆迁户乡土情结,制定安置方案原拆原建模式,消除群众顾虑。公平、公开、公正的征迁补偿有序而缜密地实施,本轮城中村改造全过程中,在补偿方面,未发生任何一起显失公平造成征迁居民不满的事例,相反,群众纷纷称赞成了采访过程的常事。

正是因为始终秉承以民为本这一根本原则,各种群众认可、行之有效的征迁工作具体方法、手段、途径被不断摸索出来,形成较为规范的制度后,成为在全区推广的好措施、好经验。上塘街道的"三项创新",正是在各个街道已有做法的基础上,结合自身特点探索出来的,因为顺应民意,在破解征迁难题方面颇有特点和效果。

上塘街道的"三项创新"主要内容:一是实施"提前轮"约谈,最大限度清理诉求。即在正式启动"双签"前,首先对全体征迁户开展了一次约谈,了解个性诉求,对于合理的予以考虑解决、对于不合理的积极沟通协调。二是实施"洽谈抽签叫号"机制,最大限度确保公平。由于提前准备工作比较细致、政策方案也已到位,相当一部分征迁户主动要求提前"双签",街道便尝试在启动"双签"洽谈前,组织"洽谈签约号"抽签,并在后续工作中严格执行"呼号"机制,避免了征迁户无序排队的现象,也大大节省了征迁居民的时间,更显人性化。三是组成"五位一体"现场协调组,即在征迁现场设置了由上塘街道、动迁评估公司、属地社区和经合社及威望较高的居民组长、征迁户代表为主的"五位一体"现场协调组,协调解决组、住、商户之间的各类矛盾,确保被征迁户反映的问题事事有回音、件件有答复。而对于情绪大、问题多的征迁户,则找准问题突破口、打开心结。数据显示,全街道累计协调处理各类矛盾500余起,有效加快了"双签"进度,减少了矛盾。

"'三项创新'方法为什么受欢迎?为什么有效果?是因为看准了征迁居民最关心的问题,解决了他们最迫切的难题。俗话说,'百姓百姓百条心',每家每户的想法都不一样,绝大多数人想拆,但也有的不想拆。这其中,还有非常复杂的家庭问题,前期工作没有做好,甚至会激化家庭矛盾。"时任上塘街道办事处副主任叶新说,"三项创新"中的"提前轮"和"洽谈抽签叫号"机制,其实非常重视个性化,也非常尊重每户征迁户的合理诉求,主动帮他们解决生活困难和家庭矛盾,"在关键时刻帮助他们作出最合理、最有利的选择",获得了广大征迁居民的信任。在本轮城中村改造中,上塘街道是主战场之一,全区近三分之一的征迁任务集中在上塘,正是因为"三项创新"等举措的有效实施,"十社联动"农户征迁任务全面完成,共签约1856户。

按照城中村农居房的品质差别,分别采取"拆除重建、综合整治、拆整结合"这三类不同的方法进行改造。杭州市规划局拱墅分局李思静局长介绍,对于农居房建造时间较短、基础配套相对完善、村容村貌较整齐的城中村,如瓜山村部分、拱宸社区陆家坞自然村、吴家墩社区等,采用"拆整结合"的方式实施改造,主要是结合"三改一拆",拆除各类违建,整治房屋立面,提升外部形象,主要项目内容是瓜山社区保留500余户,将与智慧网谷小镇建设相结合,邀请浙江工业大学团队进行设计,拟打造成高端人才公寓项目;拱宸社区陆家坞自然村保留的90户,将与运河景区建设相结合,打造具有独特韵味的"运河人家";吴家墩社区保留整村共计438户,将作为社会主义新农村建设的样本;结合"五水共治""交通治堵"等,按照"海绵城市"的相关要求,严格雨、污分流;打通"断头路"和"断头河"、完善路网和河网;实施架空杆线"上改下"工程;改善绿化、供水、供电、供气、通信、电视、消防、治安、停车及公交等配套设施,完善教育、医疗卫生、公厕等配套公共设施建设等。对房屋品质、基础设施建设并不均衡的社区或自然村,则采用"拆整结合"的办法实施改造,即对部分区域实施拆除重建、部分区域予以综合整治。

三种不同的改造方式并举,既尊重现实、讲求务实,又能加快城中村改造速度,提高效能,同时还能爱惜自然资源、保护生态环境,一举多得,无疑很让农居房居民赞同。当然,工作的柔性和政策的刚性、情与理,往往需要并施。依法依规、坚守刚性、强力推进,在攻克重点难点时是不可缺少的。正如朱建明书记所强调的,要做到打消顾虑、心无旁骛。街道和指挥部要正确处理好相互之间的关系,放大格局、放宽眼界,围绕共同目标形成推动工作的强大合力。要做到打击歪风、综合保障。城中村改造执法保障应急指挥部等各部门要加大支持力度,坚决打击歪风邪气,切实维护公平正义。

"一个人的经验是要在刻苦中得到的,也只有岁月的磨炼才能使他成熟。"([英]莎士比亚)拱墅区城中村改造实践得出的良好做法和宝贵经验,自然还不止以上这些。

采访中得知,即便在城中村改造的后期,随着工作的深入,征迁工作各个环节都变得越来越协调、越来越顺畅,探索性的方法措施渐渐得以推广运用,成为特色鲜明、可资借鉴的妙计良策。如农居房改造基本告一段落后,从2018年4月起,拱墅区对国有土地上的房屋进行征收补偿时,由区城改办具体负责,全面推行征收补偿"三个定制"(定制现场办公、定制补偿方案、定制查询设备)、征收过程"四个阳光"(阳光征收、阳光评估、阳光补偿、阳光建管)、征收信息"五个上"(上墙、上网、上屏、上报、上掌),实现政务服务"两个入"(入心、入脑)的贴心做法,有效地打消了百姓"先拆吃亏"的顾虑以及"患不均"的心理,极大地促进了区域和谐稳定。自这套方法推行以来,已完成的征收项目中无一例强拆、信访案件,无一例因房屋征收与补偿政务公开的行政复议、行政诉讼案件,始终维持了高意愿率、高签约率、低信访率的良好态势,效果喜人。

而在征迁安置房"阳光建管"这一环节中,采用了让征迁居民有机会全过程参与城中村改造安置房建设和长效管理活动的方法,从安置房规划设计意见征求、建设过程跟踪、建成开放、交付后期管理等各个方面,都实行公开透明、民主协商、民主自治等方法,如通过"规划设计意见征求、项目施工过程跟踪、质量开放日活动、交付后期管理"的"阳光建管"模式,实现安置房全生命周期阳光公开和群众参与;蔡马社区在制定小区居民公约和相关制度、进行小区标准化管理时均主动听取各层面群众建议,因地制宜地增加了富有人性化的管理方式,每月一次的小区居民沟通交流会都邀请街道、派出所、城管、工商等部门的人员参与,现场协调解决问题,有效化解矛盾、优化决策、改进工作,形成共建互助"新常态";善贤社区积极探索建立"1+1+N自治大联盟",即以社区党总支班子为核心,与居委会班子密切配合,成立由党员、物业、社会组织、志愿者、业主代表、社工等多方组成的议事决策平台,畅通居民民主自治、民主协商的渠道,真正让居民当家做主,这些消除群众顾虑、提升群众获得感的举措,显然也是拱墅区城中村改造过程中的成功做法。

村去城来,美丽蝶变。改造城中村,让城市更美好。是的,当千家万户拥有了更舒适、更温馨的家园,当我们嘹亮地奏响新时代城市有机更新的瑰丽乐章,当越来越多的人赞颂城中村改造的精彩美妙之时,我们还可以自豪地说,所取得的业绩还不仅是这些,得之不易的宝贵经验是另一笔巨大的财富,它让我们越战越勇、越跑越快,还让我们站得更高、看得更远。我们不但锤炼了队伍,我们还获得了潇洒从容、继续前行的更多智慧和更多力量。

第九章

共享温馨　诗意栖居

　　历史把那些为共同目标工作因而自己变得高尚的人称为最伟大的人物；经验赞美那些为大多数人带来幸福的人是最幸福的人。

——[德]卡尔·马克思

　　飞沉皆适性，酣咏自怡情。花助银杯气，松添玉轸声。

——[唐]白居易《春池闲泛》

　　老吾老，以及人之老；幼吾幼，以及人之幼。

——[春秋]《孟子·梁惠王上》

打造高品质未来社区,形成可持续的智慧化服务社区生态圈;设立老年人过渡公寓,使老年人的生活质量不因征迁而影响;及时发放补偿款和货币安置费,先行落实一户一套征迁过渡安置房,解决子女就学,确保安置房建造质量,为承租经营户和租客提供生活和工作方便……一个又一个以人为本的暖心行动感动了众人。回应群众期盼,共享征迁带来的种种"红利",已成为顺利推进城市更新的有力保证。

未来社区，理想的家园正在等着你

> 建设独具魅力的未来社区，努力打造未来社区改造项目的浙江样板，更多推出的则是规模不一、设施良好的租赁公寓。而在今后，低层次的房屋租赁方式最终将被更完善、更舒适、更现代的新型公寓所替代。

上塘街道瓜山社区地处城乡接合部，西临京杭大运河，南抵石祥快速路。本轮城中村改造之前，这里曾是拱墅区最大的村落之一。前几年，瓜山社区作为杭州新农村建设样板区，整个社区的农居房按照仿别墅的款式和标准进行了统一建造。本轮城中村改造中，拱墅区明确了瓜山社区的农居房不再征迁，而是以"拆整结合"方式实施改造。次年，瓜山北苑、新苑、东苑农居点列入整治范围，改造工程随之展开。

城市的有机更新给这些完成整治的农居房带来了新的用途。"由于瓜山社区的不少居民已在市区另购了住房，还有一些居民自住之外，房子还有多余，这使得把这些房子租赁出去具备了可能，不少白领和蓝领也愿意在此租住房子。正是基于这一实情，把这片农居房集中改造成高品质租赁小区，是有必要的。"瓜山经合社副书记蒋镇跃介绍说，按照规划方案和农居房原有布局，瓜山社区将被改建为北苑南、北苑北、新苑、东苑4个片区，期冀以崭新的面貌出现。

瓜山社区农居房将被改造成租赁小区的消息传开后，曾有多家品牌长租公寓前来表示合作意向，并参与瓜山项目运营权的竞争，但最后，凭借社区化租赁的现代理念，朗诗寓商业管理公司拿下了这个项目。"在这些长租公寓品牌企业中，我们朗诗寓不是经济实力最强的企业,但是多样化业态,以及我们拥有的大型社区的运营经验,尤其是擅长时尚化、品质化经营,这让朗诗寓抢占了先机。"朗诗寓公司副总经理、杭州朗瑞商业管理有限公司总经理赵伟说,瓜山项目是行业内迄今为止最大的租赁型社区项目。项目整治完成后,将打造成为运河新城及"智慧网谷"的居住配套,同时将形成以居住为主,办公、商业为辅的综合性业态,其中商业占地超40000平方米,教育、医疗、休闲、娱乐、运动等配套设施也将同时进驻。

作为浙江省首批未来社区试点创建项目之一,浙江工业大学工程设计集团承接了整治改造的朗诗寓瓜山未来社区项目的设计。"我们一开始是做危房改造,设计瓜山社区时的想法也比较超前,后来省里提出要推动未来社区建设,我们第一时间就成立了未来社区研究中心,朝着'未来社区'的方向进行设计。"浙工大工程设计集团副总裁介绍,为了使这次设计真正体现理想效果,在项目初期,集团还借助校企联动优势,吸收年轻力量参与其中。由集团设计骨干带队的浙工大"建筑设计工作营",对瓜山社区进行了实地考察,发挥学生的想象力和创造力,开拓未来社区的设计思路。

所谓未来社区,是指以满足人民美好生活向往为根本目的的人民社区,是围绕社区全生活链服务需求,以人本化、生态化、数字化为价值导向,以未来邻里、教育、健康、创业、建筑、交通、能源、物业和治理九大场景创新为引领的新型城市功能单元。在农村有美丽乡村建设,在城市则有未来社区建设。未来社区能从提升住户体验的角度,全面思考社区设施的易用性、易达性、易识别性、安全性等,处处体现以人为本和人性关怀的理念,形成可持续的智慧化服务社区生态圈。

2019年,浙江省政府在工作报告中首次提出"未来社区"。这是继"特色小镇"之后的又一社会发展模式,它甚至被视为浙江"十三五"期间最具比较优势,最能带动全局的重大创新举措之一。当然,它与特色小镇相比,具有不同的性质。特色小镇注重的是特色产业,未来社区注重的是品质生活,未来社区是未来现代化城市的细胞,也是未来城市的缩影，但它又不是城市，相比城市来说范围较小、便于试点。

"瓜山社区改造项目不仅与浙江省未来社区建设不谋而合，还积极响应了国家'旧改''租赁'政策，在尽量减少拆房的前提下探索出一条'插花式＋系统化'的改造路径，保留了瓜山社区老房建筑的文化遗产，唤醒城市社区的新的生命活力。这对拱墅区的城中村和老工业区改造无疑是个极其有益的尝试。"赵伟说，瓜山未来社区最突出的一个创新点，就在于它是在"不拆旧房"的目标下进行重新规划与设计。原居民可以选择改造后回迁，也可以选择将他们原来的房子改造后用来租赁。改造后的这片社区，治安环境得到提升，租客居住享受便利，完全是一种双赢。"我们要紧跟国家发展战略步伐，积极践行新时代发展理念，建设独具魅力的未来社区，努力打造未来社区改造项目的浙江样板。"

为了符合未来社区的要求，又能适合白领和蓝领阶层居住，浙江工业大学工程设计集团采用了多种设计方法，并予以精细化改造。"原有空间布局的先天不足，是这一改造项目最大的一个难点。为此，我们重新梳理了空间关系，通过围墙、连廊，对原先松散的8—12栋房子，规划重组为组团式、街区式的结构关系，便于以后实行组团化'封闭＋开放'的管理模式，从本质上通过改变生活模式来优化整个居住环境。同时增加的公共区域，也为今后的居民尤其是年轻人群体提供更多的交流、服务空间。"浙工大工程设计集团瓜山项目设计负责人说。

笔者得知，朗诗寓公司为瓜山未来社区的原居民提供了两种使用方案，一种是整体返租给朗诗寓，签约15年，由朗诗寓统一对外出租并支付农居房房主相应的租金；另一种则是整治后不返租，原居民搬回原先的农居房里，日后由朗诗寓公司负责社区管理。首期房源已于2019年10月15日改造完毕，交付使用，绝大多数农居房居民选择了第一种方案。租住率几乎达到满租。

　　若按第一种方案计算,农居房居民的租金收入将大幅度提高,这对他们来说不啻于一桩大好事。蒋姓居民为自己算了一笔账,自家那幢三层楼的中户农居房共有15个房间。原先除了一家三口居住,剩下的房间都零星地对外出租。"按照2017年的租金价格,一年我家的租金收入约有10多万元,而选择了15年整体返租,总共可以拿到600多万元,这可是一个大数目! 如果这房子被征迁了,我拿到的征迁补偿款毕竟是一次性的,而现在,我家非但能拿到可观的租金,这房子产权还是属于自己的,我们对此都很满意。"据了解,至2020年底,整个瓜山未来社区将完成交付,这里也将成为杭州最大的租赁型社区。

　　建设蓝领公寓等高品质租赁小区或公租房的,当然不单在瓜山。

　　农居房被征迁,原先租住在此的外来人员,尤其是蓝领人群该如何解决租房问题? 在本轮城中村改造之初,这一难题就已被拱墅区高度重视。各街道、社区和相关部门开拓思路,积极寻找解决之道,主动协调,把部分企事业单位闲置的房屋腾出来,改建为外来人员住处,似是雪中送炭之举。据了解,在本轮城中村改造向纵深处推进时,在拱墅区各街道及不少社区,都陆续出现了规模不一、专供蓝领人群居住

瓜山东苑旧貌(书经文化提供)

瓜山未来社区跻身浙江省首批未来社区（余好建摄）

的外来人员公寓，原杭钢集团的崇光路、焦化、电炉及技术检测中心、中轧4个区域，蓝领公寓也都已筹建完毕。

"蜗居"毕竟是暂时的，即便如今的临时性公寓条件比以前好多了，但对蓝领人群来说，总还希望能有相对稳定、更显温馨的家。城中村改造是城市的一次更新和嬗变，以往低层次的房屋租赁方式最终将被更完善、更舒适、更规范、更现代的新型蓝领公寓所替代。因此，城中村改造中农居房征迁工作正在全面铺开时，蓝领公寓的规划、设计以及施工，就已相继展开。可以说，较好地解决外来人员的居住难问题，对加快农居房征迁速度、提升城中村改造质量，将起到巨大的、不可替代的作用。

值得一提的是，在保障房业务方面，为适应公租房服务新形势，让办事群众"少跑腿、少受累"。2017年，拱墅区在全市率先提出将40%个人审批服务事项下沉到街道社区，实现区级行政服务中心办件量向基层分流的工作目标，保障性住房审批也在其列。通过保障性住房事项下沉街道，实现街道与区级住房保障部门同事项、同权力，方便群众就近获取保障性住房政务信息及申请受理审批服务。全区共10个街道已全部开通保障性住房受理审批权限，实现公租房申请在"15分钟生活圈内"即可办理,真正打通服务群众的"最后一公里"。

2017年12月7日,康桥街道吴家墩经合社与顺丰速递公司签订了外来务工人员公寓项目(二期)投资合作协议,由吴家墩经合社负责征地拆迁及建设项目的前期工作,由顺丰速递公司负责后续投资,建设一批公租房供顺丰速递公司员工及其他外来务工人员居住。据悉,项目二期是顺丰速递公司在杭州参与投资建设的首个公租房项目。

这一公租房建设项目位于康中路16号康城工业园南面,康桥路以北,吴家墩河以东,塘康路以西,是区科技工业功能区(康桥园区)的中心区块,生活工作均极为便捷。项目总用地约70亩,总建筑面积近10万平方米,建设公寓房1101套。项目一期建设的388套公租房已竣工并投入使用,而这次签约的二期项目,总投资约2.3亿元,计划建设5幢11层公寓房,共有公租房713套,总建筑面积约6.5万平方米。2018年6月25日,此项目正式开工。

更让人"眼馋"的是,吴家墩外来务工人员公寓将由绿城房产公司

康盛苑安置小区一角

全程代建,项目还配套建设一所幼儿园和一个农贸市场。

吴家墩外来务工人员公寓建成后,主要面向的是外来务工人员。显然,这一公租房或曰外来务工人员公寓,即为标准意义上的蓝领公寓。

值得一提的是,康桥携手顺丰打造蓝领公寓,其意义不仅在于能切实解决一批外来人员的居住问题,还在于此举开辟了蓝领公寓建设的另一条路径,即吸纳社会力量参与蓝领公寓建设,使得蓝领公寓建设和经营管理逐步走向企业化、社会化。因此,此项目被列入杭州市公共租赁住房建设计划,属于非政府投资的社会公租房。

更大的蓝领公寓项目,也位于康桥街道,那便是由区属国有企业杭州拱墅投资发展有限公司负责实施的"春风驿·康桥"(原康盛苑7号、8号楼)720间、"春风驿·计家"一期(计家村农居点)580套两个项目,2018年完成。如今,规模化、品牌化运营的"春风驿"蓝领公寓,已成为极具亲和力的蓝领公寓租赁品牌。

"春风驿·康桥"项目位于拱墅区康桥街道安潭街55号康盛苑小区内,由7号、8号楼两幢高层住宅组成,住宅建筑面积约为24500平方米,住宅总套数为180套,原设计均为130平方米以上的大户型,三室两厅两卫、两梯两户,根据杭州市相关规定进行改造,改造后总间数可达720间。

为满足新一代城市蓝领工人的品质生活追求,充分考虑居住者的环境提升。设计人员在户型设计、装修风格、配套功能、区域规划等方面均进行了重点考虑。通过墙体分隔后,公寓户型规划以双人间为主,单人间为辅。房间内设有床、衣柜、晾衣杆、空调等。卫生间内设有淋浴间、台盆、马桶、热水器等。厨房设有油烟机、不锈钢水槽、操作台板、储藏柜等。同时为满足居住者共享、交流需要,每套(4间房间)设公共区域(客厅),充分体现人性化设计。首层大厅设有服务台、休憩区、集中洗衣处,地下室设电瓶车充电停放等配套设施。

"春风驿·计家"一期项目则位于计家社区马家桥街88号,整个蓝领公寓由69栋独幢民居组成,改造后房间数共约1380间。以热水河为界分为南北两区,热水河以北为一期,共有580间,于2018年底完成并交付使用。热水河以南为二期,改建后房间数800间,于2019年完成。

与"春风驿·康桥"项目相类似,"春风驿·计家"蓝领公寓根据租赁者不同的需求,采用简洁设计手法,对空间合理安排,在不破坏原有的结构的基础上进行房间分割。户型规划以夫妻间、双人间为主,单人间为辅。房间内标配板式床、床头柜、衣柜以及独立空调,并设置单独电表;淋浴房内配有热水器;公共厨房配不锈钢水槽、操作台板、储藏柜等,厨房内支持使用电磁炉;房间的设施配备可以让租赁者拎包入住。值得一提的是,春风驿·计家蓝领公寓每个房间均安装了智能电子锁,在出入口设置人脸识别门禁;公寓整个区域实现Wi-Fi全网覆盖。

蓝领公寓规模较大,就需要完善的配套设施。"春风驿·康桥"和"春风驿·计家"一期项目附近,已开通了公交车,配备了公共自行车租赁点,小区内还设置了电瓶车充电停放配套设施;超市、餐饮等配套设施日臻完善,邵逸夫医院大运河分院也将进驻该蓝领公寓附近。如此诱人的居住佳处,每间/月租金只要500元人民币起,折算下来,每天每平方米的租金只有0.8—1.11元!在杭州,租金如此低廉的蓝领公寓绝不多见。

显然,这同样是个雪中送炭的惠民项目。为让最需要、最适合的蓝领人群入住,拱墅区内社会经济发展需要的物业、餐饮、保洁、保安、物流等服务性单位或对拱墅区实施"六大专项行动"、促建"运河沿岸名区"有贡献的服务性单位,将允许其打包承租;上述承租单位工作的相对收入较低的外来务工人员将优先考虑,允其入住。

征迁过渡公寓,让老人们在此安享晚年

> 把解决老年人征迁过渡这一难题当成大事来抓,一处处老
> 年人过渡公寓建起来了,种种优惠和优质服务暖人心。老人在
> 此安享晚年,征迁居民高度称赞,征迁工作有力推进。

孟子有言:"老吾老,以及人之老;幼吾幼,以及人之幼。"这句名言的前半句,其意思是,你要赡养孝敬自己的长辈,但同时还不应忘记与自己没有亲缘关系的老人。尊重和关心老人,为老人们排忧解难,让老人幸福地安享晚年,这是一种社会义务,这是每个人的责任。

这句话,用于评述本轮城中村改造中,拱墅大地上出现的一家又一家老年人征迁过渡公寓这一现象,真是太贴切了。

如上所言,这一次城中村改造过程中,很多街道和社区之所以能创下征迁签约的快速度,之所以能始终做到和谐征迁,与各个相关部门和征迁工作人员多为被征迁户办实事、做好事、解难题是分不开的。而在其中,专为老年人开办征迁过渡公寓的确应该大书特书。

众所周知,征迁户在腾房搬迁后,租房过渡时常常遇到家中老人被房东拒绝接纳的情况,说老人在租住期间,一旦有个三长两短,自己的房子会因此贬值,有的房东据此提出若想老人入住,必须先拿出数10万元押金,这一条件显然让人无法接受。有的房东则不太愿意接受老人们的生活习惯,对老人总是挑三拣四。在房子不愁租的情形下,商品房小区的房东们变得越来越挑剔。有的征迁户四处为老人寻找住处,总是找不到满意的。不消说,不少征迁户正是因为遇到无法安顿老人这一难题,才无法痛快"双签"、及时腾房。

上塘街道蔡马社区老年过渡公寓食堂

　　针对这一实情,在区委、区政府领导的亲自过问下,区各个相关部门、街道、社区积极行动起来,把解决这一难题当成一件大事来抓,想方设法,挖潜改造,利用现有的各类闲置用房或其他建筑,改建或扩建成征迁期间的老年人过渡公寓,并提供种种优惠和优质服务,让老人们自愿前来,在此安享晚年。在拱墅各个街道和大多数社区,都在短时间内办起了此类老年人征迁过渡公寓,或为老年人提供过渡住处,此举得到了征迁居民的高度称赞。

　　上塘街道蔡马社区"蔡马拆迁老年公寓"规模不小,它由一幢原本可以用来出租的三层旧厂房改建而成,2017年5月10日正式启用。凡本社区征迁户中70周岁以上的老年人均可入住于此,是拱墅区办得较好的老年人征迁过渡公寓,笔者慕名前去实地参观。

　　虽说是老年人过渡用房,应该说只是临时的,但入内细察,其改造标准并不低,绝非草率应付。公寓内一日三餐均有供应,保安服务十分周全,且严格按照环保标准统一装修,配套设施十分完善,卫生间设施尤其齐全,床头设置呼叫按钮,配备24小时监控及呼叫系统,公共过道还贴心地铺设了防滑塑胶地板防止老人摔跤。而入住该公寓的费用又极低,每位老人吃住全包只需300元,绝对的"白菜价",目前已有60多位老年人入住。"住在这里蛮舒服,是来享福的!"一位老人对笔者大声说道。

提前谋划、及早落实,是"蔡马拆迁老年公寓"能在本轮城中村改造过程中,在整个上塘街道最先启用的主要原因。"从2016年的9月份就开始谋划了,原先这处三层楼的旧厂房想改建成供社区居民办红白喜事的公共用房,但后来我们考虑,把它改造成老年人征迁过渡公寓更要紧、更合适。否则,70岁以上的老人,眼下到哪里去租房?社区里有一位老人,已经91岁了,哪位房东敢接受他?说实话,这幢旧厂房因为地段比较好,如果出租的话,一年也有好几百万元收入,但为了社区里的老人,放弃这笔收入还是蛮值得的。"时任蔡马社区党支部书记朱仪胜在现场告诉笔者,筹建这处老年人征迁过渡公寓,还是经合社董事长宋来富最先提议的,其时,街道还没有统一部署,社区已在自发筹办了。

"有了这处老年人征迁过渡公寓,子女的后顾之忧彻底消除,它的受欢迎程度远远超出我们的预料。社区里有一户征迁户,在外面已经租好了房子,钱都付掉了,但得知社区里有了这处老年人公寓,就觉得还是这里合适,要求入住。有一位社区居民,年龄还不到70岁,只有68岁,但他体弱多病,经常吃药、看医生,房东发现后就不让他入住出租房里,我们特事特办,也同意他入住老年人过渡公寓,这位居民十分感激。"朱仪胜说,老年人征迁过渡公寓的兴办,不仅有效推进了本轮征迁工作,还进一步密切了群众与社区干部之间的关系。居民们都强烈地感受到了社区干部为民办事的热忱和效能。

事实上,这样的老年人征迁过渡公寓在整个拱墅很普遍,康桥街道平安桥社区早在2009年就以"集中供养"方式解决老年人征迁过渡问题,并于当年4月顺利入住第一批征迁过渡老年人。迄今,该老年人集中供养点已投入600万元,扩建6000平方米,入住老人百余人,床位利用率保持在100%。统计数据表明,至2017年,全区有老年人口

拱墅区一处城中村改造老年过渡公寓

8.33万人,占户籍总人数的24.35%,其中70周岁以上空巢老人1.8万人,占老年人口数的21.6%。本轮城中村改造量大、面广、时间紧,老年人的过渡安置问题尤显重要。以"集中供养"的方式解决老年人征迁过渡这一难题,实为良策。如今,全区已有较大规模的老年人征迁过渡公寓9处,均采取了"集中全托供养"这一方式,工作人员除了由社区出资聘用外,还有不少志愿者参与。居住在各处征迁过渡公寓的老年人已逾千人。

在祥符街道新文社区,针对部分征迁户家中老人的单独安置难、房源少的问题,街道和社区积极想办法、解民忧。提前收回了对外出租的新文外来人口公寓,对其内部进行装修提升改造,外部加装室外电梯,用于本社区老年人过渡期间居住。同时,还寻找两处临时安置公寓,提供老人住房130余间,入住老人85人,征迁户们赞不绝口。

在康桥街道,至本轮城中村改造开始,全街道已设立8处社区集中托养中心,投入资金3559万元,建筑面积达26794平方米,房间724间,入住老人715人。为了加强征迁地块老年人过渡房的安全管理,街道按照"一点一方案""一点一名负责人"的要求,建立健全安全管理责任体系,配足配强管理和值班人员,加强监督检查,落实各项规章制度。与此同时,重点强化消防演练,相继开展消防安全应急救援演练、灭火演练等,并在所有集中托养中心建立微消防站及增配消防设施。街道、社区还组织了由43名社区干部和志愿者组成的"托养巡查小组",日检夜巡,检查出楼道堆积物、电瓶车充电、消控室管理等隐患问题,以确保社区老年人集中托养中心的绝对安全。

　　而在关心征迁户中的老年人方面,上塘街道大关村经合社专门做出决定,项目推进中,70岁(含)以上的老年人可得到适当补助,主要用于过渡期间的租房和生活补贴。困难家庭、重大疾病或残疾人也能凭相关证明获得适当补助,以解燃眉之急。采访中获悉,为解决老年人等特殊人群在征迁过渡期间的种种困难,各街道、社区和相关部门都拿出了实打实的帮扶措施,使很多让征迁户挠头的麻烦事得以消除。"征迁户遇到的老年人过渡安置等困难,的确也需要大家合力解决,因为只有街道、社区及相关部门,才能更好更快地挖掘潜力、集中资源、提供方便。当然,也少不了征迁居民的大力支持和配合。在这一过程中,老年人主动克服困难、尽快适应新的生活环境的故事,也很让人感动。"上塘街道大关经合社党支部书记、董事长姚广毅由衷感叹。

　　祥符街道充分考虑征迁户实际情况,联合区城中村指挥部,为征迁户提前安置至少一套现房,做到边签约、边拆迁、边安置,无缝连接签约、腾房、拆房三个环节,解除农户过渡难问题,使绝大多数征迁户做到"零过渡"。与此同时,他们突出重点,对特殊人群予以特别照顾。该街道花园岗社区范某某户,家中有一位30多岁的孙子,因智力障碍,生活无法自理,也无法结婚,为保障其今后生活,村集体给予该户一定优惠政策,适当增加其补偿价格和安置面积,也使老人得以安心。

　　"子曰:夫孝,天之经也,地之义也,民之行也。"这段话的意思是,孔子说过,孝道犹如天上日月星辰的运行,地上万物的自然生长,天经地义,乃是人类最为根本首要的品行。古人尚且能够如此,今人对老年人的尊敬、照料、孝顺,理应做得更好。当然,与前述孟子那段话的意思相类,这个"孝"既指儿女之孝,同样指社会对老人的关爱,这份关爱呈现在关键之时,更体现在细微之处。

康桥街道康桥社区地处康桥街道中心地段,居民仅105户,人口368人。本轮城中村改造过程中,没有单独设立老年人征迁过渡公寓,所有征迁户中的老年人都分散安排在其他社区和街道,但时任社区党总支书记王新子一直惦念着这些老人。在完成"双签"清零任务后,王新子一方面反复思考回迁之前应该如何做,才能做到社区居民人散心不散,另一方面则把关心的重点放在老年人身上。为此,王新子保留了社区原有的"亲情"服务,每年端午、重阳等节日都上门探望70岁以上老人,让老人们在外过渡仍然能享受到社区的照顾。老人们感慨地说:我的王书记,我们的干部,这份关爱真是让人感到暖洋洋的!

而在半山街道沈家桥社区,征迁时事先留下了村老年活动中心,让社区里的老年人依然可以在这里相聚,一起打牌、聊养生经,使得他们在精神生活上尽量不受征迁的影响。"我们对本社区的居民进行了分类考量,首先要考虑的是老年人的生活质量不因征迁而影响,尤其是考虑到老年人一般适应能力都比较弱。由此我们决定,征迁时除了保留社区的办公场所,同时保留位于望宸阁东麓、沿山港河河畔的沈家桥老年活动中心。"时任沈家桥社区党委书记林建腾说,不仅是保留这个房子,更要保留贴心服务。如今,老年活动中心仍然是社区便民服务的窗口,如定期安排医疗人员来这里,为老人们提供免费体检、医疗咨询等服务。每逢元宵节、重阳节等,社区还组织服务队,上门与老人们一起做汤圆、为老人们送棉鞋。

回应期盼，发放"红利"，解燃眉之急

> 把城中村改造的优点益处讲清楚；尽可能提前安置一套房源，及时发放货币安置费和补偿款；使征迁户尽早安排生活，尽早享受城中村改造的"红利"……种种暖心措施确保了和谐征迁。

半山街道石塘社区位于绕城公路和320国道城北入城口，与余杭区崇贤街道相邻，为杭州主城区最北的社区。本轮城中村改造中，该社区共计征迁户692户，为拱墅区最大的单体城中村改造项目。就在该社区的"双签"过程中，奇迹一次次发生：第一天取号抽签户数即达到89%，第4天"双签"就已过半，第8天"双签"数超90%，第10天"双签"率达到98.84%，最后剩下的几户也很快"双签"。

创造奇迹靠的是什么？按时任社区党委书记、经合社董事长胡楚良的话说：这是因为我们始终把征迁的好处告诉给了大家，确保了每位征迁户的利益，让他们觉得腾房搬家是很值得的！

早在2016年，为配合G20杭州峰会召开，石塘社区曾进行过综合整治，征迁了多处农居房，还进行了大规模的"拆违"。峰会一结束，石塘社区的整村征迁工作又开始了。2016年下半年，区、街道和社区三级征迁团队开始进行前期准备：收集整理居民户籍资料、公开选定评估单位、腾退办公场地等待指挥部进驻……与此同时，入户走访、宣传发动等工作陆续展开。征迁前，社区专门召开了党员及股东代表大会，全票通过相关征迁决议，只花了短短一周，就完成了所有农居房的丈量。

　　"唯有通过城中村改造，才能有效提升大家的生活质量！"这是通过政策解释、宣传发动后，石塘人形成的高度共识。社区在召开城中村改造"双签"动员大会时，每户征迁户均有1人以上参会。在全区各街道、社区城中村改造各类会议中，这场动员会的规模无疑是最大的。动员会的目的依然是阐明城中村改造的意义，以民为先、政策优惠、千载难逢、公平公正、先签先得利……是动员会的主题。

　　此时，征迁户们都已深知，石塘社区的整村征迁，绝对不是政府想要卖地，企图从土地中攫取巨利。征迁后的原石塘区块将建设生态静脉小镇，是一大片公共绿地，并非用于商业开发。没错，对石塘社区的居民来说，城中村改造的最大好处，就是大幅度地提高生活质量；而他们的惦念，也正是征迁的各项承诺是否能兑现。

　　"石塘社区的一个特殊性，就是刘文村、石塘和沈家浜一共3个片组，都与天子岭垃圾填埋场挨得很近，其中沈家浜与天子岭只隔了一条320国道，最近距离不足100米。尽管如今的垃圾填埋场采取了很多环保措施，但空气污染还是存在的，尤其在夏天或气压较低时，居民

工作人员与征迁户核对细节

们连窗子都不敢开。石塘居民盼望有一个更好的居住环境由来已久，而这轮城中村改造把确保群众利益放在首位，从征迁补偿、安置地块选择、集体经济留用地安排等几个方面，都给了实打实的优惠，这让征迁户们更加拥护，支持征迁的积极性越来越高。"石塘社区党委委员陈莉莉告诉笔者，在"双签"动员会上，胡楚良书记还对居民关心的问题逐个进行了解答释疑，居民们十分满意，最后以一起鼓掌来表达配合支持。

的确，为了彻底改善石塘社区居民的居住环境，拱墅区、半山街道和征迁指挥部等已做出最大努力，按石塘社区一位居民的话语说："征迁安置和补偿让人喜出望外"。如选择实物安置的，其安置小区位于半山桃源区块中较好的原金星村金鱼地块，距石塘社区的3个片都大大南移，空气污染的烦恼再也没有了；如选择货币安置，征迁补偿也蛮可观，有能力在市区另择佳处购房；而在10%的集体经济留用地安排方面，通过土地置换等形式，已在祥符街道孔家埭丰庆路地块、上塘街道瓜山社区电厂热水河地块得以落实，宝贵的土地资源将获得可观的经济效益。

"征迁户最盼望的得到了满足，每一招都落到了实处，所以前来签约的、忙着腾房的，都挂着笑容。社区需要做的，是协调好'双签'过程中的相关事务，解决征迁户各类家庭矛盾，协助腾退租客和承租经营户，做好征迁安置补偿等相关工作。"胡楚良告诉笔者，由于征迁的优点已深入人心，各个环节的很多工作征迁户们都会自觉自愿去做，达到了真正的和谐征迁。

回应群众期盼，努力解决征迁过程中的难题。祥符街道孔家埭社区需征迁的范围，包括孔家埭整村地块和孔家埭南地块（水厂地块）共两处，涉及283户征迁户。这一带外来租住人员多，仅孔家埭整村范围内，有承租户5471户，办理暂住的外来人员10400人以上，商铺400余家。由于较高的租金收入这一利益驱动，征迁户们难免有所犹豫。

祥符街道突出宣传动员、资金保障和政策服务"三个支点",从居民容易产生顾虑的实际问题入手,以排忧解难、确保利益的一系列有效举措,引导居民自觉签约,确保和谐征迁。

"征迁户们特别关注安置这一环节,一旦没能安排好,会让他们在'双签'前犹豫不决,我们对症下药,以一系列政策服务和具体举措,彻底解除他们的顾虑。他们的根本利益得到了保障,'双签'也由此顺利推进。"祥符街道办事处副主任翁红亮介绍说,为了使征迁户们尽快过上稳定安逸的品质生活,在相关部门的支持下,仅在2017年,街道即与区城中村改造指挥部沟通协调,对选择调产安置的征迁户,一律提前安置一套房源,安置地点位于更靠近市中心区的阮家居和锦文雅苑回迁小区。首批安置的征迁户即达256户。郭家厍、渡驾桥、三宝村的回迁安置工作已在当年完成,孔家埭、祥符桥、李家桥、花园岗等社区为相当一部分征迁户提前安排了一套安置房,提前超额完成全年的回迁安置任务,以达到整个街道安置零过渡的目标。

在努力达到这一目标的过程中,祥符街道的主要做法有,一是倾听群众诉求,消除群众疑虑。街道通过悬挂横幅、发放告知书、播放流动广播等方式,并召开村民代表大会,对征迁户晓之以政策。在前期入户走访时,把安置房的房源户型提前公布,征求被补偿人安置意见。启动征迁之前,对有现房安置的征迁地块,安排看房日,组织征迁户实地参观即将入住的安置小区,给他们吃下定心丸。二是统筹协调,争取房源。街道与建设单位积极沟通协调,保证房源供应。如祥符桥社区整村拆迁时,因区城建发展中心手中房源不足,经过街道与区城中村指挥部多次沟通,后由区城中村指挥部调剂部分房源供区城建发展中心用于安置,使问题得到了解决。同时抓好项目质量关,督促安置房建设单位、监理单位严格执行相关制度,严格按照设计图纸施工,不打折扣,以确保安置房建设质量和品质。三是挂图作战,完善机制强保障。街道联合建设单位、经合社、社区等相关单位成立安置工作小组,街道主要领导任组长,下设核对组、抽房组、房源信息报送组、资金结算组、后勤组、安保组6个小组。安置过程中,安置小组从前期的农户信息核对、征求意见、确认户型搭配,再到现场抽房选房、资金结算,保证程序到位,不留死角,不出差错。安置当日,邀请公证处现场公证,全程影像留存,录像取证,纪检人员、征迁户代表到岗监督。

在湖州街和茶汤路交叉的东北口,有一处名曰"蔡马人家"、由7栋高层住宅楼组成的小区,这里交通便捷、造型美观、公共设施完善,小区环境好,物业管理到位,房屋出租率更是达到了100%……上塘街道蔡马社区征迁户的回迁安置房就在这里。2011年蔡马社区首轮城中村改造后,征迁户们已在2015年统一回迁入住于此,受到普遍赞誉。这一回,明确的通知已经下来,本轮城中村改造,无论是蔡马新村还是九十六亩头,两个地块的征迁户仍将安置在这儿,蔡马人家小区东侧的地块,很快将开工建设高品质的安置房小区。在街道和社区的参与和督促下,从图纸阶段就开始介入,以提高安置房的建造质量。如今,电梯、门禁系统、新风系统等更高配置正在由图纸一一变成现实,成为蔡马人家的"2.0版本",征迁户无不欣喜,"双签"、腾房的积极性愈见高涨。

多年来的成功经营,蔡马经合社的经济实力正日益壮大。经合社先后出资建成纳德自由酒店、时瑞大厦、天瑞国际等多座高品质酒店、写字楼,尤其是2016年落成的天瑞写字楼,已成为上塘电商小镇的主要基地,蔡马将成为城北地区电商产业重镇并非虚夸之辞。本轮城中村改造结束后,蔡马经合社拟参与建设舟山东路区块高品质商住区,不少商业项目将陆续在此上马。"我们把蔡马美好的未来描绘给征迁户们听,让他们时时感受到城中村改造能始终保证大家的利益,这是我们做好征迁工作的一大法宝。"蔡马经合社党总支书记、董事长宋来富说。

在楼市持续火热的大背景下,货币安置价格也持续走高,货币安置成为很多征迁户选择安置方式的重要选项,几乎每家每户都有实行货币安置的人口。拱墅区相继推出"1＋X安置"方式,确保征迁政策、过程、结果全面公开、公正、公平,逐户计算好"货币安置、货币＋调产安置、调产安置"三笔账,提前备好三套安置方案,让征迁户最终选择最佳方案,确保征迁户利益最大化,这一招,有效减除了征迁户在安置问题上的"痛苦纠葛"。与此同时,区财政、城改办等单位共同努力,及时调配资金,及时发放货币安置费和补偿款,使征迁户尽早安排生活,尽早享受城中村改造的"红利"。

"历史把那些为共同目标工作因而自己变得高尚的人称为最伟大的人物;经验赞美那些为大多数人带来幸福的人是最幸福的人。"这是革命导师、德国哲学家、思想家卡尔·马克思所言。工作者是美丽的,成功者是幸福的。当忠于事业、不知疲倦的广大征迁工作人员让征迁户满意,过上幸福生活,确保和谐征迁,他们的内心无疑也涌满了幸福感。

难题被逐个攻克,获得感由此而生

　　承租经营户有了新去处,征迁户获得了高品质的回迁房,孩子将享有优质教育资源……解开思想症结,解决实际困难,方能顺利推动城中村改造,真正做到和谐征迁。

城中村改造势如破竹,城市嬗变自然免不了对居民、租客的生活造成影响,原有的商贸业态也需经历考验。部分承租经营户因正常经营受到一定影响,有的必须迁至异地重新开业,有的必须改变业态,有的不得不暂时歇业。从而产生怨言,甚至抵触情绪,在客观上阻滞了以农居房征迁等为主要任务的城中村改造进程。

　　"对此,我们上塘街道采取了一系列有效措施,通过'三化'取得民心,推进搬迁和腾房。一是主动作为,化抵触为支持。即根据店面腾退症结、难度等,细分各家商户情况,依照政策,灵活处理,且以重点商户为突破口,分别制定腾退方案,实现腾退以点带面。二是搭好平台,化矛盾为力量。即主动搭建矛盾调解平台,由信访专员、律师常驻办公室提供法律咨询,社区干部当好娘舅,协调处理房东与承租户之间的矛盾,帮助承租户妥善解决商铺寻找等问题。三是争取民意,化被动为主动。找准腾退工作切入点,打好'亲情牌'。以威望高、影响力较大社区干部和居民为攻坚助力军,积极动员在带头完成'双签'后劝说、带动租户腾房,合力破解店面腾退难题。"时任上塘街道党工委书记应巧华介绍说,在这"三化"措施中,最重要的一点是切实帮助他们解决遇到的实际困难,"难题解决了,矛盾消除了,搬迁、腾房自然也不成问题了"。

　　如在舟山东路商业街,针对商铺大量搬迁在周边学生和居民中存在较多抵触和不理解,并表示给生活带来很大不便的情况,街道根据承租户的意愿,主动协调,将"新安江奶酸菜鱼"等部分舟山东路网红店铺,统一安置至附近的七古路 90 号建华商业中心;如网红店"花哥"在搬迁过程中存在一定矛盾,街道主动积极对接浙大城市学院等周边单位,帮助新店选址浙大城市学院内,继续为周边大学生提供便利服务;又如个别承租经营户在腾退时,遇到人手不够等困难,街道和社区即组织已经完成腾房的农居房居民,自愿成为志愿者,帮助做好承租房的腾退,多个社区还形成了由征迁居民组成的志愿腾退组,协助上门工作,助力腾退,承租经营户十分感激。

　　不仅是对承租农居房的经营户,在对辖区内大型商贸市场的腾退过程中,区相关部门和街道、社区都能站在经营户的角度,深入了解他们的实际困难、倾听呼声,主动协调,用足用活政策,及时调整方案,让众多经营户搬得舒心、腾得开心,从而做到和谐征迁。

　　位于上塘街道辖区内沈半路 91 号的杭州灯具市场建于 1994 年 9

月,占地面积57亩,建筑面积约4.8万平方米,为省级首批三星级市场和区域重点龙头市场。本轮征迁中,按照市政府要求,杭州灯具市场必须尽快拆除征迁。面对时间紧、体量大、要求高等特点,区相关部门、上塘街道联合杭州灯具市场、善贤经合社等单位,仅用了21天,就与全部335户经营户签下了征迁腾退协议,过程相当平稳,其主要做法和经验,同样是从维护经营户切身利益出发,以解决他们的具体困难为推动力,求得和谐征迁。

如全方位掌握市场管理方、经营户、善贤经合社等多方利益诉求,从摸底中发现,不少经营户已在市场经营多年,且在上塘扎根,街道便结合辖区村级集体经济实际,选择地理位置优越、交通便利的善贤、皋亭村级物业作为经营户安置备选点,以消除他们的顾虑;在整体推进过程中,街道在市场醒目位置张贴工作流程表,全面公开补偿方案等;拆迁过渡费、按时签约奖励费等补偿也及时到位。由于工作细致、妥善,签约工作推进后期,甚至还出现经营户排队签约场景,日签约最高达55户。签约完成后,街道还向经营户送上感谢信、纪念品等。

晓之以理,动之以情,让群众知道城中村改造的种种好处,解开思想症结,解决实际困难,提高他们的生活品质,想方设法为征迁居民提供优质的配套生活设施,这样才能顺利推动城中村改造工作,真正做到和谐征迁。

华东师范大学附属杭州学校(申花单元GS0404-02)是拱墅区重点教育地块征迁项目,地块东至莫干山路,西达化工路,北到育英路,南临婴儿港河,均处祥符街道花园岗等社区范围内,涉及农居房居民66户。该校从拟落户拱墅那时起就广受关注,不仅是该校将采用九年一贯制公办学校的新型办学模式,将统一纳入华东师大附校联盟管理平台,其强大的教学实力,还将使它成为全国样板学校和华师大教师专业发展示范校。说它将与杭州最好的同类型学校比肩,一点也不为过。

正是因为该校具有如此强大的诱惑力,从征迁计划明确后,围绕如何享有这份难得的教育资源,征迁户们纷纷提出了要求,有的适龄儿童家长还提得颇为迫切。

对此,区城中村指挥部、祥符街道等单位会同花园岗社区,在细致倾听被征迁居民诉求的前提下,从为征迁户解决难题、提高他们的生活品质,增强群众的获得感入手,稳妥地推进这一地块的征迁工作。他们组织召开股民大会、组长会,对征迁政策、华师大杭州学校地块规划进行了广泛宣传,充分保障征迁户的知情权,宣贯优质教育资源对区块发展的带动作用。同时,充分发挥入户走访"一户一档"制度优势,在入户走访过程中详细记录农户关于安置方式、学区划分、特殊人群补贴等诉求十余份,确保诉求摸排到位。重点掌握离异家庭等特殊情况就房产分割、父母与子女并户等可能影响征迁进度的问题,启动调解,解决种种历史遗留问题。

当然,让优质教育资源惠及"原住民",这才是征迁户更关注的。拱墅区城中村指挥部等相关部门主动作为,多方协商,积极对接教育部门,最终为征迁户们争取到了这一优质教育资源。双方经协商已经明确,凡适龄儿童第一法定监护人所属房产处于该地块征迁范围的,凭拆迁合同等材料,可就读该校。这一优惠政策,共惠及适龄儿童23人。

好消息传来,征迁户们无不兴高采烈,也深深为征迁部门工作的细致、务实点赞,认为政府征迁部门想群众之所想,急群众之所急,把实事办到了点子上。由于卸下了不少征迁户的心头负担,征迁各个环节的工作都做得很到位,华师大杭州学校地块仅用了22天就完成了"双签"。2019年9月1日起,该校正式开学启用。

2018年9月,拱墅区2018年最大规模的安置房项目正式开工!

运河新城A-R21-08地块(西杨C地块)安置房项目位于备受瞩目的运河新城核心区,东至丽水北路,南至新开河防护绿地,西至西杨直街,北至郁世门路,总建筑面积达26.2万平方米,预计建成后可提供安置房1500余套。该项目的"亮眼"之处,是拱墅区内率先采用"全过程代建"模式,引入业界知名房开企业——绿城集团参与建设的重大安置房项目,将力求打造成为拱墅"精品安置房项目"之标杆。

据悉,该安置房项目交通便捷,地铁4号线在附近设有拱康路站点;经丽水路(石祥路—金昌路)下穿隧道可直通市区,宽阔的马路四通八达;杭十四中康桥新校区、杭十四中附属学校、杭州市新城实验小学和新城幼儿园等均已投入使用;康桥健康产业园距此不远,就医方便;社区卫生服务中心、文体活动中心、农贸市场、社区配套用房、托老所等项目也已在配建,其配套设施之完善,在杭州各个安置房项目中首届一指。

"看齐中等以上商品房标准,确保安置房成为'顺心房',这是我们的目标。我们想通过这一安置房项目,营造一个景观环境优美,配套设施齐全,既与周边环境协调一致,又具有自身建筑性格和特征的精品安置房样板,为今后的样安置建设提供示范。"该项目建设主体拱宸桥指挥部负责人表示,由于运河新城建设有其高标准,而该地块处于运河新城的核心区,按照周边配套"做加法"的原则,该项目的建设水

家门口的医院(唐建仁摄)

平和质量肯定"没得说"。

笔者从负责此地块征迁安置的拱宸桥地区旧城改造建设指挥部了解到,该项目建成后,将首先安置涉及蒋家浜、西杨、吴家墩、永和、康桥5个社区600多户征迁居民。毫无疑问,这些居民"有福了"!

"有福"的体现,不仅是安置房本身的水平高、质量可靠,同样还体现在设计、建造过程中对征迁居民意见建议的尊重,这显然也是"和谐征迁"的一个突出表现。笔者在采访中获知,为让即将迁入该安置房小区的广大征迁户满意,与他们的需求相契合,康桥街道提前介入、主动参与。在方案初步设计前期,就针对征迁户比较关心的安置房户型设计组合、配套功能布局等问题,组织征迁户代表参观品质较高的安置小区、参与户型图设计初稿的沟通对接。还在社区大厅进行公示,事后还对方案作了修改完善。针对有些被征迁户提出的"子母套"设计要求,组织工作人员以上门入户的方式进行意向调查,按照少数服从多数意见的原则,在吸纳建议的同时,进行耐心细致的解释说明。

"安置房是给征迁户们住的,所以一定要让他们说了算。社区里有多数居民要求户型搭配多一些,要有绿化景观,要人车分流,所以户型上有68平方米、88平方米、138平方米及158平方米四大类户型,小区内道路系统整体采用人车分流,还通过立体化的景观设计、建造绿化庭院等创造一个舒适休闲的人居环境。"时任蒋家浜社区党支部书记王志鹏书记说,征迁户们的不少建议还是很有合理性的,吸纳意见的过程就是让安置房建造得更为完美的过程。

与此同时,为确保安置房的建设品质,康桥街道又协同拱宸桥指挥部,聘请了5—6名征迁户代表作为项目建设跟踪的义务监督员,对工程关键工序、关键部位、隐蔽工程进行过程监督,还采用可追溯性的影像资料留存等阳光管理举措,做好全过程监理,从源头上为提高安置房工程质量打好基础。

仅在康桥街道,除了上述运河新城A-R21-08地块(西杨C地块)安置房项目,尚有运河新城子C-R21-01地块(谢村安置房)项目和谢村单元R21-02地块（康桥村安置房二期）项目，其中前者约28万平方米，2091套房屋，预计到2019年下半年可交付使用；后者约28万平方米，1802套房屋，分二期建设，其中一期约14万平方米，2019年下半年交付使用；二期约14万平方米，预计到2020年下半年可交付使用。此外，康桥单元FG09-R21-10\FG09-R21-11地块（独城安置房），约22万平方米，1158套房屋，也已启动立项设计等前期工作，2018年底开工建设。

"飞沉皆适性，酣咏自怡情。花助银杯气，松添玉轸声。"（[唐]白居易《春池闲泛》）令人振奋的是，2018年1月，经拱墅区第七届人大代表现场投票表决，2018年区政府十件民生实事项目正式出炉，其中征迁安置房竣工交付和征迁户回迁安置工作放在了重要位置——2018年将交付安置房3751套49万平方米，回迁安置800户，并且安置房质量可媲美中等以上商品房品质。这些安置房中，有康和嘉苑一期930套13万平方米，七古登地块446套5万平方米，平安雅苑1359套18万平方米，蓝孔雀地块1016套13万平方米等，地段极佳，品质上乘。与此同时，与各安置房项目配套的6所学校、幼儿园都将竣工，其他配套设施也将跟上。由此，2018年成为安置房开工和交付最多的年份。

"运河邻里"康桥农贸市场完成提升改造，实现华丽转身（书经文化供图）

第十章 留住乡愁 彰显文化

努力建成中国大运河文化带发展的先行示范区，着力融入国家大运河文化带建设，着力完善公共文化服务体系，着力加强文化遗产保护利用传承，着力推动文化创意产业转型发展。

——《拱墅区文化发展规划（2018—2021）》

青阁疏棂辉夜月，香亭澄水映流霞。春风不让河阳丽，好向公余玩物华。

——［清］王廷梓《芳林即景》

求木之长者，必固其根本；欲流之远者，必浚其泉源。

——［唐］魏征《谏太宗十思疏》

保护和传承历史文化,打造新的历史文化景区,已成为城市更新不可或缺的重要任务。打造祥符古街,建设运河湾历史文化街区;珍视每一处工业文明遗存,征集和展示老物件;更有那颇具气势的"运河文化带"建设,均属实施"文化引领"战略的大手笔。腾出空间,提升品质;棋局走活,城市更新。苍老破败的景象已经逝去,丰饶的历史韵味更加醇厚,广大人民群众由此能够共建、参与、乐享更多的文化成果。

祥符古街，传统文化与潮流文化完美交融

> 继拱宸桥西、小河直街、大兜路这三大历史街区之后，不久的将来，我们又将迎来传统文化与潮流文化交融的祥符桥历史文化街区、将迎来更具时代感的"文化运河湾"。

祥符桥，杭州城北的一座古桥，静卧在宦塘河上，自南向北连接着祥符直街和祥符北街。该桥桥体全长19米，宽3.6米，高5米，为五孔石梁桥，2005年3月，祥符桥被列入浙江省文物保护单位，在京杭大运河申遗时，被纳入国家级文保点。2007年，由拱墅区建设局牵头对该桥的修复进行勘察、设计、施工，更换了断裂的支撑石板，并于2008年修复完毕，使整座桥体恢复原貌。

据记载，祥符桥最初可能建于北宋。"祥符"有"吉祥的征兆"之意，蕴含着"人与自然互动互融"的意思。同时，"祥符"又是北宋真宗的年号，表明了当时的政治清明和经济文化繁荣。现存的祥符桥桥下有明嘉靖年间重修的石刻题记。不可忽视的是，半人高的桥栏中部，外侧各雕刻"祥符桥"字样，其中一边是阴刻的篆体字"祥符桥"，另一边是阳刻的大楷"祥符桥"，似含有中国古代阴阳结合之象征意义，当然也有可能是不同历史时期留下的字样。

据专家认定，江南一带古石桥众多，但祥符桥拥有两大独特之处：一是祥符桥的桥墩是由四块石板搭成一组、共四组组成的，矗立在宦塘河里，用整块的石板作为桥墩的石桥，在杭州实属罕见。除了石板有较强的支撑作用之外，这样的建造方法主要还是为了最大化保留河流的空间，减少桥墩对水流的阻力，有利于船只通行。二是祥符桥的

梁柱石板上镌刻有莲花浮雕,望柱上除了石狮还有石雕的莲花宝座,这在江南古桥中也是极其少见的。虽经岁月侵蚀,祥符桥上的莲花宝座浮雕已显残破,但仍可以睹见其雕刻技法纯熟,形象生动,尤其是覆莲,样式与杭州南星桥遗留的宋代望柱形状类似,可知祥符桥的覆式莲望柱很可能为宋代原物。除此,祥符桥的其中一组桥墩上还镌刻有莲花,上半部分为下垂的荷叶,中间留有空白的框,可能曾留有图文,下半部分则是数枝荷的根部,与上部的荷叶连为一体,如此创意并不多见,文物价值颇高。当地老年人回忆,祥符桥畔曾建有颇负盛名的祥符寺,今已不存,但此桥位于寺庙前,桥体上留下的浮雕图案显然与佛家有着颇深的渊源。

江南一带往往以桥形成村落,或曰由村落架设桥梁。依着宦塘河,祥符古村蹲踞在祥符桥的两侧,古村后来成了古镇,古镇日趋繁华,终成了今人熟知的模样。祥符桥的两端分别是祥符直街和祥符北街,这是这座古镇最重要的街道,也是祥符古镇各类商铺和居民住宅最集中的区域。祥符直街上还有很多木结构的老房子,那是江南一带最常见的青砖黑瓦的平房或两层楼房,"豪华"的也不过三层。桥北成片的老房子已经无觅,但祥符北街上仍留有建于清末民国初的茧行(茧丝集中收购场所)、北街15号的粮站旧址等。旧迹以及其中摆放的种种老物件,仍能勾起人们对昔日的回忆。长期研究祥符桥历史文化的孔家埭社区居民孔顺祥告诉笔者,当年祥符老街上的几家茶馆生意红火,既有说书,又有唱戏,听者除了当地居民,宦塘河上过往的船只也会停下来过过瘾,那番淳厚古朴之感,实在教人难忘。

然而,岁月流逝,曾经繁华的古镇,古镇上的老屋愈发显得破败,整个镇区(祥符镇已于2009年7月撤镇建街,今为祥符街道)老街、新建小区、农居房混杂,基础设施建设难以跟上,丰厚的历史文化底蕴也无法充分展示。这一切,使得这座地理位置极其优越的古镇,其现有风貌显得与杭州这座日趋现代化的城市格格不入,居住在这里的人们,生活、工作、学习、休闲等方面也颇为不便。

城市更新对城市的发展无疑是个难得的良机。2017年7月底,祥符街道实现了城中村改造农居房"双签"清零的目标,这意味着祥符古镇将迎来一次彻底的嬗变:苍老破败的景象即将逝去,一个全新的古镇正在向人们走来。

"2018年11月,祥符老街启动历史文化街区项目建设。未来几年,街区建设将秉承'保护性开发,传承历史文脉'的理念,挖掘提升历史文化价值特征,真正让城市融入自然,重现'望得见山、看得见水、承载起记忆,留得住乡愁'的景象。同时,现代化的设备又将给古镇和老街注入新的活力,打造引导街区现代文化商业的发展,使它成为杭州城北重要的文化休闲街区。"时任祥符桥社区党委书记孟勇坦言,恢复古街风貌,打造历史文化街区,这是拱墅区在城市更新过程中交给祥符的特殊任务,作为古街所在地的社区,理应全力以赴、精益求精地去完成,让祥符古街重焕新生。

或许,正是为了打造祥符古街、进一步推动祥符古街的发展之需,2017年4月,原祥符社区和原祥符桥社区合并组建成新的祥符桥社区,作为新组建社区的"当家人",孟勇深感责任重大,挑战多多。当然,当前最重要的任务之一是参与祥符古街的打造,尤其是完成好祥符老街的征迁。"祥符老街历史复杂,农居混杂,人口、户籍、地籍资料查询起来十分困难,而每一种类型的政策都不一样。我们首先把祥符老街内人口户籍一一理顺,逐一对老街居民解释征迁政策。由于工作到位,征迁工作进展顺利。而征迁居民都将回迁至祥符佳苑二期,预计3年时间可实现回迁安置。"

根据《祥符桥传统风貌街区城市设计暨控规调整》这一规划,祥符古街在城中村改造中将保留祥符桥及原街巷尺度和原建筑风貌肌理,保留文化底蕴。在保护传统历史风貌方面,将构建起"一桥两街多点"的老建筑保护格局,"一桥"为祥符桥,"两街"即祥符直街和祥符北街,"多点"即指祥符茧行、北街15号粮站旧址、清末民国初民宅等8处历史旧迹。等到四年后完成开发建设,原住民再回到这里时,还能找到当年的记忆。

"未来祥符古街的总体定位,是打造一个完整的、多元融合的、具有杭州市井韵味的开放式生活街区。此次街区改造,除了在整体布局上保留原街区石库门、高围墙、直屋脊等江南院落特征,展现水乡独特韵味外,更要做好传统历史建筑的保护和挖掘,在保护国家级文保单位祥符桥,市级文保单位祥符茧行的基础上,再新增5处具有历史价值的建筑,使祥符桥历史街区风貌核心区特色更加凸显。它的业态定位是集全天候的滨水街区、多元化的休闲业态、文创产业与特色教育、传统文化展示于一体的街区。"拱墅区城建发展中心党组成员、副总指挥严晨介绍说,生活市集、市井体验、文化民宿等是未来业态的主要设想。与此同时,小学、幼儿园、养老院等配套设施都将完善,交通方面将十分便利,除了地铁和快速公交,还有可能推出水上巴士。

与以往杭州及拱墅各个历史文化街区不同的是,祥符古街的打造将有浓烈的现代感和时尚色彩。在以祥符桥的市井与生活气息作为传承点的基础上,体现"吃+购物+学习"的生活厨房市集的概念,融合年轻人喜爱的"体验式"贩卖,并打造一个中端定位的主题文化民宿与平价定位的国际青年旅社集合地,也可兼顾城北都市新白领的生活居住,使传统文化与潮流文化完美融合,其特色十分鲜明。

结合城中村改造,在拱墅区,祥符桥历史文化街区的打造仅为其中典型一例。自1997年启动的拱宸桥地区旧城改造,这一杭州市最大的旧城改造工程,以及相继开工的小河路、大兜路等历史街区的改造项目,已为新一轮的历史文化街区建设积累了丰富经验。在城中村改造和旧城改造中,保护和传承历史文化,打造新的历史文化景区,已成为拱墅区及承担城中村改造各项任务的所有部门单位的共识。

在《杭州市大城北地区规划建设三年行动计划(2018—2020年)》的五条基本原则中,"坚持文化传承优先"为第二条,明确提出了要以打造大运河文化带国家战略为引领,加快落实大城北地区的历史文化遗产保护传承与利用,彰显地域文化特征,体现江南水乡文化内涵。通过进一步挖掘传承各类历史文化脉络,研究保护工业遗存文化,串联大城北地区的人文、历史文化资源,打造具有全国乃至全球影响力的运河文化品牌。可见,珍视大城北地区历史文化遗存的价值,加大保护力度,是杭州城市更新不可忽视的重要任务。

与上述祥符老街历史文化街区项目建设启动相同步,2018年11月,大城北地区内的运河湾历史文化街区也正式开工。运河湾历史文化街区位于石祥路以北的运河两侧,南与桥西相连,配备娱乐、商业和配套居住。除了历史街区以外,位于运河湾的南部核心的运河文化公园也同时开工。

老杭州人都知道,石祥路以北的运河两侧以前都是杭州工业、仓储以及物流的主要供给区域,但随着大城北地区的转型升级,钢材市场、仓储码头等退出历史舞台,运河湾也面临着转型升级。"这一区块的建设用地面积93.53公顷(1402.95亩),总建筑开发规模约为100万平方米,其中规划住宅面积62万平方米,公建面积38万平方米,居住

大城北规划展示馆于2019年9月30日开馆(书经文化供图)

人口约2万人。未来运河湾区块作为拱宸桥精华段的延伸、传承与发展,有必要把它打造成'都市休闲文化'的经典之作。"市运河集团负责人介绍说。

"休闲新胜地,文化运河湾",突出"文化"两字是未来运河湾布局的一大特色。据悉,运河湾项目将围绕"一核一岛两港"重点打造。"一核",即由运河湾国际旅游休闲综合体、运河文化公园、运河两岸历史景观体验走廊等组成的核心区域;"一岛",即是利用丽水路下穿,形成三面环水的独特优势,打造以商业、创意办公、娱乐休闲为主题的运河休闲岛;"两港",包括管家漾城市游乐港和周家河水街休闲港。

毫无疑问,今后,运河沿线保护开发也将从拱宸桥区域一直向北挺进,开启一系列环境提升、产业发展和配套完善工作。根据大城北地区规划建设方案,运河新城将融入大城北建设项目之中,并将在2020年底基本建成。"青阁疏梳辉夜月,香亭澄水映流霞。春风不让河阳丽,好向公余玩物华。"([清]王廷梓《芳林即景》)一切都已在渐渐走近。在不久的将来,继拱宸桥西、小河直街、大兜路这三大历史街区之后,我们又将迎来传统文化与潮流文化交融的祥符桥历史文化街区,将迎来更具时代感的"文化运河湾"。

大烟囱的故事,珍视每一处工业文明遗存

凤凰浴火,涅槃重生。工业企业旧厂房、旧设施的保护性再利用,显然是一种对工业文明的尊重,也是对现代文明的延续和衍生。工业文明遗存凤凰涅槃的传奇还在延续。

说起拱墅区,人们总会不由自主地与工业区相提并论。没错,自

19世纪末年开始,伴随着清末洋务运动和民族资本主义的兴起,运河拱宸桥两侧开始出现现代工业企业的身影;到1953年9月,在国家建工部专家组和苏联专家组的指导下,杭州市第一个城市总体规划编制完成,其中明确划定拱墅区运河沿线的拱宸桥、小河一带是轻化工业区,拱宸桥的运河东岸是仓库、码头用地。从此,一个又一个工业企业在这里兴建和集聚:杭一棉、浙江麻纺织厂、杭州丝绸印染联合厂、杭州印染厂、华丰造纸厂、红雷丝织厂、杭州热水瓶厂、杭州大河造船厂、杭州汽车发动机厂、张小泉剪刀厂、杭州油漆油墨厂、杭州玻璃器皿厂,以及后来的杭州热电厂、杭州灯泡厂、杭州化纤厂、华东制药厂、杭州民生药厂等纷纷在此建成投产,拱墅名副其实地成了杭州最大的工业区。

20世纪末至21世纪初,随着城市"退二进三"步伐的加快,工业企业的转型升级和异地搬迁势在必行。曾经带来城市发展荣光的一座座工厂停止了喧嚣,留下一个个巨大的空间。这些空间有些因为陈旧破败,没有太多的利用价值而被拆去,腾出来的土地上矗立起了新楼,有的则还依然保留原样。但这些已不再用于工业生产的厂房、设备、烟囱等,仍然具有特殊的、不可多得的价值,把它们改造成文创园、公园、博物馆、艺术馆乃至商业场所,非但能留存和保护它难得的工业文明印记,还能让它发挥新的、更大的作用。

如今,华丰造纸厂的旧厂房里,已变成自由随性的涂鸦和富有个性的工作室;杭丝联变成了"丝联166创意产业园",是运河东面重要的文化产业地;杭州锦纶分厂成了名声在外的"LOFT49",一批热情洋溢颇有创意的艺术家和设计师让泵阀、管道、料斗变得像老式电扇、留声机一样,转回成新的时尚。

凤凰浴火,涅槃重生。工业企业旧厂房、旧设施的保护性再利用,显然是一种对工业文明的尊重,也是对现代文明的延续和衍生。多年来,保留拱墅独有的运河风韵和工业味道,使其成为城市更新的一个有机部分,已成为拱墅人的共识。中国刀剪剑博物馆、中国伞博物馆、中国扇博物馆、民俗生活博物馆等博物馆的馆舍,大多由旧厂房改建而来,各大历史文化街区中也保护了大量的旧工业建筑以及富义仓这样的古储藏仓库。

共同留住拱墅的历史,无疑是城中村改造过程中至为关键的一环。随着城中村改造工作的逐步深入,工业文明遗存保护和再利用的脚步也在加快。为此,配合城中村改造工作,拱墅区还专门成立了文保小组,协调并落实这项不可或缺的工作。

在此,就要细述一番前文已略有提及的热电厂综合体"烟囱广场"了。

前溯历史。改革开放之后,经济建设速度加快。1980年,国家决定在全国范围内投资建设十个热电联产连片供热工程项目,其中一个项目落在了杭州。"这一项目选址莫干山路北大桥,是因为当时杭州的轻工业企业大都集中在这里,包括造纸厂、塑料厂、灯泡厂、热水瓶厂、化纤厂、印染厂、制药厂,门类复杂,企业繁多。这些企业都需要用热能,都在使用小锅炉,而小锅炉远没有大锅炉节能。若把几十支烟囱集中起来处理,变成一支大烟囱,在环保上也是有利的。就这样,主要承担集中供热任务的杭州热电厂就建起来了,那根150多米高的大烟囱取代了许多小烟囱。"曾长期在杭州热电厂工作,原杭州热力公司总经理俞建国,对于杭州热电厂这根大烟囱的来历,说得生动而详尽。

的确,杭州热电厂以及后来以此为基础组建的杭州热电集团有限公司,曾为国有企业和部分居民小区提供集中供热服务近30年。这种集中供热的方式,在当年确实起到了节能、环保等不可忽视的作用。然而,调整经济结构,重视环境保护,企业搬迁改造,建设品质之城,使得原先的布局、设想、规划都需变动。嗣后,为适应热电企业生产能力扩大、工业用户减少的现状,杭州热电集团成立杭州市热力有限公司,主要负责向居民和公建用户供热。再后来,由于作为新能源的天然气大规模的使用,集中供热的方式已渐显落后。2009年6月23日,由杭州热力公司集中供热的最后一家企业改用天然气,标志着杭州热电企业向市民谢幕。杭州北大桥的地标性建筑,那支150米高的热电烟囱就此"戒烟"。

热电企业歇业了,那支大烟囱却仍在。围绕着要不要以爆破的方式拆除这支大烟囱,广大市民和相关部门有过讨论。但最后,"保留派"占了上风,当然是在重新设计、加以改造的前提下的保留。是啊,作为杭州轻工业企业的重要基地,这支当年很远的地方即可睹见的大烟囱,毫无疑问是其地标,如今把它改造成对工业文明的一种怀想,改造成今昔大城北地区华丽蜕变的一种象征,岂不更有意义、更富韵味?

如今,北大桥热电路和隐秀路交叉口的那支大烟囱依然矗立,异常醒目。围绕着它,一个已被众人命名为"烟囱广场"的文化创意项目正在紧锣密鼓地打造。"在对大烟囱完成加固之后,把它变身为一支节节高升的'翠竹',白天、夜晚会有不同的风景,烟囱内部也会别有洞天,拟采用AR技术打造一个观影体验空间。同时将以'修旧如旧'的方式,在烟囱广场附近打造一面工业文化墙。烟囱的西边准备打造成城市会客厅,会有一些特色创业办公以及公共休憩空间,市民也能参与其中。东边则是热电厂原址,将进行原汁原味的修复。还有更多工业遗存,在设计时就被保留,如工业文明轴线现场散落的耐火砖,也是工业文明与历史的见证者,被收集起来砌筑成墙。"负责热电厂综合体"烟囱广场"设计工作的江南设计院负责人介绍说。

"烟囱广场"只是热电厂综合体项目其中一个组成部分,该综合体项目由大烟囱地块、江南设计院地块和杭州运河文化艺术中心3个地块组成,现隶属于申花产业聚集区,是"商业商贸、IP产业、科技信息"为主导的新型商业圈。

运河文化艺术中心是烟囱广场的重要组成部分,该项目位于庆隆小河单元内,东至GS0304-G3-29地块,南至热电路,西至月亮路,北至

GS0304-B22-19地块,总用地面积7000平方米,主要包括烟囱灯光秀、烟囱广场绿化建设提标等,采用PPP模式实施。运河文化艺术中心主打文化艺术演艺中心主题,网罗青年人喜欢的艺文剧演、生活市集、艺术交互装置以及其他各类主题展览和分享沙龙等,打造为杭州首座街心公园式的文化艺术空间。该项目已于2018年10月开工建设。

江南设计院总建筑面积为2.14万平方米,以"修旧如旧,重续历史"为宗旨,将对热电厂部分工业遗存进行拆除复建。

令人兴奋的是,就在大烟囱附近,莫干山路与隐秀路交叉口,定位为"首座体验式水岸潮圣购物乐园"的杭州大悦城购物中心,已于2018年8月28日正式开门营业。

作为中粮集团布局在全国的第八座大悦城项目,杭州大悦城项目用地近百亩,总建筑面积近50万平方米,计划总投资约80亿元。由综合商业、国际滨水旅游街区、国际超甲级写字楼等组成,项目将建设成集高档购物中心、餐饮娱乐、甲级写字楼为一体的地铁上盖高品质城市综合体。杭州大悦城亮点多多,其购物中心颇为时尚,已与全球时尚潮流接轨;直达屋顶18米垂直风洞、地下深海潜水、空中动物园等特殊空间,其酷炫设计给消费者带来不一样的体验;而室内潜水中心、国内首个BONA风情小镇式"电影公园"、戏剧综合体、省内首个室内模拟滑雪体验中心、未来动物城等,又将为杭城市民打造一个独一无二的潮流体验乐园。极具特色的"中粮红",已经成为杭城南北中轴莫干山路旁的又一地标建筑。

而在大运河畔,那个由大河造船厂旧址9幢老厂房(已列入杭州市历史建筑保护)改建而成的运河天地,那处集吃喝玩乐、历史人文一体的游玩场所,正以它的颇具个性的特色街区,吸引着越来越多的人。这里有各种各样的餐厅,创意小店,有电影院、KTV、酒吧,有幸还能观看到运河婚典,婚典上那原汁原味、古色古香的中国传统婚礼,你肯定会看得兴味十足。当然,每年举办大运河庙会时,这里集中了各式杭州小吃,那也是能让你流连忘返的项目……此时的这个旧厂区,正焕发出新的魅力。工业文明与现代时尚的相融,使古老的运河增添了一丝繁华和浪漫。

在拱墅,工业文明遗存处处皆有。一家又一家工业企业,曾给拱墅带来了不少荣光;如今,无数工业文明遗存依然在为拱墅的文创、商贸、娱乐产业发展提供动力源,依然显得生机勃勃、方兴未艾。本轮城中村改造,无疑又赋予这些工业文明遗存新的活力,充分发挥其巨大潜能。

大烟囱的故事,工业文明遗存凤凰涅槃的传奇,还在创造,还在延续。

承载昔日记忆的,不仅有珍贵的老物件

> 征集和展示老物件、成立大运河文化研究院、举办摄影展、推出故事屋……传承和保护历史文脉,让拱墅彰显运河沿岸城区的独特韵味,这是时代之所需,也是发展之必然。

2018年1月至3月,一场以"留住乡愁记忆"为题的老物件展,在中国京杭大运河博物馆举行。开幕式上,杭州市和睦小学的小学生们用杭州方言表演了童谣,这些朗朗上口的童谣,都来自新近征集到的民俗童谣,极富地域特色。

"留住乡愁记忆"老物件展所展出的300余件老物件,是本轮城中村改造期间,从拱墅区征迁户自发捐献的431余件老物件中精选出来的,主要有家具、农具、电器、服装等老底子杭州居民的生产、生活类用品,年份从战国时期至新中国成立后,品种多、跨度大。"很多老物件十分珍贵,比如战国印纹硬陶罐,民国土地所有权证和税票,大户人家的外牌楼雕花床、雕花柜子，老唱片机和脚踏风琴等，可以说，每一件都承载了居民们浓浓的乡愁、满满的回忆，能让人从中追寻旧时生活印记，了解历史，更能感受到社会的发展变迁，文明传承。"拱墅区文化部门负责人介绍说，这些老物件不仅承载着每户人家的历史印记，还记录和反映着拱墅区深厚的历史文化底蕴，是一笔不可多得的历史文化财富。

"这是我们家的打稻机。我十几岁的时候，就加入了村里的生产队，打稻子至少打了10多年，用的就是这台打稻机。"在展览现场，康桥街道蒋家浜社区居民倪志忠深情地抚摸着这台打稻机，久久不愿离开。"把这些老物件捐出来，让更多的人，尤其是年轻人能够看到，寻找到昔日的记忆，也是这老物件做出的新贡献。"倪志忠说，在本轮城中村改造过程中，在搬家时，不少老居民慷慨地捐出了跟随自己许多个年头的生活用品。

"给博物馆，比我自己保存放心！"家住祥符直街的邵宗年老人，则

大运河文化研究院成立仪式

主动捐献了一整套保存完好的雕花木床和衣柜。这套透着浓浓运河市井文化气息的家具，是他曾奶奶辈的嫁妆，也是他家的"传家宝"。而那套民国时期的洗漱台，是由半山街道石塘社区60岁居民胡春捐出来的。红漆架子、擦得铮亮的铜盆、龙凤雕花图纹，一看就觉得非常精致。胡春说，这也是他奶奶当年的嫁妆。这么多年来，家从这里搬到那里，从老房子搬到新房子，这套洗漱台始终是一家人舍不得抛却的珍宝。这一回，他咬咬牙捐了出来，目的是让更多的人能目睹它的风采，共同留驻一份珍贵记忆。同为石塘社区居民的吴国松，也捐出了自己心爱的一套老票据，包括当年分家时立的字据、土地缴税的证明、学费单据以及房契等几十张泛黄的纸张，每张老票据都在无声地诉说尘封岁月。

2017年5月，由拱墅区文广新局、京杭大运河博物馆工作人员组成的4人文保小组成立，这一小组的最重要任务，就是去各个正待征迁的城中村，寻找承载历史印记的老物件。他们顶着日晒雨淋、忍着蚊虫叮咬，与城中村改造进程抢时间、比速度，走村串户，搜寻与老物件有关的各类信息，更繁重的一项工作是向征迁户们阐释征集和捐献老物件、留驻历史记忆、保护传统文化的重要性。

开头的确并不顺利，不少征迁户总是以"你们要这些旧东西做什么""搬家时都扔了"等话搪塞，但后来，随着双方互相理解，尤其是在怀想昔日、憧憬未来，留住家园故事、弘扬传统文化方面达成共识后，征迁户们支持、配合显得愈发主动、热情。绣花裙、提篮等老式嫁妆，碾稻桶、锄头等农耕工具，衣柜、菜橱等生活器具，一样样老物件都由他们自发捐献，因为他们已经明白，"记住乡愁"是共同的事，把自己家的宝贝献出去，既可以使它保护得更好，还能让大家一起回忆悠悠岁月，一起享有这份共同的记忆。

据悉，这些由征迁户自发捐赠的老物件，将精心保管。同时，拱墅区民俗生活博物馆已在筹建中，一俟建成，这些老物件都将展示出来，让更多的市民睹今忆昔，捡拾乡愁，在享有美好生活的同时，弘扬传统优秀文化。

征集和保护老物件的,还有拱墅区内众多工业企业。办厂历史近百年的华丰造纸厂已搬迁至安吉,原厂区已于2017年4月28日停止生产,但华丰人想方设法,尽力留住老华丰记忆。和睦街道华丰社区的"书香华丰"阅读学习综合体内,出现了一座"华丰忆"故事屋,故事屋里陈列的都是居民捐赠的老物件:印着口号的搪瓷杯、不锈钢热水瓶、职工子女入学证、第一次厂代会代表证,还有一枚特别珍贵的"金龙荣誉章"……几乎囊括了华丰厂成立以来职工们曾经使用过的生产生活用品,涵盖了近一个世纪人们衣食住行的方方面面。"我们社区是依托华丰厂而诞生的,所以想要打造一个独属于华丰的'文化家园'。"华丰社区党委书记应玉兰说。"华丰忆"故事屋不仅让年轻一代华丰居民了解华丰社区的历史和由来,也为老一辈华丰人提供了一个回忆历史、缅怀辉煌的去处。

京杭大运河南端的拱墅段,是杭州段运河古迹保存最完整、底蕴最深厚、资源最丰富的一段,民俗文化底蕴极其深厚。目前,拱墅区拥有"中国大运河"这一世界文化遗产和"半山立夏"人类非物质文化遗产,拱宸桥、富义仓、祥符桥等21个国家级、省级和市级文保单位与文保点以及多家博物馆。近年来,又保护修缮了小河直街等3大历史街区,并在全区甄选出数十个文化遗存点。由于历史文化遗存较多,保护得力,称整个拱墅区已成为"没有围墙的博物馆",并不为过。

"求木之长者,必固其根本;欲流之远者,必浚其泉源。"([唐]魏征《谏太宗十思疏》)文化是一个民族、一个国家、一个地区发展之根基,维护和稳固这一根基,方能获得更大更快的进步。拱墅区在2016年就已提出了"文化引领"战略,大力保护、传承和弘扬优秀文化,全面实施运河文化带建设,努力打造历史文化底蕴与现代品质生活相融合的大都市中心城区,已经提上了重要的议事日程。传承和保护历史文脉,留住根和魂,让拱墅彰显运河沿岸城区的独特韵味,这是时代之所

"留住乡愁记忆"老物件展一角

需,也是发展之必然。

　　也就是在"留住乡愁记忆"老物件展开幕式上,"杭州市拱墅区大运河文化研究院"宣布成立。该研究院将实行专职人员、聘请专家、项目外包等方式,着眼于大运河水系流域,重点研究大运河拱墅区域资源,梳理整合历史文化资源和研究成果,提交运河区域研究的建设性调研成果,推动运河沿线的联动,做好运河文化宣传等。大运河历史、文化遗产、文献资料、区域经济与社会、生态、沿岸名区建设等,都是大运河文化研究院的主攻方向。

　　"当然,由村入城,拥抱城市的更新,对于这些原城中村居民尤其是中老年居民来说,还需要有一个适应期,他们的生活习惯、风俗礼仪、传统文化等,在适当改变的同时也需要延续,这同样值得重视和研究。"陈旭伟说,"运河文化的根就是传承、创新,我们努力保留乡土的魂,也拥抱城市的有机更新。"

　　祥符街道新文社区因地处典型的城乡接合部,村庄夹杂在高楼和厂房之间,房屋低矮、电线杂乱、村道狭窄,基础设施薄弱,城中村改造无疑彻底消除了这些弊病。但居民们离开了原先的居住地,故土难离的淳朴乡愁又让他们不无留恋。新文社区原先的主干道上有几棵百年香樟树，居民们舍不得推倒，便提议把它们先迁到别处，等安置小区造好了再移到小区里。"居民们说，它们便是我们的村口树，有它们在，离家再远也不会忘掉故乡。"时任新文社区党委书记姚巍说。尽管撤村建居已有10个年头，但居民们的生活习惯、思想观念面临巨大改变，却是这一轮的城中村改造。从"新文村村民"到"新文社区居民"，这是他们需要适应的新生活方式，同时，以前良好的邻里关系、社群关系应该得以延续和发扬。

一家有事，全村帮忙；家里做了好菜，就喊邻居一起来吃；晚饭后去别人家里串门聊天……这些千百年来自然形成的互帮、互助、互亲的邻里关系，可以说是和谐社会的一部分。征迁居民们离开了故土，住进了高楼，但这样的关系该如何维持？这让居民们极为关注，说明居民们对邻里交往、社群交流的不舍和渴望。

事实上，按照已于2014年完成回迁安置的善贤社区的做法，增加小区内的公共服务基础设施能缓解这一问题。小区安置房的外围，已由河坝房改造而成的文化馆，社区又专门开辟了"开心农场"，而小区中心花坛也是居民经常聚会的地方。这些设施不仅提供交往交流的场所，还能让居民们的乡土记忆得以安放。当然，这样的场所还不够多，居民们交往交流的形式还可以更加多样化、随意化。

康桥街道康锦苑小区居民毛寿相曾有一个烦恼，他对前往小区调研的朱建明书记说，我今年已经80多岁了，当了一辈子农民，现在一下子变成了城里人。我们有几个老习惯，春天到了要腌笋、腌咸菜；出太阳了，喜欢把被子抱到外面晒一晒……住了楼房后，没地方腌咸菜，也没地方晒被子，怎么办？要是能解决这两个问题就好了。

对于距市中心城区稍远的康桥街道，如今90%以上的住房为安置房、回迁房等，绝大部分居民都是曾经的村民，几十年延续下来的生活习惯一时间确实很难改变，毛寿相老人的烦恼很多人都有。

朱建明书记细致地回答：拱墅的城中村改造，一直强调"留住记忆和乡愁",要让大家有地方腌菜、晒被子,把"精细化"管理从小区外引入小区内,让大家住得舒心。比如,专门开辟一个空间出来,放置闲置的锄头、镰刀等农具,大家还能在这里一起做一些老底子的事,既能留住老人们的记忆,也能当孩子们的第二课堂。朱建明书记说,康桥街道的"美丽家园"建设要在软硬件提升上狠下功夫,按照"序化""绿化""美化""亮化"的原则,加强建设和管理。

这番回答,已经十分具体地提供了解决这一问题的方案。从住农民房到住楼房,老习惯该如何适应新环境,旧乡愁该如何融入新生活?要在规范管理的前提下,积极探索符合城中村改造进程、符合征迁户所需、符合城市更新发展形势的管理模式和自治办法,让广大人民群众拥有巨大的获得感。

"这是对历史的负责,有些东西,不拍下来,转眼就没了。后辈就不知道当初的历史。"这是摄影家钟黎明的感叹,也是他对自己痴迷于城中村改造摄影记录的解释。作为中国摄影家协会会员,杭州市十佳摄影家,多年来他的摄影作品获得了无数荣誉。当本轮城中村改造开始以来,钟黎明以一股摄影家的激情,投身到以农居房征迁、老厂房关停转迁和地铁建设等为主题的摄影之中,光是运河两岸景色变化为题材的照片,他就拍了近3万张。他的摄影作品《拱宸夜色》《康盛苑新居》《"晾衣架"》《"蜘蛛网"下的老街》等,把运河美丽景色、回迁安置房的温馨舒适和城市新居民的快乐心情,以及昔日城中村不堪的景象,再现得栩栩如生,每一幅都给人以艺术的感染力。

在拱墅,还有很多记录城中村改造进程、展现城市变化的摄影爱好者。在由拱墅区政协举办的一场"共建美好家园,共享品质生活"主题摄影展上,展出了11位拱墅区土生土长的民间摄影爱好者的摄影作品。他们中有的本身就是本轮城中村改造的参与者和受益者,有的则是生活在运河畔的老拱墅人。康桥街道居民张志坤是中国摄影家协会会员,曾连续两届获得"杭州市十佳摄影师"称号。城中村改造之役打响以来,他和其他摄影爱好者一起,兵分四路,马不停蹄地开始了城中村改造专题拍摄。将近一个月的时间里,他穿梭在康桥、上塘多个城中村改造现场,走泥路、爬楼梯,拍摄了近6千张照片。"这些场景都很难得,把它们拍下来,既能推动当前的城中村改造,又能记录当前的现状,作为历史资料留存是很有意义的。"张志坤说,正是怀着这样质朴的感情,他们的每张照片都饱含深情,怀想曾经的岁月,又充满激情,展现城乡蝶变、向往美好生活。

腾出空间,运河文化带建设轮廓初现

> 重点建设"四个区",打造"九个一批"108个文化项目,形成"一带一核五片区多点"文化空间布局。文化项目的不断推出,使得城市更新这盘棋彻底"活"了,广大人民群众由此尽享更高品质的生活。

要以更大的工作魄力和更实的工作举措推进文化建设,将大运河文化带拱墅段打造成展现伟大中华文明金名片的重要窗口。一是解放思想,提高文化建设的格局站位。要深刻认识"文化引领"的重要意义,着力实现从小文化到大文化、从无形文化到无形和有形文化建设并重、从文化外延建设到文化内涵建设的"三个转变",用好运河文化这一独特的资源禀赋,加快突显拱墅错位发展优势。二是扩大影响,将文化建设渗透到方方面面。要把文化建设渗透到新一轮城市开发建设当中,体现出历史积淀与现代都市风貌的完美融合;渗透到产业转型发展当中,注重文化与数字经济的融合、注重文化与资本的融合、注重文创产业的深度发展;渗透到群众生活的方方面面。三是聚焦重点,全力推进大运河文化带建设专项行动。要按照"实体化、项目化、市场化、整合化"的工作思路,以"十万火急、一刻也坐不住"的精神状态抓紧抓好大运河文化带建设专项行动各项任务,重中之重是又好又快推进"一址两街两园三馆两中心"十大项目建设,同时也要重视微型文化项目、基层文化项目的布点建设,全力推动文化事业、文化产业蓬勃发展。

以上内容是2018年5月28日召开的拱墅区大运河文化带建设"十大项目"推进暨文化建设大会上,朱建明书记的一段讲话,十分明确地提出要把"文化引领"作为全区发展的"四大战略"之一,深入挖掘和利用以大运河为核心的历史文化资源,切实扛起保护好、传承好、利用好大运河文化遗产的历史责任。

城市更新为拱墅各项建设事业腾出了新的发展空间,也为在这片历史文化底蕴深厚的土地上推动文化发展提供了新的可能。"到2021年,努力建成中国大运河文化带发展的先行示范区,着力融入国家大运河文化带建设,着力完善公共文化服务体系,着力加强文化遗产保护利用传承,着力推动文化创意产业转型发展。"这是《拱墅区文化发展规划(2018—2021)》所明确的发展总目标。按照这个规划,拱墅区

2020年大运河国家文化公园杭州项目群之小河公园效果图(由株式会社限研吾建筑都市设计事务所设计　杭州运河集团供图)

在未来的几年中,将重点建设"四个区",打造"九个一批"108个文化项目。

其中,"四个区"是:

着力创建"中国大运河文化国际体验区",建立与运河沿岸城市和国际城市的交流互动机制,打造具有全球影响力的文化品牌、高端论坛、旅游产品;

着力完善"省级公共文化服务示范区",巩固省级公共文化服务体系示范区(项目)建设成果,借助现代信息技术打造特色阵地和惠民活动;

着力建设"历史文化遗产生态保护区",将显宁寺、战国墓遗址等一大批文化遗存点精心保护、串珠成链,打造"全域没有围墙的博物馆";

着力打造"文创产业转型升级先行区",依托工业设计小镇等产业平台、杭钢新城等重点区块,合理布局文创产业发展空间,重点发展数字创意产业等新业态。

"九个一批"108个文化项目主要有:

提升一批文创园区,即优化LOFT49创意园、丝联166文化创意园、元谷创意园、浙窑陶艺公园、乐富智汇园、建华文化创意产业园等一批文创产业园区发展模式,立足文化创意产业向质量效益型发展的新阶段,实现典型引路、高端示范。

建设一批文体设施,即建设运河亚运公园、运河中央公园、运河文化艺术中心、文化规划馆、民俗博物馆、杭州国有工业展览馆等文体设施,加强公共文化、全民健身设施网络和基层综合文化服务中心建设,提高公共文化服务供给能力,满足15分钟健身圈。

打造一批文化地标,即建设一批反映拱墅特色、体现大运河文化元素的地标建筑,包括杭钢区块、热电厂区块、运河文创发布中心、中石化杭州炼油厂区块、望宸阁。

改造一批文化街区,即升级改造桥西、小河直街、大兜路历史街区,新建祥符桥、运河湾两大文化街区。

深挖一批文化遗存,即深挖区内各类文化遗存,大力传承和保护历史文脉,启动半山历史文化遗存保护工程(含显宁寺、战国墓水田畈)、半山二十四节气主题公园提升工程、河坝文化保护工程、半山立夏习俗等项目,对全区各级文保单位(点)17处23群、23个文化遗址、17个工业遗存做进一步挖掘、梳理。

引进一批文化名人,即以"项目式、客座式、顾问式"等合作方式,引进一批有影响力的文化名人、非遗传承人,成立工作室,挖掘培育一批本土文化名人,建设大运河文化智库。

形成一批文化品牌,即利用好大运河世界文化遗产资源,挖掘大运河文化特色,塑造"立体、活态大运河文化展示区""天下粮仓""杭州文化创意产业发祥地""走运之区"等文化品牌。

举办一批文化活动,即继续办好"运河文化四季歌""全民阅读节"等传统文化活动,不断提升品质品位。创设并举办大运河文化节、大运河国际诗歌节、西塘河全国休闲皮划艇大赛、"一河串百艺"创新设计营等一批凸显大运河文化主题,反映拱墅变迁的优秀文化活动。

培育一批文化论坛,即开辟宣传拱墅的国际视窗,举办中东欧国家文化合作部长论坛(子项目)、浙江文化资本创新发展高峰论坛暨文化产业促进年会、"大匠至心"传统工艺振兴杭州(大运河)论坛、大运河财富论坛等一批高级别、高规格、高水平的论坛、会展、活动,加强国际化文化交流。

而随着上述"九个一批"108个文化项目的逐步落实,拱墅将有望形成"一带一核五片区多点"的文化空间布局。

"一带"即大运河文化带:包含大运河(拱墅段)主河道、支流河道及两岸的历史文化遗存、现代工业遗存、特色文化街区、公共文化设施及相关文创园区;

"一核"即以杭钢遗址与半山文化小镇为核心的文化重点发展区,

包含半山国家森林公园、杭钢工业遗存及文化主项目地块;

"五片区"即文化创意产业重点发展的五大片区:包含文创科技融合区(北软片区)、文创数字融合区(祥符片区)、文创金融融合区(上塘、小河、湖墅片区)、文创商贸融合区(上塘片区)、文创智造融合区(祥符片区);

"多点"即分布在全区的各类重点文化项目:包含我区的重点公共文化设施、重大文化地标、历史文化街区、重点体育设施、文创园区、特色楼宇等。

文化是社会进步的最终推动力。作为杭州市首个也是唯一一个全国文化先进区,近年来,拱墅区以运河申遗成功为契机,在传承运河文化基因的同时,不断加强融合和发展,探索适合拱墅特色的文化发展路径。城中村改造不仅腾出了文化事业新的发展空间,在这一过程中,还发掘了一大批历史文化资源,为进一步完善拱墅文化发展格局、提升文化品质,提供了新的契机、新的动力。不断打响"运河文化看拱墅"品牌,让"运河文化带"亮点纷呈,这本身就是包括城中村改造在内的城乡融合、城市更新的一部分,只有加大传承和保护历史文脉力度,彰显运河沿岸名区的独特韵味,唱响运河"文化四季歌",才能让百姓共建、参与、乐享文化成果,才能切实打造历史文化底蕴与现代品质生活相融合的大都市中心城区。

望宸阁,位于半山国家森林公园主峰,2017年10月已经对外开放。这座带有鲜明南宋建筑风格的楼阁,采用"明三暗五"的重檐楼阁形态,以欲飞的姿态矗立着,并与市区吴山顶上的城隍阁遥遥相望,成为杭城一南一北的标志性建筑。

位于大关单元长乐片区,长乐路以西,绿地中央广场以南的时尚发布中心已经动工,它的前身是浙江土畜产进出口公司仓库的4幢保护性工业遗存建筑。在这里,将新建运河文化发布中心,其外观取形于运河上行驶的商船,设计构思是"丝联千年,船承文化",同时新建可容纳千余人的发布厅,将构筑在4幢工业遗存建筑之上,十分亮眼。

在祥符街道湖州街以南,东南至十字港河、西至西塘河、北到严家桥路的区块上,高颜值的运河大剧院即将兴建。这是一座设施现代、造型独特的大型演出场所,主剧场有1200个座位,功能齐全。从空中看,整座剧场像一个回旋的水波形状,建筑立面也呈现出水波效果,而在剧院屋顶,蜿蜒而上的屋顶绿化中间,还有一条仿运河造型的采光带,酷似一条小河搬到了剧院顶。

而在申花单元内规划的杭州亚运公园(原城西体育公园),净用地将达700亩,实足一片名副其实的城市绿肺。值得一提的是,该公园东至学院北路,西至丰潭路,南起申花路,北至留祥路,地处城市繁华区域。可以想象,作为杭州2022年亚运会的配套项目,除了将为广大市民提供良好的体育运动场所,这里所拥有的大片生态绿化,还将对城西的环境提升起到巨大的作用。

运河中央公园、运河文化艺术中心、运河体育馆、运河体育公园……围绕着古老的大运河,一个又一个重大文化项目将次第建设、

杭州大城北海拔最高的城市地标——望宸阁(余好建摄)

陆续建成；而在未来，沿运河北段、杭钢河、西塘河等地，都将有水上游线，运河湾、运河新城、杭钢新城等区域重要码头"变身"换乘点，真正从水陆两路打通运河—杭钢—半山的山水廊道；随着半山文化旅游开发、历史街区保护建设、文创园区提升改造、历史文化遗存修缮等重点工作完成，生活、文化与旅游休闲融为一体，整个拱墅将是一座高品质的全域大花园。

"刚柔交错，天文也；文明以止，人文也。观乎天文，以察时变；观乎人文，以化成天下。"（《易经·贲卦》）文化是城市的灵魂，是城市的精气神。新一轮城中村改造使城市更新这盘棋彻底"活"了，广大人民群众由此尽享更高品质的生活。深入实施"文化引领"战略，不断优化文化基础设施建设，构建全覆盖的公共文化服务体系，不断提升公共文化事业水平，推进"运河文化带"建设，拱墅人更美好的日子已经来临。

第十一章

美景呈现　百姓称颂

在做好征迁这篇"破"的文章的同时,我们将抢抓"大都市"建设机遇,坚持破立结合,提前谋划好"立"的文章,切实做好拆后土地高效利用,使城区面貌焕然一新,在"形态美"上有质的飞跃。

——中共杭州市拱墅区委书记　朱建明

历史与现实交汇、自然与人文交融、产业与城市共兴。

——杭州市大城北地区规划建设功能定位

三市蚕丝方富足,五湖虾菜更丰饶。喧声杂沓当清晓,荡漾波光映碧寥。

——[清]孟凤苞《康桥晓市》

新时代,新征程。大城北地区规划建设工作的有力推进,是拱墅城市建设承前启后、继往开来的重大成果,是习近平新时代中国特色社会主义思想在拱墅的一次生动实践。城市更新体现了人民政府职能,那就是真正为群众谋福利。大运河整治、大平台建设、大城北开发,拱墅迎来了加快发展的良好时机。更美的景致即将呈现,运河沿岸名区定将化梦为实。

帷幕徐徐拉启，更美好的生活已在眼前

> 拱墅北部这片热土上，基础设施和民生项目接连上马和落成。教育、卫生、交通、商贸、居住……每一项建设成果都让群众竖起大拇指。没错，尽情享有的"福利"将远不止这些。

与华东师范大学联手打造的九年一贯制学校——华东师范大学附属杭州学校于2019年9月正式启用；位于申花板块的育才登云小学、与浙江省教育科学研究院深层次合作打造的省教科院附小同样在2019年9月投用。桃源地块、庆隆地块、田园地块、申花地块内，各所幼儿园、中小学都在紧锣密鼓地建设和相继启用。而已经启用的郭家库地块48班中小学、申花地块的飞虹路幼儿园和蓝城幼儿园、庆隆地块12班规模幼儿园内，已是书声琅琅、欢声笑语……每一座校园都是那么漂亮、完善，每一所幼儿园和中小学都是那么资源优质、实力雄厚、闻名遐迩。城中村改造似乎拥有一股巨大的吸引力，把众多"名校""名园"汇聚在拱墅北部这片"涅槃重生"的土地上，加之原先已在这一带扎根的众多名牌教学机构，这里已是杭城优质教育资源最为集中的地区之一。

"全力打造家门口的优质学校，力争让每一个城中村安置小区都能成为居民群众心目中的学区房。"区委、区政府定下的这一目标绝非鼓动征迁居民尽早完成"双签"、配合城中村改造的宣传语，而是一份郑重的承诺。随着本轮城中村改造的渐趋收官，这份承诺已经逐步化为现实。

在运河新城，居住区将分为北片居住区、中片产业区和南片休闲区,建筑面积共计约140万平方米,已精心布局了1所高中、1所九年一贯制学校、2所中学、4所小学、10所幼儿园等教育设施,其中这所九年一贯制45班规模的学校就位于杭州第十四中学康桥校区对面,未来也将由杭十四中托管,教育资源优质,教育质量过硬。

在位于上塘街道的第二文教区、皋亭区块,结合城中村改造,已对改造范围内的安置房、教育配套等指标进一步优化,特别是通过控规调整,补齐了教育配套短板。卖鱼桥小学教育集团文澜校区等一批学校和幼儿园将在此依次落地,"第二文教区"这块教育的金字招牌更为闪亮。

在铁路北站单元,将布局两所学校,一是石祥路170号,即在原明德小学的校址上,新建公办48班规模的文澜二小,并将由文澜中学托管;在南方机电市场原址上,则新建一所36班规模的中学。同时,在顾扬路以东,杭钢河以北,将出现一所设计感十足的平安桥小学,办学规模为30班。

而上文提及的华东师范大学附属杭州学校,将以78个班规划规模(其中小学36班,中学42班),在整个拱墅乃至杭州也是首屈一指的。当然,还有它科学合理又颇有个性的教学模式。马骉校长介绍说:"学校的管理架构、课程设计、课堂改进和教师配备,都从'儿童立场'这个原点出发,去规划、设计和实施。尊重儿童天性,维护儿童权利,提高儿童的社会适应性。"

城中村改造给百姓带来的实惠多多,涉及各个方面,教育资源的优化、设施的改善、布局的合理化无疑是一个很突出的方面。教育事业的发展是一条必由之路,但倘若没有这轮城中村改造,其补上短板、提升品质肯定没有这么快。这是一次难得的机遇,也是一种"倒逼"效应。据了解,在本轮城中村改造的推动下,拱墅区在完成"北部教育提振三年行动计划"之后,又推出"北部教育提振新三年行动计划(2018—2020年)",重点之一就是强化安置小区和新建小区的教育配套设施,包括新建51所学校(幼儿园),大力引进、培育高品质学校,打造一支师德高尚、业务精湛的优秀教师团队。

2018年,拱墅区还推出重磅行动,出台《关于进一步加强基础教育优质均衡发展的实施意见》,今后5年将大力实施名校集团化品牌发展"双名计划"——"名校引领计划"和"名校培育计划",首批选定"十大基础教育集团",做精中小学十个"新好学校发展群"和学前教育"1＋N"集群,培育引进名师名校长100名、区级以上优秀骨干1000名,以提升区域教育综合实力,建设高水平现代化教育强区。毋庸赘言,这些规划、行动的实施重点,仍然是在拱墅北部那片已经完成了城中村改造的热土上。拱墅区的居民有福了。

城中村改造给拱墅居民带来的"福利",自然远不止优质丰富的教育资源。

2018年12月,拱墅区与邵逸夫医院签订合作协议——在康桥健康产业园内建设邵逸夫医院大运河分院,预计2019年底开工,2023年建成。该分院将与邵逸夫医院实行同质化、一体化管理。由于周边交通便利,大运河分院的服务半径将超出拱墅区,辐射毗邻的余杭、德清、江干等地居民。

作为拱墅区十大重点产业平台之一,以东至宣杭铁路,南至杭钢河,西至拱康路,北至康桥路为区域范围的康桥健康产业园,立足于"品牌医院＋健康产业"的定位,在引进邵逸夫医院大运河分院等高品质医院之外,园区的北面将依托医疗服务产业,重点发展与健康紧密相关的服务产业链,引进大健康产业,培育发展健康信息业、药品及医疗器械销售、健康管理服务等支撑产业。整个康桥健康产业园将在2020年底基本建成。在引入名院的同时,还将引入名医。今后这里将是拱墅区乃至杭州市健康产业发展的新高地,老百姓就医看病、健康养生之便利自不待言。

更让人高兴的是,全面提升医疗卫生服务水平,成为拱墅区今后五年的重要目标之一,"医疗卫生服务提升五年行动计划"已经启动。

除了健康产业园和高品质医院建设,包括运河新城范围之内,将在全区规划建设8家养老院。新建和改善一批社区卫生服务中心,同时针对愈见严重的老龄化现象,全面推进医养护一体化服务,开工邻里中心等公共服务配套设施,提升现有医疗机构的水平。目前,位于半山田园板块的"高端医养综合体"已于2019年底结顶,2020年上半年投用。未来,这里将衍生出中央厨房老人营养餐配送中心、养老酒店、护理人才培训基地、老人用品展示等产业链,打造大健康产业平台。

道路交通实施的本质性改善,也是城北居民的一大"福利"。随着新一轮城市开发3年行动计划的推进,基础配套建设提速"341"工程等正在不断提速攻坚。2020年6月29日,香积寺路隧道正式通车。香积寺隧道及西延工程东起上塘路东侧,西至余杭塘路,全长约2.65千米,是杭州主城区东西向跨越京杭运河的主要通道之一。目前,康良路、莫干山路2条快速路,金昌路以南"三横四纵"、萍水东路、320国道、拱康路、丽水北路石祥路以北工程等框架道路已基本建成;祥符片区的棠子桥路、拱苑路、永固巷、短浜巷4条支小路竣工交付,花园桥路、方家支路、方家北路、飞虹路等支小路已经成形。城北整个路网逐

改造中的拱康路(书经文化供图)

改造后的拱康路,设立了杭州首条渣土专用道(书经文化供图)

步成形，运河新城、运河财富小镇等区域内的交通微循环也已全面打通。

据悉，2022年亚运会前，拱墅将完成辖区内的120条主次干道和支小路的建设。5条轨道交通21个站点将陆续投入使用。同时，在城北加快28个停车场库项目建设，增加5383个车位，使全区有望在2020年底前新增44个公共停车场，增加约1万个停车泊位。与此同时，污水处理、电力、管网等公共设施项目建设正在陆续完工。

在城市商贸配套等方面。据拱墅区住建局陈劲松局长介绍，与2018年至2020年3年内新建的35个安置房项目360万平方米安置房相配套，城北新增大型农贸市场5处，各个小区均配建有小型农贸市场和便民超市等。以城西银泰、大悦城等大型商贸购物中心为龙头，在拱墅城北地区，尤其是在城中村改造完成区域，将兴建一批大中型超市，进驻各个安置小区之中。在运河新城平安桥附近，结合商贸设施建设，还将推出一处大型室内水游乐项目，城北的男女老少都可就近玩水嬉戏。

在城市绿化方面，一条规划建设中的"半山—杭钢—运河旅游廊道"值得期待。它将打通运河与半山的山水廊道，组成"一带一廊两轴，四区多点"的休闲旅游结构，实现大运河世界文化遗产和半山国家森林公园的沟通和串联。除此，城北204千米绿道已在建设中，以形成"一河一山，多点多环成网"的绿道网结构。同时，在运河新城单元、康桥单元、铁路北站单元和上塘单元，将各新增一处5000平方米以上公园，规划市、区级公园共13处，全区人均公园绿地有望达到8.02平方米。

在拱墅城北的多个街道、社区，已设计营造了多个充满诗情画意的景点。在吴家角港，有了一条300米的樱花大道，成为这一条生态廊道新的亮点；李佛桥河实现了断头打通，将打造滨水廊道休憩系统；拱宸桥运河两岸景致突出了运河文化，力求呈现出古桥—滨河—绿带—院落—林荫带的景观效果。一条条"美丽河道"，将拱墅河岸串联成一道靓丽的风景线,也构建起一个更为生态宜居的亲水环境。未来,拱墅还计划打造10条以上水清鱼欢、岸绿景美、宜赏宜游、功能完善的美丽河道。

2020年6月28日下午,位于康桥街道拱康路上的华电半山公司1号冷却塔完成拆除。半山电厂始建于1959年,厂区内的5座冷却塔是半山电厂的标志。2018年11月起,拱墅正式启动半山电厂去工业化改造工程,对现有5座巨大的冷却塔进行拆除,改造为体积较小的机力塔,高度约在20—24米,同时拟采用消雾型冷却塔,同步进行降噪处理。在最初的方案中,原本打算对冷却塔进行外观美化,但这并不能解决冷却塔的美观问题,加上周边居民对拆除冷却塔的呼声也日益高涨。最终,半山电厂的改扩建方案中确定对冷却塔进行拆除。2019年1月13日,5号冷却塔首先被拆除,仅仅5天后,又一座冷却塔拆除,加上新近被拆除的1号冷却塔,现今只剩下位于拱康路东西两侧的2号与8号冷却塔待拆,计划将于2022年亚运会前完成,大城北地区的景观环境由此将进一步改观。

"碧水塘湾美故乡,通幽曲径上香廊。东南形胜三吴会,点赞八方放眼量。"这是陈旭伟一首题为《沈塘湾》的诗,简洁而优美的几句话,勾勒了城中村改造后的沈塘湾新貌。迄今,他已分别为全区完成改造的40个城中村撰写了诗作,并配上了必要的注释,记录了这段历史,展现了城中村改造成果。每首诗朗朗上口,意蕴深厚。

"城市更新让我们的家园发生了喜人变化,让我爱上了摄影,记录下越来越美的拱墅。在走访拍摄过程中还可以发现,居民群众对改造普遍支持,期盼着更美好的生活。"祥符街道孔家埭社区居民孔顺祥则以另一种方式,记录着这一巨变。他说,城中村改造后呈现出来的美好景观,值得留驻在照片上,记录在历史上,因为这是一座城市走向新的天地、新的时代的珍贵足迹。随着推行城市精细化管理和实质性改善生态人居环境,坚持"美化、洁化、序化、亮化、绿化"五化并举,推进规范管理,全域提升城市管理,拱墅城中村改造的成果将进一步显现出来,变得更加宜居、宜业、宜游,真正成为"一河穿城过,碧水青山满城绿"的现代化中心城区。

大平台建设,每一处都是一个增长点

> 把产业平台牢牢抓在手上,加快构建一批重大产业平台和产业群、企业群、品牌群,使之成为拱墅经济发展的"新蓝海",让产业成为支撑拱墅未来发展的筋骨。

"三市蚕丝方富足,五湖虾菜更丰饶。喧声杂沓当清晓,荡漾波光映碧寥。"([清]孟凤苞《康桥晓市》)这首描写杭州城北康桥的清晨,居民富足、早市繁华情景的诗,读来令人沉醉其中,对河山之侧的挚爱又加深了几分。喧声杂沓,荡漾波光,朗照的艳阳下是一座兴旺而精致的镇子,人们的勤勉更使这片丰饶的土地生机勃勃。这片古老的土地曾生发出多少迷人的故事,而在新的时代,勤劳智慧的人们又正在谱写怎般更显优美的辞章?

"城中村的成功改造,为拱墅的运河沿岸名区建设插上强劲的翅膀。有了更大的发展空间,有了合理的城市发展布局,有了产业转型升级和平台建设的基础,今后,拱墅的区域经济和城市建设将出现一个飞跃式的发展。"拱墅区委常委王宏描述了为期不远的拱墅发展前景,城中村改造所蓄积的巨大能量将持续发力。事实上,当城中村改造还在紧锣密鼓地进行时,一系列重大项目的建设即已启幕。

2018年12月21日,奇虎360、新浪、华为云等8个重点产业项目,在智慧网谷小镇举行集中开工仪式,人才的汇聚,思维的激荡,资源的共享,助力拱墅从老城厢到杭州"中关村"的华丽转身。毫无疑问,从

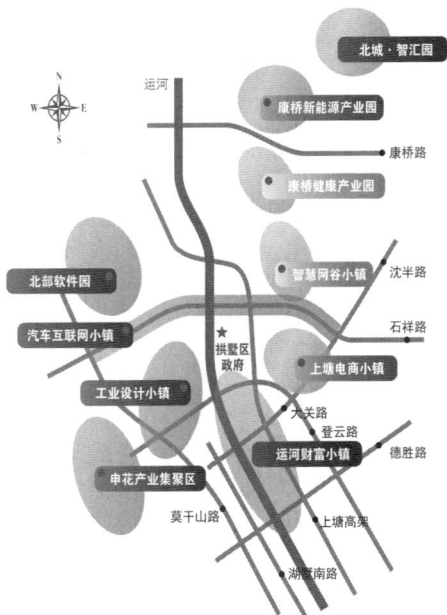

十大平台产业板图

地块开发向区块开发转变,以区域城市化带动产业结构转型升级,掀起城市开发建设新高潮,这已成为拱墅区高质量推进全域城市化、区域一体化、城区国际化,实现"产、城、人、文"四位一体融合发展的具体行动。

截至2019年底,拱墅区已有十大重点产业平台,分别是北部软件园、运河财富小镇、上塘电商小镇、智慧网谷小镇、工业设计小镇、康桥新能源产业园、汽车互联网小镇、申花产业集聚区、北城·智汇园、康桥健康产业园。每个产业平台由行业重量级名企领头,涵盖信息技术、互联网金融、新能源、汽车服务等多个领域。在"新产业,新规划;老产业,重升级"的政策指导下,迄今,产业平台建设已取得了阶段性的好成绩,新浪、奇虎360、滴滴、顺丰、溢思得瑞等全球知名企业和一批高端项目迅速落地,产业平台在提升产业集聚、发挥龙头效益方面取到了巨大作用。运河财富小镇、上塘电商小镇入围省、市特色小镇名单,

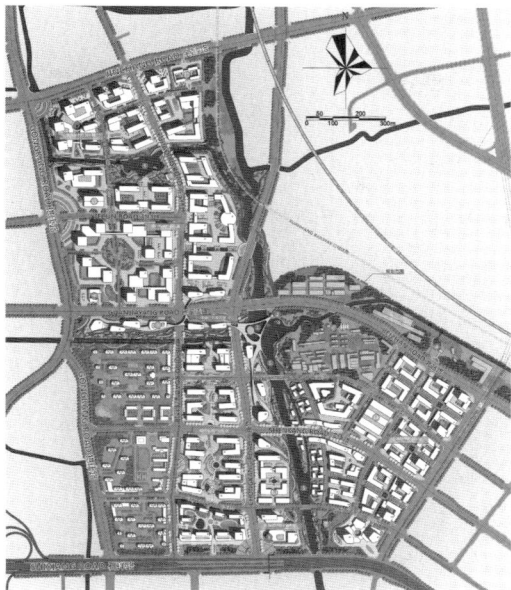

智慧网谷小镇核心区设计图

智慧网谷小镇入围2017年市第二批特色小镇创建名单。

北部软件园以信息经济为引领,以产业智慧化、智慧产业化为指导,重点引进软件信息、电子商务,融合发展物联网、互联网广告、互联网金融等智慧信息产业。已入驻美盛文化、盘石科技、托普云农等企业1000余家。下一步将加快腾笼换鸟步伐,积极打造准独角兽企业、隐形冠军和成长型特色企业。聚焦企业需求,开展精准靶向服务,提升区智能化服务水平,充分利用园区公共服务中心,启用"24小时自助服务厅"。推进国际人才创业创新园建设,全力引进"运河英才"计划高层次人才和外国专家项目。

运河财富小镇为省级特色小镇,以创新金融为核心,以私募基金、财富管理等打造产业链,以PPP交易、文化产权交易等促进发展,以第三方金融等推动资本化。目前,已集聚创投圈、海银财富、钜派投资、诺亚财富、投融长富等近200家金融企业。远洋乐堤港也已开业。2019年,将深度融入钱塘江金融港湾建设,计划新引进特色产业企业

20家,其中龙头企业2家,实现资金管理规模达2000亿元,力争在全省金融类小镇发展中名列前茅。

上塘电商小镇是杭州重点跨境电商小镇。以"创业、集聚、融合、体验"为主题,打造浙江乃至全国电子商务产业示范基地。目前已拥有电商创业创意中心、O2O商贸应用和体验区、跨境电商总部集聚区、电商产学研辐射区四大功能区,形成了"一城、四园、多点"的发展格局,构建电商上下游产业链集群。现已入驻福中集团、阿米巴电子商务、碧橙网络、顶秀科技等600余家电商类企业。小镇将紧扣"小空间大聚集,小平台大产业,小载体大创新"的发展思路,紧盯项目建设进度,确保完成小镇投资5亿元、招引企业135家等指标要求。

总投资将达222亿元的运河智慧网谷数字经济小镇作为全市第一个创新型用地产业园,这一区块将努力打造成以数字内容产业为主导的产业小镇,力争经过若干年后成为杭州版"中关村"。2019年是该数字经济小镇大开发大建设的高潮之年,包括联想一期、58集团、招商蛇口等在内的五大项目陆续开工,新浪、奇虎360、联想、58集团等一批浙江省152工程项目建设已全面拉开。为了进一步提升小镇对于数字经济企业的吸引力,将深化与中国移动的战略合作,全力加快小镇范围内5G基站规划建设及应用场景推广,有望成为杭州首批5G试点商用用户。

工业设计小镇以工业设计创新、体制创新和管理创新为动力,大力发展科技和产品研发、工业创意设计、轻工业产品设计、工艺流程设计、模具设计及相关配套产业。小镇已依托泰普森和LOFT49创意产业园的产业资源,整合行业信息等资源,以创新链、产业链、金融链相结合的全产业转型链条,以"设计+科技+项目孵化+创投"的模式带动拱墅工业设计产业的发展。

康桥新能源产业园将重点发展以新能源、LED为主的节能环保产业。目前,已拥有华普永明、大冲能源、禾迈电子等一批在国际上具有知名度的领军企业。园区将进一步提升改造,重点实现马奔、长运等新建楼宇的首次招商,做好招商政策的宣传及产业引导。

汽车互联网小镇将依托石祥路这条"汽车特色街",在原有基础上进行转型升级,充分利用"互联网＋"技术,推动拱墅汽车新经济的可持续发展。目前,已引进滴滴汽车后市场服务全国总部、闲鱼二手车等行业知名企业,并已入驻一批关联企业。该小镇将以汽车互联网产业为核心,以汽车电商、汽车共享出行、汽车金融和汽车后市场四大产业为主导的产业生态创新区,重点招引汽车产业链中的(准)独角兽和上市公司等优质企业,争创市级特色小镇。

申花产业集聚区以楼宇经济集聚为特征,发挥区域产业、空间等优势,打造"商业商贸、IP产业、科技信息"三大主导产业。目前,已有城西银泰、复地、中亚等企业和协会入驻;已签约中文在线,成立区域总部,浙大新经济产业发展研究中心也已在此落户。集聚区将充分发挥区域、空间、配套等优势,重点打造"商业商贸、IP产业、科技信息"三大主导产业。

拟建中的汽车互联网产业园

北城·智汇园位于半山石塘工业园区。以发展建筑规划、信息经济、智慧制造三大主导产业为重点，着力打造现代化工业园区。园区将以顺丰冷链、话机世界等项目为重点，完善基础配套设施建设，加快信息经济产业集聚，打造成为以数字供应链产业为核心的产业平台。

康桥健康产业园的发展方向、发展重点以及目前入驻情况可见前文所述。

有了更大的发展空间，有了合理的城市发展布局，区域经济发展和城市建设方能插上强劲的翅膀。产业平台、特色小镇、区域总部、创新企业集聚区……所有美妙的前景，都建筑在城中村成功改造的基础之上。新的时代，新的长征，缘此，河山之侧，富裕和谐、优雅迷人的发展之梦正在升起。

曾任区城中村改造办公室副主任的拱墅区运河指挥部总指挥钱新根回忆：当年，曾有不少项目想入驻杭州，却因杭州无法提供一定数量的用地抱憾而归。"连一下子拿出100亩的连片土地都很难，怎么可能引进大型项目？能够提供的土地都被切成一个个小块，投标时得一次次举牌，到头来，一些很有效益的大项目都被别的城市抢去了。如今，这一被动局面终于得以改观。"钱新根感慨地说，以前不是没有想过，怎样把走在最前沿的产业引入拱墅，但只能停留在规划中、期待中，而现在已能化梦为实，这实在令人振奋。

棋子一旦走活，格局得以改变，胜赢即在前方招手。

"以构建数字经济为引领的产业体系为最终导向，全力抓好产业平台建设专项行动。围绕平台能级不断做强、重大项目加速落地、土地出让加快推进、产业项目加快建设、楼宇经济提质增效、产业生态不断完善等九大行动目标，2019年十大产业平台主营业务收入计划完成680亿元，税收收入完成43亿元；联想、招商蛇口、58集团等11个重大项目计划全面落地；重点产业项目计划实现10个项目挂牌，19个项目开工，8个项目竣工，12个项目投用；全区楼宇总税收计划实现61.5亿元，常规税收35.6亿元。"拱墅区发展改革和经济信息化局党委副书记、副局长钟建娟说，良好的发展势头，给拱墅带来了持续的发展能量，这是十大平台建设成果的一大体现。

"未来几年，我们将把平台建设作为经济工作的重中之重，通过把物理空间建设好、整理好，吸引优质企业入驻，筑巢引凤，推动拱墅持续发展。"对此，朱建明书记信心满满，"接下去，我们将继续把产业平台牢牢抓在手上，实行项目化推进，加快构建一批能支撑拱墅持续发展的重大产业平台和产业群、企业群、品牌群，让这十大平台成为拱墅经济发展的'新蓝海'，让产业成为支撑拱墅未来发展的筋骨。"

驱散雾霾，天地由此更为纯净而广阔

> 杭钢一号高炉烟囱倒下的那一瞬间，之所以能在人们的心目中泛涌起无穷遐思，焕发奋斗激情，与未来这座杭钢新城的巨量有关、品质有关、创新有关。

1957年，杭州钢铁厂半山钢铁生产基地落成。

2015年12月23日，随着当班的工人用完最后一批坯料、结束了流水线上最后的一道工序之后，建厂59年的杭钢半山钢铁基地生产线全线关停。据悉，杭钢集团半山基地关停后，一年将减排二氧化硫7000吨、氮氧化物3400吨、烟尘3000吨。

2016年6月14日，随着一声巨响，具有标志性意义的杭钢集团60米高老一号高炉烟囱爆破后轰然倒下，意味着杭钢集团半山基地的拆除整改进入实质性阶段。在由杭州市政府公布的《杭州市大气污染防治行动计划（2014—2017年）》中，已经明确杭州大气治污的"十项重点措施表"，其中杭钢集团被要求2017年前完成搬迁工作。

搬迁后的杭钢地块,很快就转入了"五水共治"和包括清淤土、治渣土、消毒土、除弃土、利废土的"五土整治",以及控烟气、降废气、除臭气、减尾气、消浊气的"五气合治"。昔日被重工业企业占据的杭城城北,出现了最大的一块"新地"。如何让这块土地获得新生,使其褒有原先的巨大能量,发挥新优势,成为杭州城北一片城市更新、转型升级的发展热土?

按照《杭州市大城北地区规划建设三年行动计划(2018—2020年)》,建设运河、上塘河、西塘河、杭钢河、半山等生态廊道,打造AAAAA级运河景观带和AAAA级半山森林景观区,突出大城北地区的山水格局和特色要素,以及加快培育运河新城、杭钢新城、北部新城等城北城市副中心,是大城北地区规划建设的重点。据此,2018年7月,杭钢新城概念规划发布,顿时吸引了众人的目光,一座巨量的智慧新城即将在此拔地而起,壮美的未来图景令人振奋。

杭钢新城位于杭州主城区北部,距京杭大运河2千米,规划范围东依半山国家森林公园,南邻桃源新区,西邻崇贤新区、拱墅工业功能区,北临余杭区界,区块总计约40000亩土地(26.7平方千米),整座新城不仅囊括了整个杭钢单元,还包括了附近的桃源新区、半山田园、崇贤绕城南区块等,具体范围为东至秋石高架、上塘河,南达石祥路,西临拱康路,北到绕城高速,已跃出了原先概念中的杭钢原半山生产基地,是一座更具气势、更有活力、更富潜能的现代新城。

40000亩土地,在寸土寸金的杭州,究竟具有何等价值,无法用文字详述。杭钢一号高炉烟囱倒下的那一瞬间,之所以能在人们的心目中泛涌起无穷遐思,焕发奋斗激情,与这座未来新城的巨量有关、品质有关、创新有关。

规划明确,杭钢新城计划打造成产城一体的国际自主创新示范生态园区、产城融合的先行示范区,形成跨境电子商务、智慧产业、教育科研产业组团,成为长三角重要的国际对外交流产业平台,与钱江新城、未来科技城、城东新城并驾齐驱、独具优势的产城融合2.0版智慧新城。

"做好杭钢新城的规划设计,加强工业遗存保护开发利用,又好又快推进杭钢新城建设。"这是市政府对杭钢新城规划建设提出的原则性意见。杭钢新城中心区域的原杭钢半山生产基地,关停后可直接利用的土地总计约4400亩(由原杭钢总部区域及原半山钢铁基地部分厂区组成),计划由市运河集团和拱墅区共同开发,这一地块成功开发与否,与杭钢新城整体建设的品质和效能直接有关。为了让杭钢新城的开发成为城北开发的典范之作,拱墅区委、区政府十分重视,区有关部门精心规划部署,按照"产城融合、创新高地"的区域定位、"高端、创新、绿色、特色"的产业定位和"数字化、有文化、可看性、成亮点"的理念要求进行规划和实施。

"按照现有规划,今后的杭钢新城开发建设有三大亮点,一是抓好地块与大运河文化带建设紧密结合的举措,将杭钢河、下塘河、电厂河以及上塘河水上运动小镇进行水系联通,统一规划,利用丰富水系做好'绿水'文章;二是积极依托和利用半山国家森林公园资源,拱墅区成立半山文化旅游保护开发建设指挥部,统筹规划谋划半山、杭钢、田

杭钢工业旧址综保项目效果图(杭州运河集团供图)

园、桃源等地块,利用半山丰富的人文历史和良好的山地环境做好'青山'文章;三是合理利用杭钢工业遗存保留工业记忆,委托设计院编制杭钢工业遗存保护方案,学习德国、宝钢、首钢的改造利用经验,保存杭钢记忆,打造文化旅游产业集聚区,将钢铁城变为金城、银城。"杭州市规划和自然资源局拱墅分局李思静局长介绍,今后整座杭钢新城将围绕"一带、一轴、一心、一岛、一区、一湾"这个总体规划结构,与运河新城一起进行勾勒打造。

一带,即在贯穿南北的大运河两岸,形成南北向的城市景观带;一轴,即杭钢新城与运河新城相连的发展轴;一心,即在一轴一带的交汇处,打造运河国际文化交流展示中心;一岛,即打通杭钢河、电厂河,形成运河文化岛;一区,即在杭钢新城区则发挥工业遗存和水系优势,以水为纽带形成滨水遗产展示带,形成文化创意和旅游休闲产业的集聚区;一湾,即是名字相当浪漫的"达令湾",是一个以展示运河文化、打造大众旅游目的地为特色,集文化、商贸、娱乐、居住功能于一体的休闲生活区。每个项目的细部,都将做到精致优雅、生态和谐、充满现代感。

在杭钢新城中心地块,还有杭钢集团自留地约1700亩,该地块计划打造以影视、高端制造业、信息化产业为主的创新性产业园,目前已引进相关物流、大数据中心等机构。值得关注的是,杭钢集团推出的杭钢半山数字经济特色小镇规划方案,颇为吸引眼球。该小镇一俟建设,杭钢原先的产业将进行全新洗牌,从原来的工业转变为以数据中心、数据应用、物联网、人工智能、云计算等高智产业;同时,高智产业的引入随之带来的是高智人才的引进,对于板块内的人居结构也将带来巨大变化。

确实不能小觑杭钢,光是杭钢半山生产基地留下来的老厂房,就有数十万平方米,能够得以改造重新利用的,就有40万平方米。这些原本的生产空间,经过必要的空间设计,将是半山数字经济产业区极佳的数字经济产业发展用房和孵化场所,吸引来一大批数字经济产业项目。目前,已经洽谈的包括5位诺贝尔奖获得者工作室在内及智能机器人等275亿元的投资项目。除此,杭钢博物馆、智谷公司等一批项目也已逐步落地。

一座新城的蓝图,已然徐徐展现在我们眼前,而我们即将目睹的,将是它越来越诱人的丰姿绰约。

驱散雾霾,天地由此更为纯净而广阔。

拱墅区辖区内各企业厂房征迁工作陆续推进,一家又一家第二产业企业从城市中心区迁出,从紧挨居民区和商贸区的区块搬走,空气清新了,天空更蓝了,四周更安静了。留下来的大批厂房,有的被拆除,做地后经招投标重新开发建设;有的则利用老厂房,予以改造后成为科技园、文创园以及三产用房。

事实上,曾为杭州重工业基地的拱墅区,这样的老厂房很多,有效利用老厂房,拱墅已有成熟的做法、宝贵的经验。从2002年起,拱墅利用50余万平方米的老厂房打造成运河天地文化创意产业园,拉开了让老厂房焕发新生命的帷幕。当城中村改造转入企业厂房的征迁工作后,围绕如何充分利用这些老厂房,使之物尽其用,拱墅区仍然一如既往地探索着、实践着,获得巨大经济效益和生态效益。

杭州热电厂已成为大悦城和运河文化艺术中心的所在地,部分老厂房得以利用,实现了工业遗址保护和完善城市功能的有机结合;华丰造纸厂搬迁后,原址将利用西塘河水景和工业遗产文化底蕴,打造成一座园林化、生态型的休闲商务花园;火车北站及附近的诸多老厂房,成了智慧网谷的新地盘;而这回杭钢半山生产基地的关停,留下的老厂房更是巨量的……在城市发展中,城中村改造只是手段,城市与产业的提升才是最终目的。汹涌澎湃的城中村改造浪潮过后,拱墅区仍将坚持"产业立区",延续着社会经济发展的蓬勃生机。而包括充分利用老厂房在内的可持续发展手段,避免不必要的大拆大建,符合"五大发展理念",无疑是一条尊崇生态、节约资源、和谐发展之路。

"渔舟逐水爱山春，两岸桃花夹古津。坐看红树不知远，行尽青溪不见人。"（[唐]王维《桃源行》）还自然以宁静、和谐、美丽，在本轮城中村改造进程中，这一原则始终被遵循着。城中村改造是一次真正意义上的城市更新，永续发展始终是不可忘却的题中应有之义。

大城北崛起，运河沿岸名区化梦为实

> 全面实施"八八战略"再深化，全力推进大城北核心区建设，加快建成运河沿岸名区。勤劳智慧的拱墅人将加快开拓创新、锐意进取的脚步，古老的土地上将不断书写建设和发展的动人篇章。

大城北崛起吹响集结号！

"大鹏一日同风起，扶摇直上九万里。"（[唐]李白《上李邕》）按照规划方案，大城北要完成570个建设项目，涉及规划研究编制、路网建设、轨道交通、污水设施、生态文化等，建设项目包括18公里山水环链上镶嵌着的14个水岸活力公园；109所新建学校、4个新建医疗设施、4条地铁轨道；智慧网谷小镇、电竞数娱小镇、跨贸小镇等数字经济平台。诱人的发展蓝图已经展现在人们眼前，拱墅无疑进入了前所未有的现代建设高潮。

大城北规划建设是全面实施杭州市"东整、西优、南启、北建、中塑"主城区大平台发展战略的重要一环。坚持规划引领，优化区域空间布局，率先高标准建设大城北核心区，近期重点建设大城北引领区，远期逐步推进至大城北拓展区；坚持项目带动，提升区域品质形象，实施一批产业、交通、市政、生态、文化项目，做强发展支撑、打通发展经络、夯实发展基础、重塑发展本底、延续发展根脉；坚持数字赋能，发挥"建"的优势，做深"用"的文章，推进社会治理现代化。

高品质推进大城北规划建设是杭州实现老工业区块产业振兴的必由之路，是杭州做好大运河文化保护传承利用的关键举措，是提高城北地区人民幸福感的实际行动。要进一步明确高品质推进大城北规划建设的总体方向，按照"历史与现实交汇、自然与人文交融、产业与城市共兴"的功能定位，努力把大城北打造成为产业振兴腾飞、经济高质量发展，城市功能完善、居民高品质生活，居民和睦相处、城市高水平治理，文脉薪火相传、文化高水准阐释的城市副中心。

中共浙江省委常委、杭州市委书记周江勇在拱墅视察时强调，要深入学习贯彻习近平总书记关于新型城镇化和大运河文化保护的重要指示精神，以一流施工队的标准，高品质推进大城北规划建设，努力建成老工业区块转型升级示范区、绿色生态宜居地、社会数字治理系统解决方案先行地、大运河文化带建设全国样本，打造展示我国城市有机更新成果的重要窗口。

杭州市委、市政府提出全面推进大城北地区改造重要战略部署后，大城北地区规划建设推进过程中，拱墅区已被列为大城北的建设示范区。2019年11月出台的《大城北示范区策划及规划方案》中，把拱墅区北部包括京杭运河沿岸和杭钢基地两大区块的3.5平方千米面积，明确为示范区，成为大城北有机更新的窗口和标杆。可以说，示范区将重点和先行规划建设，以此引领和带动整个大城北地区的跨越式发展。

"引领杭州大城北地区强势崛起的'发动机'在哪里？就在拱墅区范围内的示范区，更具体点说，就是大运河新城。把大运河新城建成杭州大城北的首要展示区、中央活力区、杭州新蓝谷至关重要，因为它未来将作为城市北部发展的战略重心，肩负着带动整个北部地区空间发展、产业创新的重大战略使命，将引领杭州大城北地区完成'华丽转身'。"拱墅区委常委王宏介绍说,石祥路以北至绕城高速范围的京杭大运河两岸地区,总面积约15.6平方千米,这便是大城北区域的重点建设核心区——大运河新城。

大运河新城由原运河新城和杭钢厂区组成,规划总用地面积约11.4平方千米。西侧为余杭北部新城,东侧为半山,南部为拱宸桥区块,北部为康桥和余杭崇贤区块。大运河新城区域开发将以"大运河文化带"为战略支撑,打造大运河文化首要展示区为目标要求,依托运河综合保护与开发工作,推进文化+产业发展,推进"一带、一轴、一心、一岛、一区、一湾",即运河景观带、城市发展轴、文化交流展示中心、运河文化岛、文化产业集聚区、运河湾(管家漾码头)六大方面建设,实现城北振兴。迄今,大运河新城内炼油厂厂区工业遗存、都市文化休闲中心等重点项目已经启动。

为什么是大运河新城?因为城中村改造的顺利实施,使这里具备了连片开发的条件;因为这里具有杭州主城区内为数不多的集区位、文化、生态等多重优势;因为这里拥有了大规模开发的氛围和基础,蓄积了无穷发展的潜能。无疑,这许许多多的有利条件,是别的区域所不具备的。

大运河新城该怎么建?按照2018年制定的《杭州大运河新城核心区城市设计》,"运河首展地,杭州副中心,科技新蓝谷"是大运河新城的目标定位;"文化引领""产业振兴""中心再造""交通支撑""品质提升"是大运河新城重点实施的五大战略。通过实施这五大战略,大运河新城将形成"运河绸带、文化走廊,工业年轮、魅力珠串,城北之芯、创智枢纽,科技蓝谷、花园水城"的总体结构,重点构建成三大特色魅力空间:6公里运河文化走廊、5公里工业年轮带、18公里山水环链,这些魅力空间将大城北地区打造成山、水、城有机的共生体。

大运河新城,"大运河"这一富有历史文化底蕴和现实气息的地理名词嵌入其中,自然有其特殊意义。坚持以河为中心的生态建设思路,做美做足运河亮点,是大运河新城规划建设的最重要特色。将以大运河、杭钢河和电厂河为骨架，与大城北地区的西塘河、上塘河共同形成的"三纵两横"水网系统，展现古邑风情、现代都市的个性化风貌，把文化、景观与活力融为一体，构成一道旖旎风景。

即将重点构建的大运河新城三大特色魅力空间，尤其值得在此一说。

"5公里工业年轮带"以平炼路为基础，通过一条东西向的线性公园，将区域内的各处工业遗存整体串接起来，构建东西向的工业年轮带，并以此为纽带，连接半山与运河。平炼路中央景观走廊将改造成为慢行景观大街，宽度开拓至22米。将利用杭钢厂区老铁轨，开通小火车或有轨电车，串联起半山公园、杭钢遗址公园等多处景点。

"6公里运河文化走廊"将利用现有港池，形成多功能的旅游目的地，打造运河湾旅游综合体。运河东岸原杭州炼油厂区内的催化塔、焦化塔经改造后，将作为工业遗产体验中心和节庆活动的景观背景，外围考虑布置运河购物城、运河音乐厅等建筑；预留运河国际文化岛，将作为国际组织的永久会址。为贯彻运河文化带战略，大运河博物院也成为拟建之项目。

"18公里山水环链"则将打造成杭州最完整、最连续的集慢行、休憩、文化于一体的城市公共休闲空间，将吸引众多市民和游客前来休闲观光，成为继西湖、西溪之后，杭城又一处历史文化旅游景观。

杭州市运河集团党委书记、董事长陆晓亮表示：如今，随着大城北规划建设脚步的日益加快，按照部署，市运河集团正全力推进十大标杆项目规划建设，大运河新城三大特色魅力空间正从规划设计图上走下来，成为现实图景。毋庸置疑，当平炼路"工业年轮带"景观大道、大运河文化走廊、大运河博物院、国际会展中心、杭钢工业遗存文化中心、运河湾国际休闲商业综合体、2个地铁TOD综合体（拱康路站和杭钢站）、半山电厂去工业化改造、国际生态岛这十大重大项目陆续完成，大城北区域能级提升和高质量新发展将走上一个新台阶，一座崭新的大运河新城呼之欲出。

古老的大运河边，苍翠的皋亭山下，新时代的城市发展传奇将在这里出现，呈现出独特韵味、别样精彩。

"全面实施'八八战略'再深化，全力推进大城北核心区建设，加快建成运河沿岸名区。这是我们下一步的重点工作。围绕市委提出的六大行动，拱墅将在以下六个方面着重抓好落实。"朱建明书记充满激情地说，"一是围绕推进拥江发展行动，在大城北开发建设上抓好落实。拱墅虽不直接临江，但也是杭州全域发展大格局中的重要组成部分。作为杭州大城北开发建设战略部署核心区，下一步我们将破立结合，全力抓好新一轮城市开发十大工程，加快使大城北面貌发生彻底改变。二是围绕推进'三化融合'行动，在打造数字经济高地上抓好落实。紧紧围绕深入实施数字经济'一号工程'，充分利用城中村改造以后腾挪出来的空地，全力推动十大产业平台建设，做大做强平台经济。三是围绕推进文化兴盛行动，在大运河文化带建设上抓好落实。全力推进'一址两街两园三馆两中心'十大文化项目建设，把运河文化融入城市建设、产业转型和群众生活的方方面面。四是围绕推进改革攻坚行动，在破解制约发展瓶颈难题上抓好落实。五是围绕推进民生福祉行动，在解决群众关切的问题上抓好落实，让人民群众有更多获得感；六是围绕推进固本强基行动，在夯实基层基础上抓好落实，不断提升基层党组织领导力。"

没有比在一张全新的白纸上作画更痛快淋漓的事了，你可以任凭笔墨驰骋，而无须为如何掩去先前的痕迹而伤神。然而，若面对的是一张涂满了线条色彩的纸，即便是微小的改变，你都会遭遇意想不到的巨大瓶颈和关隘，需要付出更多的心力。而现在，城中村改造这个制约发展的节点已被打通，我们可以尽情挥洒时代画笔，画出最新最美的迷人风景。

习近平总书记的谆谆教导犹在耳畔："奋斗是艰辛的，艰难困苦、玉汝于成，没有艰辛就不是真正的奋斗，我们要勇于在艰苦奋斗中净化灵魂、磨砺意志、坚定信念。奋斗是长期的，前人栽树、后人乘凉，伟大事业需要几代人、十几代人、几十代人持续奋斗。""新时代是奋斗者的时代。我们要坚持把人民对美好生活的向往作为我们的奋斗目标，始终为人民不懈奋斗、同人们一起奋斗，切实把奋斗精神贯彻到进行伟大斗争、建设伟大工程、推进伟大事业、实现伟大梦想全过程，形成竞相奋斗、团结奋斗的生动局面。"

凡是经历了这次城中村改造工作，凡是正在参与新一轮城市美丽蝶变，凡是投身于中国特色社会主义伟大事业实践的每个人，都会被总书记这段教诲、这番号召深深打动、深受感悟，深为振奋。

杭州市拱墅区，江南名城的主城区之一，一片的美丽土地。多年来，生活在这里的人们依凭勤劳和智慧，创造了足以载入青史的辉煌业绩。如今，拱墅已成为中国东南沿海最富发展活力和潜能、最具幸福感的城市区域之一，她非凡的魅力正吸引着越来越多的人为之激动，为之赞叹，并探求其创新驱动、科学发展之特色和成因。今后，勤劳智慧的拱墅人将加快开拓创新、锐意进取的脚步，古老的土地上将不断书写建设和发展的动人篇章。

"志若不移山可改，何愁青史不书功。"（［五代］钱镠《上元夜次序平江南》）循着正确的发展方向，抓住发展有利契机，不忘初心，牢记使命；再接再厉，扬帆远航，大城北崛起指日可待，富强、秀美、文化、和谐新拱墅正在崛起，运河沿岸名区即将化梦为实。

大事记

1. 2016年12月22日,中共拱墅区委办公室印发《区委办公室 区政府办公室关于进一步完善全区城中村改造工作体制的意见》,成立区城中村改造五年攻坚行动领导小组办公室。

2. 2017年1月,拱墅区城中村改造办公室开始实体化运作。

3. 2017年12月,拱墅区全年征迁7161户,其中农户6372户、居民679户、企业110家,在全市率先实现"全域农户征迁清零",为新一轮城市开发建设三年行动腾出了发展空间。

4. 2018年1月,编制完成《拱墅区城市开发建设三年行动计划(2018—2020年)实施方案》,全区召开城市开发建设行动计划动员大会,掀起城市开发建设新高潮。

5. 2018年12月,拱墅区城中村改造以"重点区块开发"专项行动为载体,全年累计征迁居民1106户、企业510家,基本实现"全域清零",彻底告别大规模征迁时代。

6. 2019年12月,拱墅区实现安置房全面开工。

7. 2020年12月,拱墅区在全市率先实现五年以上在外过渡户安置清零。

8. 2016—2020期间,拱墅区共开工安置房项目32个,总建筑面积约347万平方米,总套数21027套;交付安置房项目33个,总建筑面积约286万平方米,总套数21206套。花园岗村"农转居"公寓等14个安置房项目荣获"西湖杯",获奖比例在全市名列前茅。

9. 2016—2020期间,拱墅区开工配套项目161个,竣工83个,共7

个项目获浙江省建筑工程"钱江杯"（优质工程）奖,其中申花单元GS0404-02地块九年一贯制学校及社会停车库工程项目获"国家优质工程奖"。

10. 实施"回迁提速"工程。截至2020年12月底,拱墅区征迁住户21145户,已安置住户14972户。

11. 快速推进权证办理工作。截至2020年12月底,已办理安置房初始登记95个,共计57924套（办理比例占已交付安置房套数的93.78%）。

12. 2016—2020期间,拱墅怀揣着为百姓谋求美好生活的初心与使命,多方面多角度优化改造流程,以顶层设计规范构建长效管理。

（1）出台《关于进一步规范拱墅区安置房建设和长效管理的指导性意见》,规范安置房小区的建设标准和管理要求,明确提出坚持"政府主导、属地负责、阳光规划、透明建设、有序管理"的原则,建设"造价合理质量好、套型舒适功能全、低碳节能环境美"的安置房小区。

（2）出台《拱墅区住宅小区安防设施以及安防系统建设要求（试行）》,对安防设施及系统总体构成、安防设施配备要求、安防系统配置要求、系统联网要求等均作出了明确规定,为安置房小区加了一把"安全锁"。

（3）完成全国基层政务公开标准化规范化试点项目,制定《国有土地上房屋征收与补偿政务公开工作规划（试行）》和《安置房"阳光建管"工作规则（试行）》,首次提出安置房"阳光建管"理念,让安置房成为"放心圈",提升拆迁群众获得感。

（4）区城改办与行政审批办联合印发《拱墅区城中村改造项目审批提速增效工作方案》,积极推行模拟审批,加快项目审批进度。

（5）启动并完成《拱墅区安置房办证审批办法》修订工作,推动安置房办证规范化、合理化。

（6）创新"梳理编制三类地块、上下联动三员管理"的"3+3联动"地块管理模式,制定市级标准《拆后地块管理规范》,打造市级地块管理的新蓝本,在全市范围内发挥示范引领作用。

(7)完成省级标准化试点项目《安置房社区三方协同治理标准》并获评省级优秀标准,推动形成了"决策共谋、建设共管、绩效共评、发展共赢、成果共享"五位一体的管理新格局。

(8)出台《社区10分钟便民服务圈建设与服务规范》团体标准,助推便民服务圈成为"幸福标配",让居民享受方便、快捷的服务。

(9)出台《安置房物业管理与服务规范》团体标准,切实为群众打造高品质的生活居住环境,使原居民更有归属感、获得感,更好地融入新生活。

(10)开发上线"拱墅区安置房管理系统",强化数字赋能,深化"阳光建管",实现安置房办证线上审核,让安置房管理工作更便利、更透明、更公正。

后　记

　　早在2017年5月,杭州市城中村改造如火如荼之际,我荣幸地受中共拱墅区委宣传部之邀,跟踪采访撰写一部长篇报告文学作品的任务,艺术而全面地反映拱墅区城中村改造、实施大城北地区规划建设的全过程。在拱墅区委宣传部和区城中村改造办公室的安排下,我陆续走访了拱墅区委、区政府及相关部门,实地采访了4个街道各个征迁和建设现场,与众多基层工作人员、城郊居民交谈,收集了大量素材,做了写作前的诸多准备。虽然我已在拱墅区生活了30多年,对拱墅的情况不可谓不了解,然而,当我一遍遍听取录音、阅读素材后,越来越感觉这一写作任务之艰巨。一是城市更新改造内容繁杂,内中涉及方方面面,每一方面倘若想探个究竟,必然耗去无数精力,且仍可能不知所以然;二是尽管只是一个城市辖区的规划建设任务,但其艰巨程度常人仍难以想象,难题迭起,各个击破,没有相当的智慧和毅力就无法摆平,要想把这些过程恰当地诉诸文字,绝非易事;三是人物和故事素材众多,反而让我难以取舍,致使原先的写作提纲一再改变,撰写过程中又加入了不少大城北规划改造的内容,部分章节还免不了推倒重来。而对有些需要反复把握的内容,又必须再去补充采访一番,以求得真实细致。巨大的工作量无疑也令人生畏。

　　好在较长时间的深入采访,帮助我解决了上述困难。我几乎是跟随着拱墅区这一轮城市更新的实际进展,跟踪式地采访写作的。不少征迁现场,第一次去的时候尚是一片农居房,再次前往时已是一片空地;一段时间过后,那个地块要么已经平整妥当,要么已经立起了脚手架。文学作品与新闻相区别的一大特点,是它往往在事件得以平息、一切尘埃落定后再予叙写,以便进行必要的分析和论证,显示其感悟。这部作品自着手采访到全稿写成,已有3年时间。在这3年时间里,我不断采访、写作、补充。渐渐地,对城中村改造,对大运河南端这片土地的神奇蝶变,对活生生展现在眼前的杭州城市更新,有了更为深入和全面的了解、感受和体会,让我拨开了创作和思考上的许多谜团,让我几乎成了城市更新改造的半个"专家",也让我写得越来越顺畅。

这部《大城北崛起:杭州市拱墅区大城北规划建设纪实》,以长篇报告文学的形式,全面展示了自2017年以来,拱墅区城市更新改造的全过程,着重记叙了农居房征迁、大城北地区规划建设的经过,描写了一大批基层工作人员,区委、区政府和街道社区干部,城郊居民为实现本轮城市更新而做出的巨大努力,记录了无数感人故事。事实上,城市更新是一个系统工程,也是一项长期任务,区区20万言怎么可能穷尽它的全部内容? 如今,拱墅区的城市更新改造还在进行中,杭州大城北地区建设高潮正在掀起,值得诉说的故事还有很多很多。从某种意义上说,这部作品只是一个引子。记录下这个时代感人肺腑的伟业壮举,是当代作家的职责所在。

本书在采写过程中,得到了拱墅区诸多领导和有关部门的大力支持。区委书记朱建明亲自审定了全书提纲,提出了诸多中肯的写作意见。时任区委常委、宣传部长黄建正指导本作品创作的全过程,对采写提出了不少具体明确的要求,并提供了大量珍贵素材。时任区委常委王犇抽出宝贵时间接受笔者采访,解答笔者提出的诸多问题。区委宣传部先后两任副部长、文明办主任吴杭芳、杨芳具体安排创作事宜,审定书稿。区城中村指挥部副总指挥陈旭伟、时任区城改办副主任钱新根多次接受笔者采访,具体指导采写事宜,亲自审定书稿。区委宣传部冯彦、汪建军科长,区城改办李洪、赵庆功科长给予本作品采写大力支持。在此,我还要特别感谢接受本人采访的区委、区政府及相关部门的诸多领导、专家,街道、社区众多征迁工作人员,征迁居民代表,部分承租户和经营户。没有你们的大力支持,如此繁复的采写任务不可能完成。最后,我还得感谢浙江人民出版社责任编辑的辛勤劳动,使得此书顺利出版。

　　本书所用所有照片,大多由拱墅区委宣传部收集提供,杭州市运河集团和杭州书经文化创意有限公司协助提供,不少珍贵照片由拱墅区政协副主席、摄影家钟黎明提供,部分由本人所摄,个别照片由区文广旅体局提供(已加注了拍摄者姓名),特此说明。

孙　侃

2020年10月30日于杭州復和居

图书在版编目（CIP）数据

大城北崛起 ：杭州市拱墅区大城北规划建设纪实 / 孙侃
著． —杭州 ：浙江人民出版社，2021.4
ISBN 978-7-213-09864-2

Ⅰ．①大… Ⅱ．①孙… Ⅲ．①报告文学−中国−当代
Ⅳ．①I25

中国版本图书馆CIP数据核字（2020）第191928号

大城北崛起

——杭州市拱墅区大城北规划建设纪实

孙 侃 著

出版发行	浙江人民出版社 (杭州市体育场路347号　邮编　310006)	
	市场部电话：(0571)85061682　85176516	
责任编辑	郦鸣枫　方　程	
责任校对	陈　春　姚建国	
责任印务	刘彭年	
封面设计	王　芸	
电脑制版	杭州兴邦电子印务有限公司	
印　　刷	浙江新华印刷技术有限公司	
开　　本	710毫米×1000毫米　　　1/16	
印　　张	18.5	
字　　数	245千字	
插　　页	8	
版　　次	2021年4月第1版	
印　　次	2021年4月第1次印刷	
书　　号	ISBN 978-7-213-09864-2	
定　　价	58.00元	

如发现印装质量问题,影响阅读,请与市场部联系调换。